KB267173

높은 곳에 오르다

登高

바람 세고 하늘 높은데 원숭이 울음소리 애절하고

강가 물 맑고 모래 흰데 새 맴돌며 난다

끝없이 나무들에선 낙엽이 우수수 떨어지고

그치지 않는 장강은 출렁출렁 밀려온다

風急天高猿嘯哀

渚淸沙白鳥飛廻

無邊落木蕭蕭下

不盡長江滾滾來

Fantastic Oriental Heroes

고영

장담 신무협 판타지 소설

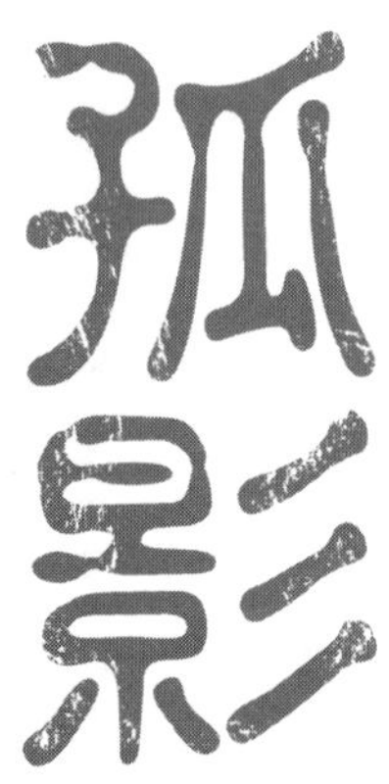

장담 新무협 판타지소설

초판 1쇄 찍은 날 § 2005년 4월 22일
초판 1쇄 펴낸 날 § 2005년 5월 2일

지은이 § 장담
펴낸이 § 서경석

편집장 § 문혜영
편집책임 § 서지현
편집 § 장상수·유경화

펴낸곳 § 도서출판 청어람
등록번호 § 제1081-1-89호
등록일자 § 1999. 5. 31
어람번호 § 제2-0586호

주소 § 경기도 부천시 원미구 심곡1동 350-1 남성B/D 3F (우) 420-011
전화 § 032-656-4452 팩스 § 032-656-4453
E-mail § eoram99@chollian.net

ⓒ 장담, 2005

ISBN 89-5831-516-4 04810
ISBN 89-5831-514-8 (세트)

※ 파본은 본사나 구입하신 서점에서 교환하여 드립니다.
※ 저자와 협의하여 인지를 붙이지 않습니다.

孤影

Fantastic Oriental Heroes

고영

장담 신무협 판타지 소설

2

■ 천은산장(天隱山莊) 편

도서출판
책과람

목차

이제 시작이다!
가야 할 길이 아무리 어렵더라도,
이런 사람과 함께라면
그 어떤 난관이 있어도 감당할 수 있으리라.
사나이로 태어나 이런 사람과 함께 무언가를 할 수 있다는 것도
인생의 크나큰 기쁨이 아니겠는가.

—백리웅천의 독백에서.

孤影　第一章

1

의창은 장강 서릉협 하류에 위치해 있는 삼협의 관문이라 할 수 있는 곳이다.

이백 리에 이르는 서릉협은 그 험준함과 아름다움이 세상에 알려진 후 수많은 문인 협객들의 발길이 끊이지 않았다.

진고영과 우형욱이 의창에 도착한 것은 위경리와 헤어지고 십 일이 지났을 때였다.

서편으로 넘어가는 석양을 끌어안고 의창 성문을 지나는 진고영의 마음은 벌써 어머니의 고향이 있었다는 조산으로 향하고 있었다.

하지만 서두르지 않기로 했다. 이제 시작인 것이다.

일단 객잔에 방을 잡고 점소이에게 조산으로 가는 길을 물었다.

점소이는 의외로 조산에 대해 잘 알고 있었다. 그러나 이십칠팔 년 전에 있었다는 임가장에 대해서는 알지 못했다. 다만 한 사람을 소개해 줬을 뿐이었다.

객잔 아래로 내려와 식사를 하던 중 표사들이 하는 이야기가 들려왔다.

배를 타고 은시로 가기 위해 머무는 자들이라 했다.

'영풍표국.'

문 앞에 세워진 표기로 보아 저들은 무한의 삼대표국 중 하나인 영풍표국의 표사들인 듯했다.

그중 표두로 보이는 자가 입에서 침을 튀기며 이야기를 하고 있었고, 다른 자들은 넋을 잃고 이야기를 듣고 있었다.

낙양에서 천은산장과 대풍운보가 한바탕했다는 이야기였다.

진고영으로선 불감청이언정 고소원이랄 수 있는 소식이었다.

"글쎄, 굉장했다니까. 처음에는 대풍운보가 거세게 몰아붙였거던. 하지만 천은산장 쪽에서 몇 명이 나서자 상황은 급변해 버렸지. 그때 나선 게 누군지 알아? 그게 말이지… 음… 목이 마르군……."

"아따! 강 표두님도. 여기 한잔 쭈욱 드시고……."

백리웅풍 일행과 청평오검이 부딪친 것은 결코 우연이 아니었다. 유광이 청평오검으로 하여금 시비를 걸게 만들었고, 백리웅풍이 그들의 도발에 검을 빼 들었던 것이다.

하긴 부친인 백리단황을 모욕하는데 참는다면 다른 자들이 오히려 백리웅풍을 욕했을지도 모른다.

백리웅풍과 호령단이 청평오검을 몰아붙일 때 유광이 나타났다.

전홍도 유광과 백리웅풍의 싸움은 격렬하기 이를 데 없었다.

처음에 백리웅풍을 얕봤던 유광은 뜻밖에도 상대가 자신에 못지않은 고수임을 알고 놀라움을 금치 못했다.

이제 이십대의 나이에 자신과 비슷한 실력이라니, 과연 백리단황의 아들이라는 생각이 들었다.

전홍도 유광은 천은산장에 몸을 의탁하며 강호 활동을 거의 안 했기에 덜 알려졌다 뿐이지, 그 본 실력은 육기칠절에 그다지 뒤지지 않았다.

그렇게 험한 격전이 계속될 때 약속이나 한 듯 종리율이 나타났다.

사람들은 종리율에 대해 잘 알지 못했고, 그건 백리웅풍 역시 마찬가지였다.

종리율의 손이 올라가고 그의 손에서 초승달 같은 하나의 비도, 월령비도가 번개같이 날아갈 때야 그를 알아본 자가 소리쳤다.

"맙소사! 일기천관 종리율이다!"

백리웅풍은 온 힘을 다해 몸을 날려 피하려 했지만 결국 어깨를 꿰뚫리고야 말았다.

백리웅천이 남현강과 함께 잠풍단을 이끌고 그곳에 도착했을 땐 이미 호령단의 무사 십여 명이 피를 흘리며 쓰러져 있었고, 백리웅풍 역시 부상을 입은 채 겨우겨우 버티고 있었다.

백리웅천이 애검 잠풍검을 빼 들고 종리율을 쳐가고 남현강을 비롯한 잠풍단 십 인이 합세하자 전장은 비등한 상황을 유지할 수 있었다.

그리고 그때… 그가 나타났다.

허름한 갈의에 투박한 한 자루 도를 허리에 걸친 나이를 가늠키 어려운 노인, 광혼도제 장무담이.

"이봐, 종리율! 더 할 건가? 끝장 볼 일이 아니라면 여기서 그만 하지."

노인의 한마디에 종리율과 백리웅천이 물러나자 멀찍이서 구경하던 사람들은 의아한 눈으로 노인을 쳐다봤다. 대체 누구이기에 말 한마디로 일기천관 종리율을 물러서게 만든단 말인가.

궁금증이 극에 달할 때, 그 의문을 풀어준 사람은 뜻밖에도 종리율이 아닌 백리웅천이었다.

"삼가 백리웅천이 도제 장무담 노선배를 뵈오이다."

쿠쿵!!

낙양이 뒤집혔다. 사람들은 자신들의 귀를 의심해야 했다.

수십 년간 모습을 드러내지 않았던 오제 중의 일인이 낙양에 그 모습을 드러낸 것이다.

대부분이 죽거나 은거 상태로 수십 년이 흘렀거늘 과거의 하늘 삼십삼천이 현세에 다시 등장하다니.

광혼도제 장무담의 등장은 '발 없는 말이 하루에 천 리를 간다'는 옛말을 실감케 하기에 충분했다.

한 시진도 안 되어 낙양의 내로라하는 자들이 모두 광혼도제 장무담을 구경하기 위해 모여들었으니…….

"알겠나? 도제 장무담이 나타났단 말일세. 그것도 천은산장의 사람들을 이끌고."

말을 끝맺는 강 표두라는 자의 얼굴에는 천하고수 도제를 직접 봤다는 자부심이 가득했다.

"와!! 진짜 도제였단 말입니까? 오제가 나타나지 않은 지가 언젠데……."

한 표사가 믿기 어렵다는 듯 되묻자 강 표두라는 자의 눈썹이 역팔자로 꺾어졌다.

"뭐야! 그럼 자네는 내가 지금 거짓말을 지어내고 있다는 말이냐?"

"아뇨… 그게 아니고… 그래도 도제라니……."

웅성웅성…….

도제 장무담이라는 이름은 모두의 가슴을 두근거리게 하기에 충분하고도 넘쳤다.

그 이름이 주는 무게는 그만큼 무거웠던 것이다.

식사를 하던 진고영의 표정이 무겁게 변했다.

위경리의 말대로 서서히 피바람이 불기 시작하고 있었다.

낙양에서 시작된 바람은 이제 시작일 뿐이었다.

천은산장과 대풍운보의 힘은 강남의 모든 힘이라 해도 과언이 아니었고, 그만큼 둘이 부딪친다면 흐르는 피의 양도 많아질 것이다. 거기에 강북무림마저 끼어든다면…….

사실 강호의 싸움은 그에게 그다지 상관이 없다 할 수 있었다.

하지만 싸움이 거세게 불타오른다면 자신이 하고자 하는 일에도 막대한 영향을 미치게 될 것이다.

강호란 그런 곳이니까.

"저… 진 대형… 제가 한 가지 궁금한 게 있습니다만……."

"말씀해 보시죠."

단구령 정상에서 호북을 내려다보던 진고영을 보며 우형욱은 자신의 대형이 되어달라 간청했었다.

진고영은 그럴 수 없다 했고, 우형욱은 끝까지 고집을 굽히지 않다가 그럼 호칭만이라도 바꾸겠다고 했다. 안 된다 하려 했지만 그래도 하겠다는 우형욱을 말릴 수는 없었다.

결국 각자가 마음에 드는 호칭으로 부르기로 한 것이다.

"어쩐지 저도 좀 이상하게 생각됩니다. 강호의 소문이 빠르다고 하지만 이건 상식에 벗어날 정도로 빠른 것 같습니다만."

"우 형도 그리 생각하시는군요. 저는 강호에 대해 잘은 모릅니다만 그런 저도 그리 생각을 했지요. 아마 노형님은 벌써 생각하셨을지도……."

“아! 그래서 무림련으로…….”

“일단은 두고 봐야겠지요.”

도제의 이야기로 시끌벅적한 객잔 안에 세 명의 녹의인이 들어오자 한창 이야기에 열을 올리던 표사들이 입을 닫고 모두 입구를 쳐다보았다.

여기저기서 주는 술을 받아먹던 강 표두라는 자가 벌떡 일어난 건 녹의인들이 한쪽 탁자를 차지하고 자리에 앉을 때였다.

“허! 이런 곳에서 당가의 분들을 뵙게 되다니, 이거 반갑습니다.”

포권을 취하는 강선호 표두를 보던 녹의인 중 젊은 자가 고개를 끄덕였다.

“오랜만이오. 신영검 강 표두가 직접 표행을 나서다니 매우 중요한 표행인가 보군요.”

“하하하! 과찬이십니다. 그건 그렇고 당가의 영웅들께서 이리 먼 길을 나서시다니 아마 무림련으로 가시는 길인가 봅니다그려.”

강선호가 호탕한 웃음을 지으며 말을 건넸지만 다른 두 중년인은 별다른 반응을 보이지 않았다.

“조인! 떠들지 말고 앉거라.”

“예! 숙부님.”

“그리고 강 표두도 그만 볼일을 보시구려.”

“아… 예…….”

입맛이 쓴지 강선호는 인상을 찡그리며 자신의 자리로 돌아갔다.

당가의 장로 중 하나, 당수문은 그로선 기분대로 대할 수 없는 사람이었던 것이다.

강선호가 돌아가자 당수문은 묵묵히 주위를 돌아보았다.

객잔 안에는 영풍표국의 표사들과 일반인들이 대부분이었다.

가볍게 주위를 둘러보던 당수문의 두 눈에 두 사람이 들어왔다.

‘흠.’

한 자루 창을 탁자에 기대어놓은 자와 청회색 장삼에 등 봇짐을 멘 자였다.

봇짐에 칼이 끼워져 있는 걸로 보아 도객인 듯싶었다.

창을 쓰는 걸로 보이는 자의 제법 날카로운 기가 눈에 들어왔다. 자신의 조카인 당조인에 비해 결코 뒤떨어지지 않은 기를 지닌 걸로 보였다.

두 사람이 식사를 마치고 일어서고 있었다.

칼을 봇짐에 끼운 자의 키가 생각보다 커 보였다.

‘아!’

그자의 허리에 뭉툭해 보이는 묵색 곤이 끼워져 있었다.

‘그럼 곤을 쓰는 자인가?’

창을 탁자에서 집어 든 자도 같이 일어서고 있었다.

한데… 창을 든 자가 키가 큰 자에게 먼저 예를 취했다.

‘응?’

언뜻 봐선 모르겠지만 주시하고 있던 당수문은 미세한 차이를 느낄 수 있었다.

“수문, 신경 끄고 식사나 하세.”

어디를 가든 주위를 세심하게 둘러보는 당수문의 버릇을 알고 있던 당인문은 고개를 저으며 말했다.

“아! 예, 형님.”

힐끗 진고영 등이 들어간 객방 쪽을 다시 한 번 바라본 당수문이 식탁으로 고개를 돌렸다.

“쉽사리 사천을 떠나지 않는 당가의 사람들도 나왔군요.”

우형욱은 흥미로운 표정으로 진고영을 보았다.

"그들도 다른 곳에 뒤처지고 싶지는 않았겠지요."

"후우… 이러다 강호의 유명 문파들이 다 움직이는 건 아닌지."

"파문은 한곳에서 시작되지만 결국은 사방으로 퍼져 가는 법이니, 아무래도 그리될 것입니다."

밤에 달이 보이지 않더니 아침이 되자 부슬부슬 비가 내리기 시작했다.

길을 떠나려던 사람들은 하늘을 바라보며 망설이는 발걸음을 쉬 떼지 못하고 있었다.

영풍표국의 사람들이 떠나간 객잔은 전날과 달리 조용한 가운데 몇몇 사람만이 식탁에 앉아 비 내리는 밖을 쳐다보고 있었다.

진고영 등이 객방에서 내려와 식사를 하는 동안 비는 조금씩 멈춰가고 있었다.

"다행히 비가 멈출 것 같습니다."

우형욱이 밖을 두리번거리며 하늘을 보더니 말했다.

진고영은 점소이를 불러 어제 소개받은 기 노인이라는 사람이 혹시 왔는지를 물어보았다.

그 노인은 아침이면 채소를 팔기 위해 객잔에 나온다 했었다.

점소이는 비가 오기 때문에 늦을지 모른다는 말을 남기고 일을 하기 위해 가버렸다.

아침 일찍 일행과 함께 내려와 있던 당수문은 어제 보았던 젊은 자 둘이 무어라 숙덕이는 것을 지켜보다, 문득 그들의 말 중에 임가장이라는 말이 들리자 머리를 갸웃거렸다.

'임가장? 임가장이라면 오래전에 사라진 그곳을 말하는 건가?'

진고영의 눈에 당수문이 고개를 갸웃거리는 모습이 들어왔다.

어제부터 자신들을 주시하던 자이다. 당가의 장로라 했었다.

그가 자신들의 이야기에 관심을 보이는가 싶더니 고개를 갸웃거리는 것이다.

'혹시……'

진고영이 의자에서 일어나 당수문 쪽으로 걸어가자 당수문 쪽이나 우형욱이나 모두의 시선이 진고영으로 향했다.

"진고영이라 합니다."

고저가 별로 없는 조용한 음성에 인사를 받은 당수문은 말없이 진고영을 쳐다보았다.

"한 가지 물어볼 게 있어서 찾아뵈었습니다만."

당수문의 눈에 짧은 순간 기광이 번뜩였다.

"물어볼 게 있다?"

"혹시 이곳에서 이십 리 정도 떨어진 곳에 있었던 임가장을 아시는지요."

"흠… 임가장이라……."

당수문이 생각에 잠긴 듯 머뭇거리고 있을 때, 옆 자리의 당인문이 눈살을 찌푸리며 말했다.

"임가장이라면 단혈검(丹血劍) 임후명의 임가장을 말하는 건가?"

"그런 거 같습니다, 형님."

이미 당인문의 말문을 막기에는 늦었다 생각한 당수문은 고개를 끄덕이며 말했다.

"한데 자네는 무엇 때문에 멸문된 지 오래인 임가장을 찾는 겐가?"

"제 어머니께서 임가장 사람이었습니다. 한번 찾아가 보라는 유언을 남기셨습니다."

"흠……. 그랬군."

“아신다면 알려주실 수 없는지요?”

“그거야 그리 어려운 일은 아니지. 사실 지금 그곳을 찾아가 봐야 아무것도 없을 것이네. 불타 없어진 터를 그대로 방치해서 지금은 허허벌판일 거야.”

당수문은 임가장이 있던 곳에 대해 자세히 설명해 주었다.

설명을 다 들은 진고영이 감사의 인사를 하고는 비가 멈춰가는 객잔 밖으로 나가자 조용히 앉아 있던 당인문이 무겁게 입을 열었다.

“섬서 땅이 한바탕 시끄러워지겠군……”

“예?”

당수문과 당조인이 의아한 얼굴로 당인문을 쳐다보았다.

“임가장을 멸한 주 세력이 철검산장이라는 건 알 만한 자들은 다 아는 이야기지. 그리고 철검산장은 섬서에 있고.”

“그럼 저자가 철검산장에 복수의 칼을 들이댈 거라는 말씀입니까?”

“아우는 어찌 생각하나?”

“글쎄요……. 그게 가능할까요? 철검산장이 과거보다 약해졌다 하지만 그래도 천하삼장 중 한곳인데.”

“흠… 두고 보면 알겠지. 우형이 할 수 있는 말은 조금 전 젊은이의 눈빛이 왠지 마음에 걸린다는 것뿐이네.”

숙부들의 이야기를 듣고 있던 당조인은 말도 안 된다는 듯 고개를 저었다.

“그다지 강해 보이지도 않는데 저런 자가 어떻게 철검산장을 상대한단 말입니까?”

“쯧쯧쯧… 때로는 한 마리 미꾸라지가 온 방죽을 흙탕물로 만든다는 말도 모르느냐? 게다가 그자는 결코 미꾸라지 따위가 아니다.”

당조인은 숙부의 말을 믿을 수 없었다. 기껏해 봐야 자기 나이 또래거늘 강해봐야 얼마나 강하겠는가.

언제고 마주칠 기회가 있다면 당가의 맛을 보여주리라.

2

의창 서북쪽으로 이십 리쯤 가면 향원이라는 마을이 나온다.

향원의 뒤쪽으론 그리 크지 않은 산, 동령산이 이십여 리 길이로 뻗쳐 있었다.

그리고 동령산 아래 나지막한 구릉에는 불에 타버린 흔적만 남긴 채, 한 채의 장원 터가 잡목과 길게 자란 풀에 뒤덮여 있었다.

향원에서 오래 살았다는 노인을 만나 물어보고 이곳이 과거에 임가장이라 불렸던 곳의 장원 터라는 것을 알 수 있었다.

장원이 이틀간에 걸쳐 불타오르고 난 후, 마을 사람들이 장원에 들어가서 본 것은 죽어 있는 사람들의 시신만이 여기저기 널려 있는 모습뿐이었다고 한다.

마을 사람들 중 임가장 덕분에 먹고살았던 몇몇 사람들이 몰래 시신을 모아 무덤을 만들고 제를 올렸다는 말도 들었다.

그렇게 십 년 전까지 계속되던 제는 선대 노인들이 죽으면서 이제는 말만 전해질 뿐이었다.

진고영은 조용히 장원이 있던 곳을 거닐었다.

군데군데 남아 있는 주춧돌만이 이곳에 적지 않은 규모의 장원이 있었다는 것을 증명할 뿐이었다.

어머니는 외조부와 외조모를 이곳에 남기고 도망쳐야 했다.

비록 외조부가 그것을 바랐고 살기 위해서였다지만, 그 일이 두고두고 한이 되어 가슴을 짓눌렀을 것이다.

장원 터의 끝자락에 둥그렇게 보이는 흙더미가 눈에 들어왔다.

풀에 뒤덮여 있었지만 진고영은 그것이 마을 사람들이 말했던 무덤이라는 것을 알 수 있었다.

이십여 명이 묻혀 있다는 무덤이었다.

그리고 그 십여 장 뒤쪽에 그보다 조금 작은 무덤이 하나 더 있었다.

장주였던 임후명과 그의 부인의 무덤이었다.

우형욱의 눈에 진고영이 바라보고 있던 작은 무덤 주위로 아지랑이 같은 기운이 회오리치고 있는 것이 환상처럼 느껴졌다.

바람 한 점 없던 곳의 풀들이 스르르 한쪽으로 쓰러지는 듯하더니 무덤을 중심으로 원을 그리며 돌기 시작했다. 그렇게 돌기 시작하는 풀들이 스쳐 지나가는 곳은 마치 낫으로 벤 듯 잡목이고, 풀이고, 모두 베어져 나갔다.

환상처럼 한바탕 회오리가 지나가고 난 무덤은 깨끗이 정리되어 있었고 진고영은 그 앞에 무릎을 꿇고 예를 올렸다.

"저승에서나마 지켜봐 주시기를……. 어머니의 가슴에 못을 박아 평생을 슬프게 했던 자들이 어찌 되는지……."

몸을 일으킨 진고영은 저 멀리 보이는 장강의 물줄기를 쳐다보았다.

당분간 그의 인생은 어머니를 위해 쓰여질 것이다.

그 결과로 많은 피가 흐를 수도 있겠지만, 후회는 하지 않을 것이다.

장강은 한번 흐르면 다시 돌아오지 않는다.

진고영은 신형을 돌려 장원 터가 있었던 곳으로 걸어갔다. 그리고 어느 한 지점에 멈춰 서더니 주위를 둘러보았다. 그러자 우측으로 일 장 떨어진 곳에 부서진 석탑의 하단부가 보였다.

‘여긴가?’

쌍장을 가슴께로 들어 올리고는 허공을 가볍게 쓸어냈다.

쏴아악!

한 자 깊이의 흙들이 밀려 나가고 돌로 된 바닥이 드러났다.

오므린 손가락으로 청석을 내려치자 마치 두부를 내려친 듯 손가락이 청석을 파고들었다.

진고영이 손가락을 꽂은 채 청석을 들어 올리자 시커먼 동공이 모습을 드러냈다.

그곳은 감춰진 석실로 들어가는 비밀 입구였다.

진고영은 몸을 날려 석실로 들어갔다가 일각이 못 되어 밖으로 나왔다.

밖으로 나온 그의 손에는 하나의 별다른 특색이 없는 목갑이 들려 있었다.

밖에서 진고영이 들어간 석실의 주위를 경계하던 우형욱은 진고영이 목갑 하나를 들고 나오자 호기심이 솟구쳤다.

“진 대형! 그게 뭡니까?”

진고영은 아무 말 없이 목갑을 쳐다보다 고개를 들었다.

“어머니가 남긴 마지막 유물이랄 수 있지요. 남아 있을 거라고는 생각 안 했는데…….”

“아!”

“어머니의 가슴에 맺힌 한을 풀어드리기 전에는 오지 않을 생각이오! 우 형은 어찌하시겠소?”

“어찌하다니요. 당연히 대형이 가는 곳이 내가 가는 곳이지요. 음하하하!”

어색한 웃음으로 우울한 마음을 풀어주려는 우형욱이 고마웠다.

하지만 위험한 길이다. 무턱대고 같이 갈 수는 없었다.

'그렇다면 다른 이에게 상처 입지 않을 정도는 되어야겠지.'

진고영은 또다시 가까운 사람을 잃고 싶지 않았기에 우형욱을 강하게 하는 데 능력을 보태기로 했다.

"갑시다!"

孤影　第二章

1

섬서 한중 북쪽 백여 리를 올라가면 용계현이라는 곳이 나온다.

물은 맑고 땅은 비옥해 농사가 잘되어 한중 일대에서도 가장 잘사는 현이었다.

하지만 그곳의 백성들이 굶지 않고 잘살 수 있었던 것은 관이 잘 돌봐 주어서가 아니고 용계의 토호 세력인 한 무림문파 때문이란 게 정설이었다.

관조차 함부로 할 수 없는 곳, 그곳이 바로 철검산장이었다.

용계 일대에선 철검산장의 말이 곧 법이었다.

철검산장의 제자들이 섬서 서남 일대에 퍼져 굳건히 자리를 잡은 지 백수십여 년, 그들이 바치는 재물이 산처럼 쌓이니 굳이 일반 백성들에게 세를 많이 거둘 필요가 없었던 것이다.

다른 곳과 세금은 똑같고 생산은 많이 되니 자연 소작농들의 생활에 여유가 넘치는 건 당연했다.

진고영과 우형욱이 의창을 떠난 지 이십 일 만에 한중에 들어섰을 때, 그들이 본 것은 여유가 있는 백성들의 평안한 모습이었다.

이야기를 건네본 사람들마다 철검산장을 군왕처럼 떠받들었다.

말은 들었지만 새삼 철검산장의 거대함이 느껴졌다.

이곳 사람들에게 철검산장은 곧 자신들의 삶이었다.

황마객잔.

진고영은 고개를 들어 깃발을 보았다.

허름한 천에 쓰이긴 했지만 글자 하나만큼은 상당한 힘이 있어 보였다.

아마 한중의 객잔에 내걸린 깃발 중 가장 잘 쓴 글씨일 거 같았다.

하지만 객잔 내부의 사정만큼은 허름한 천과 더 잘 어울렸다.

"어쩔 수 없죠… 뭐. 돈도 이제 얼마 안 남았고 그렇다고 산적질을 할 수도 없으니 아껴 쓰는 수밖에."

우형욱은 허름한 객잔 내부를 둘러보며 꿍한 목소리로 말했다.

진고영은 가타부타 말없이 안으로 들어가 자리에 앉았다.

우형욱도 서둘러 진고영을 따라 들어갔다. 그러다 그만 한쪽 자리에 앉아 식사하던 감색 경장을 입은 자의 도집을 건드리고 말았다.

티릭!

도집이 소리를 내며 흔들리고 감색 경장인이 도병을 잡아간 것은 그야말로 순식간의 일이었다.

취리릭!

도가 도집을 벗어나 지나쳐 가던 우형욱의 허리를 베어갔다.

"헛!"

우형욱은 순간적으로 도가 허리를 베어오자 헛바람을 들이키고 빙글 돌며 신형을 바닥으로 낮추었다.

감색 경장인은 자신의 도가 허공을 지나치자 손목을 홱 틀어 아래로 내리그었다.

"이런."

바닥에 닿을 듯하던 우형욱이 한 손을 짚고 또다시 몸을 빙글 돌리며 옆으로 두 바퀴를 굴렀다.

눈 깜짝할 사이에 벌어진 공방이었다.

몸을 누인 채 탁자를 날아 넘은 우형욱이 창을 빼 들었다.

"뭐야? 한번 해보자는 거야!"

감색 경장인은 두 번에 걸친 자신의 진혼도를 피해낸 우형욱을 이채가 어린 눈으로 쳐다보았다.

"흥! 제법이군."

"도집 좀 건드렸다고 그렇게 살벌하게 굴 건 없잖아!"

"그대는 그대의 목을 누가 손으로 잡아가도 모른 척할 건가?"

"아… 그거야……."

할 말이 없었다. 무기를 다루는 무인에게 무기는 자신의 목숨줄과도 같았다.

우형욱도 그 정도는 충분히 알고도 남았다.

"그건 미안하게 됐소. 하지만 본의가 아니었다는 것쯤은 당신도 알 텐데."

약간은 억지가 섞인 말이었지만 감색 경장인으로서도 계속 몰아치기에는 조금은 약한 상황이었다.

"어쨌든 잘못은 당신이 먼저 했으니 내가 손을 썼다고 원망하지는 마시오."

"누가 뭐라 했소? 그건 그렇고 당신 꽤나 사나운 도법을 익히고 있군."

“당신 역시. 내 진혼도를 그런 상황에서 두 번이나 빗나가게 만들다니, 강호의 친구들이 들으면 놀리겠군.”

“진혼도? 당신이 섬서사호 중 셋째 진혼도 염이상?”

우형욱은 탄성을 질렀다.

섬서의 네 호랑이. 절대 가볍지 않은 이름이다.

철검산장의 이공자인 사마정이 사호 중 하나라면 능히 가늠할 수 있는 일인 것이다.

이전의 우형욱이었다면 상대할 수 없는 강적이 바로 섬서사호였다.

“나는 우형욱이오. 진혼도를 이런 곳에서 만나게 되다니 정말 반갑소.”

“흠… 산서의 백산창 우 형이었구려.”

“백산창은 무슨… 지금은 그냥 우형욱일 뿐이오.”

“흠…….”

염이상은 흥미로운 눈길로 우형욱을 바라보았다.

그도 백산창 우형욱에 대한 이야기는 들었다.

하지만 우형욱이 자신의 진혼도를 어렵지 않게 피해낼 정도의 고수라는 건 참으로 의외였다.

그가 아는 산서십영의 실력은 결코 자신들을 상대할 정도가 아니었던 것이다.

고졸한 미소를 입에 물고 인사를 건넨 우형욱은 진고영이 앉아 있는 자리로 갔다.

염이상은 쓴웃음을 지으며 우형욱과 함께 들어온 자를 살펴보았다.

우형욱과의 일수 겨룸을 신경조차 쓰지 않는 그가 기이하게 보였던 것이다.

게다가 우형욱은 그자를 조심스럽게 대하는 듯하지 않은가.

'누구지? 누구길래 우형욱이 마치 윗사람 대하듯 하는 걸까.'

의문이 꼬리를 물자 염이상은 자리에서 벌떡 일어서 두 사람이 앉아 있는 자리로 다가갔다.

그는 골치 아프게 머리를 굴리는 것보다 직선적인 해결을 좋아하는 사람이었다.

"염이상이오. 강호의 친구들은 진혼도라 불러주고 있소."

포권을 취하는 염이상을 물끄러미 쳐다보던 진고영이 마주 포권을 취했다.

"진고영이오."

"아… 진 형이었구려. 이거 발이 제법 넓다 자부했었는데 오늘 여기서 창피를 당하는가 봅니다."

"그리 마음 쓰실 거 없습니다. 강호에 나온 지 얼마 되지 않으니 모르는 게 당연하지요."

"아하하… 그러셨군요. 나는 또 내가 느닷없이 멍청이가 된 줄 알았습니다."

호탕한 면이 있는 자다. 젊은 나이에 명성을 얻게 되면 어깨에 힘 들어가는 자들이 대다수인데, 이자는 그런 부류는 아닌 거 같다. 진혼도 염이상이라 했던가?

진고영은 새삼스런 마음에 염이상을 다시 쳐다보았다.

순간, 온몸의 힘이 무저갱 속으로 빠져 버릴 것 같은 기분.

염이상은 진고영과 눈이 마주치고 처음 느낀 감정에 당황스런 마음이 들었다.

언제던가… 이십 년 전이던가…….

어릴 적 사부를 만났을 때 사부가 나를 노려봤었다.

한없이 깊어 보이는 눈으로 쳐다보며 당신을 따라가지 않을 거냐고 물었다.

굶주림을 견딜 수 없어 배만 부를 수 있다면 무조건 따라가겠다며 고개를 끄덕였다.

그때 마주친 사부의 눈이 떠오른다. 왜일까…….

공연히 가슴속에서 무언가가 끓어오른다.

그때 사부를 따라간 후 나는 딱 죽지 않을 만큼 고생을 했다.

십여 년 이어진 고생 끝에 사부의 무공을 어느 정도 수습했고, 사부가 죽고 나서 다시 오 년여를 더 수련에 전념하고서야 지금에 이르렀다.

그런데 나보다 많아 보이지 않은 나이를 지닌 저자가, 왜 어릴 적 사부의 눈을 바라보는 듯한 기분을 느끼게 한단 말인가.

도집을 잡은 손에 힘이 들어갔다.

손바닥에 느껴지는 홍건한 땀이 긴장감을 고조시켰다.

"한 수… 가르침을 청하고 싶소만……."

이를 앙다문 듯한 말이 염이상의 입을 비집고 새어 나왔다.

우형욱의 눈이 번뜩 이채를 발했다.

어떻게 알았는지는 몰라도 저자는 진 대형의 능력을 알아챈 듯하다. 지금까지 위경리나 장무담을 제외하고는 누구도 알아채지 못했었는데…… 심지어는 유광이나 종리율도…….

'설마 염이상의 무공이 종리율보다 더 높을 리는 없을 텐데…… 그럼 뭐지? 상대의 능력을 알아보는 무공이라도 익힌 건가? 그거참…….'

우형욱이 의문에 잠겨 있을 때, 염이상의 우수가 도병을 잡아갔다. 천천히… 천천히…….

전과는 다른 느린 출수였지만 거기에는 주위의 공기를 짓누르는 강한 힘과 기세가 실려 있었다.

전력을 다한 출수였다.

거절한다고 물러설 사람이 아니다.

여전히 무심한 눈으로 염이상의 눈을 보고 있던 진고영이 몸을 일으켰다.

그리고 우수로는 곤을 잡고 좌수는 아래로 가만히 늘어뜨렸다.

순간, 번쩍이는 섬광이 번갯불마냥 진고영을 덮어가고, 진고영의 양손이 찰나간 흔들렸다 싶더니 나지막한 뇌음이 둘 사이에서 우르릉거렸다.

진고영의 좌수가 양유대력을 품고 노을빛 수영을 그려낸 순간 번개처럼 베어오던 진혼도의 도신을 잡아채 버리자, 도기와 양유대력의 기운이 부딪치며 뇌음이 인 것이다.

염이상의 눈이 더할 수 없이 커졌다가 원래의 상태로 돌아갔다.

진혼도가 중간에 막혔다. 그것도 맨손에 잡혀 버렸다.

그리고 상대의 곤이 자신의 목젖에서 두 치 정도 떨어져 언제든 꿰뚫어 버릴 듯 노려보고 있었다.

단 한 수를 겨루어보았을 따름이지만 완벽한 패배였다.

사실 두 사람의 겨룸은 처음부터 이초가 필요없이, 단 일 수에 모든 걸 걸겠다는 무식하기 짝이 없는 겨룸이었다.

염이상은 비록 어이없이 지긴 했지만 왠지 기분은 그리 나쁘지 않았다.

그 이유는 자신도 알 수 없었다. 허탈감이 밀려오자 오히려 긴장감이 풀어지고 마음이 가라앉았다.

"졌소. 역시 그럴 거 같더만……."

"진혼팔세는 강호일절에 부끄러움이 없는 도법이오. 귀하의 성취가 십성만 되었어도 이리 쉽게 승부가 나지는 않았을 것이오. 절패도(切覇刀) 전치풍 대협이 칠절의 하나로 꼽혔던 건 진혼도의 절명삼식 때문이었으니까."

진고영의 나직한 말에 염이상의 표정이 딱딱하게 굳어졌다.

"어떻게……. 내가 그분의 제자라는 건 아는 자가 거의 없거늘……."

"과거 조부의 친우 분 중 도를 좋아하는 분이 계셨소. 그분께선 전 대협이야말로 진정 칼을 쓸 줄 아는 분이라 하셨소."

"음……."

"휘유……."

우형욱이 휘파람 소리를 내며 머리를 저었다.

"어째 진 대형 옆에 있다 보면 육기니 칠절이니 하는 이름들이 그저 그런 이름같이만 들려서 큰일났습니다."

진고영이 쓰게 웃었다.

"우 형, 위 노형님 앞에선 행여라도 그런 말 마시오."

"크억! 내가 미쳤습니까?"

두 사람을 보던 염이상은 부러운 생각이 들었다.

가벼운 듯 보이면서도 자연스런 모습은 그가 생활하던 방식과는 동떨어진 것이었지만, 왠지 자신도 그리 생활하고픈 생각이 들었던 것이다.

"그런데 두 분은 여행 중이십니까?"

염이상의 물음에 우형욱이 진고영을 돌아다보았다. 마치 '우리가 여행 중이던가요?' 하고 묻는 듯했다.

"철검산장을 찾아가는 길입니다."

"철검산장을?"

염이상은 진고영의 대답에 의아한 표정을 지었다.

"철검산장엔 무슨 일로?"

"누굴 만나서 물어볼 게 좀 있습니다."

“대체 누굴 만나시려고… 마침 제가 아는 친구가 그곳에 있습니다만.”

염이상의 말에 우형욱이 누군지 알았다는 듯 무릎을 쳤다.

“아아! 척산미검 사마정이 섬서사호 중 한 분이시라는 걸 잊었군요.”

“그렇소. 그 친구라면 진 형이 찾고자 하는 사람을 만나는 데 도움이 될 수 있을 거요.”

“호의는 고맙습니다만 염 형은 신경 쓰지 않으셔도 될 듯합니다.”

진고영은 염이상의 호의를 정중히 사양했다.

앞으로 어떤 일이 벌어질지 모를 판에 무고한 사람이 끼어들어 봐야 좋을 게 없었다.

좋게 말로 끝난다면 다행이겠지만 그렇게 되지는 않을 성싶었다.

그러면 피를 볼 수밖에 없다. 진고영은 피를 볼 각오를 하고 있었다.

식사를 마친 둘은 객방으로 들어갔다. 얼마 후면 편안한 잠을 자기는 어려울지도 모른다.

쉴 수 있을 때 쉬어두는 게 나중을 위해 바람직한 일이었다.

염이상은 오랜만에 패배주나 마셔야겠다며 씁쓸하게 웃고는 술을 더 시켰다.

2

칠월의 뜨거운 태양이 내리쪼이는 관도를 세 필의 말이 달려가고 있었다.

좌우로 드넓게 펼쳐진 들판 사이로 난 관도는 끝이 보이지 않을 정도로 길게 뻗쳐 있건만 날이 너무 무더워서인지 지나는 이는 그다지 많지가 않았다. 간간이 농부들의 우마차가 한두 대씩 지나갈 뿐이었다.

진고영 등은 한중을 떠난 지 반나절이 지나 용계로 들어서자, 저 멀리 척산을 등에 진 웅장한 철검산장의 모습이 눈에 들어왔다.

심심하던 차에 잘됐다며 따라나선 염이상이 손으로 철검산장을 가리켰다.

"저곳이 천하삼장 중 한곳 철검산장이오. 이 년 만에 보는 거지만 여전히 웅장하군."

아직 십여 리는 더 가야 산장의 입구에 다다를 거라 하였다.

진고영은 홀홀 단신으로 철검산장을 찾아왔을 아버지의 얼굴을 떠올렸다.

아마도 아버지는 사랑하는 가족을 위해 목숨을 던질 각오를 했으리라.

'이제는… 이제는 아들인 내가 그날의 진실을 밝히리라. 설령 피를 흘린다 해도 망설이지 않으리라.'

천천히 용계를 지나친 진고영은 철검산장을 향해 말을 몰았다.

하지만 그들은 철검산장을 이백여 장 남긴 곳에서 멈추어 서야만 했다.

"멈추시오!"

세 명의 청의무사가 앞을 가로막았던 것이다.

"본 장에는 무슨 용무로 오신 것이오?"

청의무사들이 수위무사라는 걸 아는 염이상이 앞으로 나섰다.

"나는 염이상이라 하오. 사마정 이공자를 만나러 왔소."

"아! 진혼도 염 소협이셨군요. 이거 몰라뵈었습니다."

"별말씀을. 한데 사마정 이 친구 안에 있나 모르겠구려."

"출타하시지 않았으니 안에 계실 겁니다. 한데 죄송하오나 이곳부터는 하마를 하도록 되어 있습니다."

"흠… 알고 있소."

"저분들은……."

"아! 나와 같이 온 일행이오. 산장에 볼일이 있으시다 하여 오신 분들이오."

"알겠습니다. 말은 이곳에 맡기시고 안으로 드시지요."

진고영은 염이상이 자신의 일행으로 소개하자 멈칫했지만 아무 말도 하지 않았다.

여기까지 같이 온 이상 바로 아니다고 해봐야 염이상의 체면만 구길 일, 언제고 상황을 봐서 갈라설 생각이었다.

이백여 장 안으로 걸어 들어가자 동서로 이백여 장, 끝도 없이 뻗은 철검산장의 담이 눈을 가득 채웠다.

이 장 높이에 삼 장 넓이의 정문은 마차 세 대가 동시에 비켜갈 수 있을 정도였다.

한가운데 삼 장 넓이의 대문은 닫혀 있었고, 그 양 옆으로 일 장 넓이의 문이 열려 사람이 들락거렸다.

우측 문을 들어서자 미리 연락을 받았는지 정문 위사장 연추명이 나와 있었다.

섬서사호의 한 사람이자, 철검산장의 이공자인 사마정의 친우인 염이상은 위사장이 직접 맞이할 정도의 자격은 되었던 것이다.

"하하하! 이거 염 소협께서 오랜만에 들르셨습니다."

"그러게 말입니다. 일 년 만에 연 대주를 뵙는군요."

정문의 위사장은 대주급의 지위가 주어져 있었기에 염이상은 항상 그를 대주로서 대해주었다.

연추명도 대주로 불리길 좋아했기에 그렇게 불러주는 염이상이 반가웠다.

"한데 오늘은 다른 손님도 같이 왔군요. 뉘신지……?"

"아! 예. 오던 길에 산장에 볼일이 있다는 분을 모시고 왔습니다."

염이상의 말에 연추명의 미간이 찌푸려졌다.

"하면 염 소협과 일행은 아니시다는 말씀……."

"일행이 아니라고 하기는 좀 그렇고, 어쨌든 산장의 손님인 건 분명합니다."

진고영이 한 걸음 앞으로 나섰다.

"진고영이라 하오."

"연추명이오. 방문한 손님들에 대해 파악하는 게 내 임무이니 이해하시길 바라겠소."

진고영이 고개를 끄덕였다.

연추명은 진고영과 우형욱을 쳐다보곤 질문을 던졌다.

"우선 신분 내력을 저기에 적어주시고 방문의 목적을 말씀해 주시기 바라겠소."

연추명의 손이 가리키는 곳에는 한 권의 방문록과 간단한 필기구가 가지런히 놓여 있었고, 워낙 찾아오는 손님이 많다 보니 그곳엔 서기로 보이는 자도 한 명 앉아 있었다.

진고영은 붓을 들어 자신의 이름과 우형욱의 이름만을 적었다. 서기는 감탄의 표정으로 진고영이 쓴 글을 쳐다보더니 우형욱의 옆에 간단한 뒷글을 달았다.

별호 백산창, 은창보의 철기비호대주.

힐끗 자신의 이름 뒤에 글이 달리자 우형욱은 어색한 얼굴로 서기에게 말했다.

“그거… 이제는 아닌데… 꼭 써야 하는 거요?”
서기는 고개를 갸웃하더니 앞에 한 글자를 더 적었다.

전(前) 별호…….

“이제는 방문의 목적을 말씀해 주시겠습니까.”
연추명의 말에 진고영은 척산을 보며 진한 감회가 서린 음성으로 입을
열었다.
“과거… 이십수 년 전 나의 아버님께서 이곳을 오셨었소. 그분께선 한
가지 해결할 일이 있어 이곳을 오셨고, 나는 그 일에 대해 묻기 위해 지
금 이곳을 찾은 것이오.”
“귀하의 부친이? 귀하는 누구에게 무엇을 묻기 위해 왔단 말이오?”
연추명은 의아한 얼굴로 진고영을 바라보았다.
진고영은 고개를 돌리곤 한 자 한 자 말을 이었다.
“사마혁성 노선배에게 진창휴의 아들이 물어볼 게 있어 찾아왔다고
전해주시오.”
쿵!
우형욱을 제외한 주위의 모든 사람이 놀라 눈을 크게 뜨고 어이없는
얼굴로 진고영을 쳐다봤다.
이미 이십여 년 전 장주의 자리를 사마양휘에게 물려주고 창천각에 칩
거한 태상장주.
오제의 일인으로 하늘로 불리며 철검산장의 전성기를 구가했던 초인.
그가 바로 창천검제 사마혁성이었다.
그런데 저 별 볼일 없어 보이는 젊은 무사가 하늘을 만나고자 왔다 한
다.

연추명은 어이없다 못해 노기가 솟았다.

"그대가 감히 본 장을 능멸하겠다는 건가!"

"당신은 나에게 방문의 목적을 말하라 했고, 나는 나의 목적을 말했소. 그런데 그게 왜 잘못됐단 말이오."

고저가 별로 없는 진고영의 무심한 말투에 연추명은 치솟던 화조차 가라앉는 것만 같았다.

"나는 단지 그분께 물어볼 것이 몇 가지 있을 뿐이오."

조용한 진고영의 말에 솟구치던 노기가 가라앉자 연추명은 입이 쉽게 떨어지지 않았다.

그만큼 사마혁성이란 이름이 주는 충격은 그에게 날벼락과 같았다.

보다 못한 염이상이 재빨리 입을 열었다.

"진 형! 대체 이미 칩거에 들어간 지 오래인 그분께 물어볼 게 무엇이기에 그러시오. 그분 말고도 철검산장엔 나이 드신 분들이 많이 있소만……."

"나의 생각이 틀리지 않다면 나의 질문을 만족시킬 답을 줄 수 있는 사람은 오직 한 사람뿐이오."

"허… 거참……."

마음이 가라앉았는지 연추명이 한마디 쏘아붙였다.

"그분께선 아무나 만나주시지 않소. 가족이라 해도 사전에 약속이 되어 있지 않으면 창천각에 한 걸음도 들일 수 없소."

"그래도 만나야 하오."

"흥! 만일 안 된다면?"

무표정하던 진고영의 얼굴에 잔잔한 냉기가 흘렀다.

"이 진모는 부모님의 무덤 앞에서 다짐을 한 게 있소."

냉기는 점점 전신을 감싸듯 흘러내렸다.

"모든 걸 바쳐 부모님의 한만큼은 풀어드리겠다고 했소. 그러기 위해선 방법도 가리지 않을 생각이오."

우형욱은 처음으로 보는 진고영의 냉막한 모습에 몸을 부르르 떨었다.

'그런가? 그래서 나에게 그렇게 다짐을 받았던가. 목숨을 내놔야 할지 모른다고…….'

주위의 공기가 싸늘하게 식어갈 때였다.

"건방진 자로다! 건방진 말투로다!"

느닷없는 대갈성이 우측의 전각 앞에서 터져 나왔다.

말을 잊고 진고영을 멍하니 바라보던 사람들이 급히 고개를 돌려 전각 쪽을 바라보았다.

연추명이 제일 먼저 고개를 숙이며 예를 올렸다.

"연추명이 가 당주를 뵙니다."

염이상의 입에서도 뒤늦게 탄성이 터졌다.

"추풍혈검 가등위 당주로군!"

가등위는 나이 든 장로들이 세를 키우는 것을 반대할 때마다 열이 받았다.

그간 남몰래 힘을 키워온 것이 이십여 년, 이제는 밖으로 그 힘을 보여 철검산장이 결코 죽어가는 노룡이 아니라는 걸 알려야 할 때다. 그런데 나이 든 장로들은 겁만 많아가지고 아직 때가 아니라는 말만 되풀이하고 있었다.

조금 전에 끝난 수장회의에서도 팽팽히 맞선 양측의 설전으로 오전을 다 보내 버렸다.

철검산장의 척천당주인 가등위로선 불만이 쌓일 대로 쌓인 채 회의장을 나서 자신의 거처인 척천당으로 가던 중 소란스런 소리가 들려왔다.

기분이 별로 안 좋았던 그는 그냥 지나치려 했는데 처음 보는 젊은 자가 자신의 심기를 건드린 것이다.

방법을 가리지 않고 감히 철검산장을 상대로 자신의 뜻을 관철하겠다고?

한 소리 내지른 가등위는 정문 쪽을 향해 걸음을 옮겼다.

"방법을 가리지 않겠다고? 감히 본 철검산장에서 그따위 소리가 터져 나오다니……. 네놈은 본 장이 그리 우습게 보이더냐?"

연추명의 인사는 본체만체 가등위는 검의 손잡이로 손을 가져갔다.

"본 장은 네놈 따위가 우습게 볼 곳이 아니란 걸 내 직접 보여주마!"

가등위가 화난 얼굴로 진고영 쪽으로 다가서자 염이상은 난감해져 버렸다.

성질 급한 걸로 유명한 자였다. 게다가 지난바 무공은 자신을 상회하는 자였다.

진고영이 비록 자신을 능가한다 생각하지만 가등위 또한 만만한 자가 아니었다.

일이 점점 커지는 것만 같아 염이상은 머리가 지끈거렸다.

그때 염이상의 지끈거리는 머리에서 실핏줄을 터뜨릴 듯한 말이 진고영의 입에서 나왔다.

"그대를 이기면 내 요구가 받아들여질 수 있소?"

"뭐야! 정말 어이가 없는 놈이로구나! 좋다. 네놈이 나를 이기면 내 모든 걸 걸고 주청을 드려보마! 물론 어림없는 소리겠지만!"

챙!!

가등위의 검이 검집을 빠져나오자 파릇한 검신에선 살을 에일 듯한 기운이 사위를 감쌌다.

진고영이 가등위를 향해 걸음을 옮기자 주위의 사람들이 옆으로 비켜

섰다.

이제는 어쩔 수 없다. 무인들이 검을 뽑았으면 검으로써 해결하는 수밖에 없다.

사람들이 물러나자 방원 십 장의 공간이 생겼다.

염이상이 우형욱을 돌아보며 곤혹한 표정을 지었다.

"진 형의 성질도 한성질 하는구려."

"웬만하면 말도 잘 하지 않는 양반인데. 이거 오늘 단단히 각오해야 할 듯싶군요."

"가등위의 무공은 나보다 한 수 위라 할 수 있소. 괜찮겠소?"

"예? 뭘 말입니까?"

"진 형이… 괜찮겠냐는 말이오."

진고영의 체면을 생각한 듯 머쓱거리며 염이상이 말하자 우형욱은 별 생뚱맞은 소리 다 한다는 표정으로 염이상을 쳐다보다 눈을 빛냈다.

"거, 우리 이러지 말고 내기나 합시다."

"예? 내기요?"

"예, 내기. 나는 오 초에 열 냥. 염 형은 그냥 무조건 반대로 거시오. 어떻소?"

어이없어 입을 벌리고 있던 염이상이 고개를 끄덕였다.

"뭐가 뭔지 모르겠지만 좋소. 하지만 오 초는 더 버티지 않겠소? 그래도 나보다 강한데… 진 형이……."

히죽 웃은 우형욱이 걸음을 옮기는 진고영에게 전음을 보냈다.

"진 대형! 오 초 이내에 끝내십시오. 일단은 저들의 기세를 죽여야 하니까요."

진고영은 가등위의 십 보 앞에서 멈춰 섰다. 그리고 관천곤을 손에 쥐었다.

진고영이 등 뒤의 칼이 아닌 허리춤의 뭉툭한 묵색 곤을 꺼내 들자 가등위의 얼굴이 노화로 물들었다.

"끝까지 건방진 놈! 차앗!!"

중단으로 들어 올려진 검이 튕기는 신형과 함께 찔러갔다.

번개가 무색하게 신검합일되어 찔러오는 검을 바라보던 진고영의 신형이 느릿하게 옆으로 돌고 우수의 곤이 작은 원을 그려갔다. 일원첩수였다.

곤으로 그려진 원이 순간적으로 일곱 개로 늘어나자 직선으로 찔러오던 가등위의 검이 흔들리며 검화를 피워냈다.

"아! 철검산화!"

연추명의 입에서 감탄이 터졌다.

검화가 피어나고 순간적으로 곤으로 그린 원과 검화가 부딪치자, 사방으로 퍼져 진고영을 몰아칠 듯하던 검화가 사그라지고, 진고영의 신형이 주욱 앞으로 나아간 것은 눈 한 번 깜박일 시간도 되지 않아서였다.

그리고는 진고영의 곤이 중단에서 뻗어나간다.

묵색 기운이 곤 끝에서 아지랑이처럼 피어오르고, 아지랑이는 뇌전이 되어 가등위를 덮쳐 갔다.

낙일망휴, 아홉 개의 뇌전이 가등위의 운신을 봉쇄해 버렸다.

"헛!"

헛바람 빠지는 소리와 함께 가등위의 철검이 다급하게 휘둘러졌다.

후우웅! 콰과과쾅!

철검이 곤영과 부딪치며 격한 충돌음을 토해냈다.

사방으로 비산하는 기운이 청석으로 된 바닥에서 먼지구름을 피어 올렸다.

“우욱!”

주르르륵…….

가등위의 신형이 충격으로 일 장이나 밀려나고, 그의 입가에선 가는 선혈이 비쳤다.

창백하게 변한 가등위의 얼굴엔 믿을 수 없다는 표정이 떠올라 있었다.

“이… 이런…….”

진고영이 조금의 흔들림도 없이 곤을 상단으로 올리고 있는 게 눈에 들어왔다.

이를 악다문 가등위가 전신 공력을 끌어올렸다.

바람이 없는데도 그의 옷이 펄럭이고 철검의 끝에선 아지랑이 같던 검기가 실낱같은 형체를 갖추어갔다. 검사, 검기가 유형화되기 바로 전의 단계, 절정에 이르기 위한 관문과도 같은 바로 그것이었다.

주위에서 들리는 감탄의 소리 따윈 귀에 들어오지도 않았다.

가등위는 모든 힘을 모아 몸을 날렸다. 특별한 초식 따위도 필요없었다. 아니, 아무것도 생각이 나지 않았다.

그저 상대를 베어야 한다는 오직 한 가지 생각뿐이었다.

뻗어가는 검에서 은은한 울림이 전해진다. 뭔가 될 것도 같다.

진고영은 가등위가 몸을 날리는 것을 뻔히 보면서도 그저 상단에 올린 곤 끝을 바라만 보고 있었다.

그리고…….

“좋군.”

짧고 나직한 한마디와 함께 곤을 내려쳤다.

관천뇌곤 전 구식 중 일곱 번째 낙성일격이었다.

번쩍!

마른하늘에 날벼락이 친다면 이런 것일까.

가등위는 눈앞에 벼락이 꽂히는 것을 보고 아득한 심정이 되었다.

쾅!

외마디 굉음과 함께 가등위의 몸이 훌훌 이 장을 날아가고.

털썩!

이 장 밖으로 떨어진 가등위를 보며 구경하던 사람들은 말을 잊었다.

"멈춰라!!"

커다란 소리와 함께 십여 명의 갈의무사가 장내로 날아들었다.

"대체 무슨 일이… 헉! 당주님!"

척천당의 무사들을 이끌고 날아든 부당주 오동천은 대경실색했다.

누군가 싸우는 듯한 소리에 감히 산장 내에서 소란을 피우는 자들을 다그치려 달려왔다.

그런데 자신이 모시는 가등위가 인사불성이 되어 바닥에 쓰러져 있고 사람들은 얼이 빠져 쳐다만 보고 있는 게 아닌가.

오동천은 주위를 둘러보다 연추명이 보이자 다그쳐 물었다.

"연추명! 도대체 무슨 일인 게냐!"

반쯤 얼이 빠져 있던 연추명은 급히 예를 취했다.

"그것이… 가 당주님께서… 저 젊은 무사와 싸우시다가……."

간단하게 그간의 이야기를 전해 듣던 오동천은 놀란 눈으로 진고영을 바라보았다.

가등위가 누군가. 척천당의 당주이자 산장 내에서도 알아주는 고수가 아닌가.

그런 그가 이름도 없는 젊은 무사에게 패해서 저리되었다고 하자 우선은 어이가 없었다.

그리고 다음으로는 화가 머리끝까지 솟구쳤다.

오동천의 신형이 진고영 쪽으로 홱 돌아섰다.

"감히 본 산장에서 소란을 피우다니, 죽으려 작정을 했구나."

오동천의 일갈과 함께 같이 온 십여 명의 무사가 진고영을 에워쌌다.

한쪽에서 어이없는 얼굴로 서 있던 염이상이 나선 것은 오동천이 검을 잡아갈 때였다.

"오 부당주께선 잠시 소생의 말씀을 들어주시지요."

"누구냐?"

화가 났다지만 상대를 확인도 않고 소리부터 지르자 염이상의 이마에 골이 파였다.

"그저 별 볼일 없는 염이상이오."

"염이상? …진혼도 염이상!"

고개를 갸웃거리던 오동천이 당황해 소리쳤다. 상대가 염이상이라면 자신이 함부로 대할 자가 아니다.

이공자의 친우이자 섬서사호의 하나가 아니던가.

"염 공자께서 어쩐 일이시오?"

"그게… 저 사람은 내가 모시고 왔던 사람이오. 어떻게 일이 이상하게 꼬이다 보니 이렇게 되고 말았소. 일단은 가 당주님을 먼저 살펴보시는 게 순서일 듯하오만……."

"염 공자가 모시고 왔다고요?"

놀란 눈으로 염이상을 보던 오동천이 싸늘하게 얼굴을 굳혔다.

"아무리 염 공자가 모시고 왔다 해도 본 장의 당주님을 해한 것은 용서할 수 없습니다."

"용서라……. 누가 누굴 용서한단 말이오. 그와 나는 단지 약속을 하였을 뿐이거늘."

　나지막한 진고영의 말에 오동천이 검을 잡아 뽑자, 주위를 포위하고 있던 척천당의 무사들도 검을 뽑았다. 그때였다.

　"모두… 모두… 물러서……. 끄응."

　신음과 함께 가등위가 일어서고 있었다.

　선혈이 입가로 흐르고 충격으로 머리가 산발되어 있었지만 그다지 큰 내상은 입지 않은 듯 보였다.

　"누가 네놈들더러 나서라고 했더냐……. 나를 아주 구덩이에 파묻으려고 작정을 했구나."

　"당주님! 괜찮으십니까?"

　"아직 살아 있으니까 네놈 앞에 서 있지 않느냐! 끄음……."

　몸을 움직여 상세를 살피던 가등위가 진고영을 바라보았다.

　"거 되게 무지막지한 몽둥이구만. 으음… 연추명!"

　"예? 예! 당주님."

　"저 사람들 빈청에 모셔놓게. 내 장주님을 뵙고 와야겠으니."

　"당주님!"

　오동천이 무슨 소리냐는 듯 어리둥절해 소리치자 가등위가 역팔자로 눈을 치켜떴다.

　"왜! 네놈은 나를 약속도 지키지 않는 후레자식으로 만들 셈이냐!"

　"예?"

　"소란 떨지 말고 들어가 있어! 그리고 당신들은 연 대주를 따라가 기다리시오."

　"열 냥."

　철검산장에 온 손님들이 기거하는 객사로 안내되어 오자마자 우형욱은 염이상에게 손을 내밀었다.

“후우…… 여기 있소.”

그걸 쳐다보던 진고영이 머리를 저었다. 우형욱이 전음을 보냈던 이유를 이제야 안 것이다.

장주를 만난 가등위는 사마양휘가 놀란 표정을 짓자 의아한 생각이 들었다.

“분명 진창휴의 아들이라고 했는가?”

“예! 연추명에게 그리 말했다 들었습니다.”

“진창휴라……. 오랜만에 듣는 이름이군. 후우…….”

사마양휘가 눈을 감고 진창휴라는 이름만 되뇌이자 가등위는 궁금해 미칠 지경이었다. 하지만 그렇다고 장주에게 직접 물을 수도 없었다.

잠시지간 그렇게 있던 사마양휘가 눈을 뜨고 가등위를 바라봤다.

“진고영이라 했던가? 그는 어디 있는가?”

“일단 객빈청에 있으라 했습니다.”

“음… 알았네. 돌아가 있게.”

“그럼…….”

혼자 남은 사마양휘는 다시 눈을 감았다.

과거 자신에게 유일한 패배를 선사했던 자의 아들이 십수 년 만에 찾아왔다.

그것도 부친인 창천검제 사마혁성을 지목하고.

오래전에, 분명 무슨 일이 있기는 했는데 부친은 알려주지 않았었다.

그때는 부친께서 하신 일이니 설마 무슨 일이야 있겠는가 했었다.

그런데 오랜 세월이 지나 다시 그때의 일로 사람이 찾아왔다.

대체 무슨 일이 있었기에 세월을 넘어 다시 사람이 찾아온단 말인가.

상념에 잠겨 있던 사마양휘가 몸을 일으켰다.

무언가를 결심한 듯 걸음을 대전의 입구로 옮기며 혼잣말하듯 중얼거렸다.

"소천, 아버님께 가라. 가서 진창휴의 아들이 뵙고자 찾아왔다 전하고 답을 받아와라."

"예……."

천장에서 한마디 답이 들릴 듯 말 듯 들리고 검은 바람 한줄기가 천장을 빠져나갔다.

가등위가 진가 성을 쓰는 젊은 무사에게 쓰러졌다는 소문은 조용히 철검산장을 뒤흔들었다.

얕보고 덤볐다가 졌다는 둥 그자가 사술을 써서 졌다는 둥 온갖 소문이 돌았다.

그러다 보니 그 소문을 확인하고자 하는 자들이 생기기 시작했다.

우형욱은 은자의 감촉을 느끼며 느긋이 창밖을 쳐다보았다.

사람들이 지나가며 힐끗힐끗 이쪽을 쳐다본다. 마치 신기한 동물을 쳐다보듯 그렇게…….

그러거나 말거나 당분간 돈에 쪼들리지 않을 걸 생각하니 기분이 좋았다.

한쪽에선 심각한 표정으로 깊은 생각에 빠져 있는 염이상이 있었고, 진고영은 마치 내 집에라도 들어온 듯 편안한 표정으로 차를 마시고 있었다.

그때 누군가가 방문 앞으로 다가왔다.

"잠시 들어가도 되겠소?"

"응? 들어오시오. 방문은 열렸으니."

방문이 열리고 잘생긴 얼굴에 비단장삼을 걸친 가히 송옥이 울고 갈

미남자가 들어섰다.

"사마정이라 하오."

철검산장주 사마양휘의 둘째 아들 사마정이었다.

"아! 형님, 어서 오시구려."

"음. 아우도 있었군. 왔으면 나를 찾을 것이지."

"하하… 그게 좀 이상하게 풀려서……. 쩝!"

염이상이 어색한 웃음을 지으며 힐끗 진고영을 보았다.

그러자 자리에서 일어난 진고영이 가볍게 포권을 취했다. 어쨌든 손님의 입장이었으니 예의는 갖춰야 했다.

"진고영이오."

"말씀은 들었소. 가 당주를 패대기쳤다는 말도."

잘생긴 얼굴에 묘한 말투였다.

"이해하시오. 사마 형님의 말투가 원래 저러니까."

"우형욱입니다. 척산미검 사마 형을 뵙게 되서 반갑습니다."

우형욱의 인사에 사마정은 가볍게 고개를 끄덕였다.

"백산창에 대한 소문은 많이 들었소. 본 장을 찾아줘서 반갑소."

"별말씀을. 백산창은 무슨… 이제 그거 안 쓰기로 했습니다."

사마정이 인사를 마치자 얼굴을 굳히고 진고영에게 물었다.

"진 형께서 할아버님을 뵙자 하셨다 들었소."

"그렇습니다."

"이유를 알아도 되겠소?"

"물어볼 게 있어섭니다. 이십 몇 년이 지났고, 그전부터 그분만이 알고 있었던 일이니 답을 해줄 분도 그분뿐이니까요."

사마정의 환한 미간에 주름이 졌다.

"음… 대체 무슨 일이길래……."

“나 역시 그걸 알기 위해 왔습니다.”

진고영의 대답에 사마정은 그가 쉽게 물러나지는 않을 거라는 생각이 들었다.

“일단 가 당주께서 아버님을 만나셨으니 조만간 어떤 답이든 나올 겁니다.”

“좋은 결과가 나오길 바랍니다.”

사마정과 진고영의 눈길이 허공에서 부딪쳤다.

하지만 사마정은 진고영의 깊은 눈빛 속에서 아무것도 알아낼 수가 없었다.

3

승검원은 장주인 검절 사마양휘의 별원과 같은 곳이었다.

잘 정돈된 정원 한가운데 아름드리 소나무들은 철검산장의 깊은 역사를 말해 주는 듯했고, 한쪽 담장을 따라 늘어선, 잘 손질된 매화나무들은 주인의 고아한 품성을 보여주는 듯했다.

소슬한 바람이 소나무로 둘러싸인 팔각정자 처마 사이 풍경을 울릴 때, 고요한 정적을 깨고 일단의 사람들이 승검원을 들어섰다.

진고영이 전령을 따라 들어선 것이다.

진고영은 팔각정자 안에 조용히 앉아 차를 마시고 있는 초로의 중년인을 볼 수 있었다.

오십 초반 정도, 실제 나이는 육십이 다 되었을 사마양휘였다.

“어서 오게.”

묵직한 저음의 중후한 음성, 마시던 찻잔을 내려놓은 사마양휘가 진고영을 보며 말했다.

"진고영입니다."

"음… 그래. 자네를 보니 그의 얼굴이 확연히 생각나는군."

진고영이 정자에 들어서 자리에 앉자, 백의궁장을 한 여인이 찻잔에 차를 따랐다.

"내 딸아이의 차 달이는 솜씨는 장내 제일이라네. 아무한테나 차를 주지 않는데 자네는 운이 좋은 거 같군."

"제가 운이 좋은 거겠지요. 오래전 아버님을 패배시켰다는 분의 후예를 볼 수 있게 되었으니."

"윽. 너는 어째 갈수록 말솜씨만 늘어가는 거 같구나."

두 부녀의 말다툼을 바라보던 진고영은 의외라는 생각이 들었다.

사마양휘가 패배의 쓴잔을 마신 것을 모두 알고 있는 듯 아무렇지 않게 말하지 않는가.

마치 그의 속마음을 눈치챈 듯 사마양휘는 고졸한 미소를 물었다.

"어릴 적 이 아비가 천하제일인 것처럼 말하길래 한 번, 딱 한 번 말해준 적이 있었네. 그런데 그걸 잊지 않고 이렇게 나를 놀리는구만. 에잉."

진고영은 찻잔을 입으로 가져가 맛을 보았다. 왠지 두 부녀의 분위기에 휩쓸릴 것 같았기 때문에 한 행동이었지만 곧 그의 눈엔 이채가 어렸다.

"좋군요. 이렇듯 좋은 차를 마실 수 있다는 것은 확실히 행운이랄 수 있겠습니다."

가볍게 여인에게 인사를 차린 진고영은 사마양휘를 돌아보았다.

"하나…… 제가 온 목적이 무엇인지 장주께선 잊지 마셨으면 합니다."

“흠······.”

사마양휘의 얼굴이 서서히 굳어졌다. 찻잔을 내려놓은 그가 진고영을 직시하며 굳은 음성으로 말했다.

“그전에 자네가 먼저 한 가지 해줘야 할 게 있네.”

잔잔한 기운이 사마양휘를 중심으로 퍼져 나갔다. 철검장의 자랑이라는 철검양화공력의 기운이었다.

창천검제 사마혁성의 대에 이르러 완성됐다는 철검양화공력은 격하지 않으면서도 패도적인 기운을 담은 무림일절이라 불리기에 손색없는 무공이었다.

진고영의 주위로 회오리처럼 두 가닥 기운이 엉켜갔다. 그도 대연일기공을 일으킨 것이다.

두 가닥 기운의 힘이 점점 정자를 휘감아가자 사마련은 견디기 힘들어져 갔다.

“그만··· 이러다 정자가 무너지겠어요.”

살짝 떨리는 가느다란 음성에 두 가닥 기운은 언제 그랬느냐는 듯 소멸되어 버렸다.

“이런이런. 하마터면 우리 고집쟁이 아가씨가 큰일날 뻔했군.”

“핏! 아버님은 도대체가······.”

“흠. 어쨌든 대단하군. 아직 나이도 젊은데.”

사마양휘가 몸을 일으켰다.

“가세! 자네가 해줘야 할 한 가지를 말해 주지. 련아는 안으로 들어가 있거라.”

“아버지··· 알았어요.”

저렇게 얼굴을 굳히면 아무리 그녀를 사랑하는 아버지라도 말릴 수 없다.

고개를 저으며 안으로 들어가려던 그녀는 진고영을 돌아다보았다.

"저는 사마련이에요! 아버지가 두 손으로 검을 잡으면 조심하세요."

"저… 저……!"

어이없는 얼굴로 사마련을 쳐다보던 사마양휘는 혀를 차고는 휘적휘적 정자를 내려갔다.

"좌우간 딸내미는 키워봐야 소용없다니깐……. 에잉……."

승검원의 뒤뜰엔 청석이 깔린 방원 십여 장 정도의 연무장이 만들어져 있었다.

사마양휘는 천천히 연무장으로 들어서며 감회 서린 음성으로 말하며 주위를 쳐다보았다.

"이곳이네. 이곳에서 자네 아버지와 백초 비무를 겨루었었지."

한 걸음, 한 걸음 중앙을 향해 걷던 그의 발걸음이 어느 순간 멈추고, 그는 가라앉은 눈으로 진고영을 돌아보았다.

"그리고 나는 처음으로 패배를 맛보았네. 처음으로. 그리고 나서야 나는 단단한 껍질을 깨고, 나 자신의 울타리를 빠져나올 수 있었네. 어찌 보면 자네 아버지는 나의 은인이라 말할 수도……."

사마양휘의 손이 검가를 가리키자 검가에 매달려 있던 한 자루 철검이 그의 손으로 빨려 들어갔다.

"가등위는 나의 상대라 할 수는 없네. 하지만 그렇다고 해도 나는 그를 삼 초에 제압할 수는 없다네. 물론 전력을 다한다면 또 모르겠지만……."

차앙!

철검이 검집 속에서 빠져나왔다.

그리고 진고영을 향해 세워졌다.

"나는 자네가 나의 또 다른 껍질을 깨줄 수 있을지 모른다는 생각을 했네. 이기적이라 해도 좋네. 십여 년 전 그날이 다시 올 수 있다면 좋겠 군……."

진고영은 아무런 말 없이 허리의 곤을 빼 들었다.

그러자 중단으로 들어 올린 곤 끝에서 한 가닥 묵기가 피어오르고, 그 묵기는 점차 희미한 묵광을 발산하기 시작했다.

"원하신다면……."

사마양휘는 감탄의 눈으로 진고영을 쳐다보다가 검에 철검양화공력을 흘려 넣기 시작했다. 순간 사방으로 퍼져 가던 검기가 철검을 감싸기 시 작했다.

"해볼까?"

아무런 기합성도 없이 사마양휘의 신형이 앞으로 나아가더니 허공에 세 개의 검화가 피어났다.

진고영은 곤을 들어 올려 검화를 찍어가고, 부딪친 검화가 사그라지자 신형을 띄웠다.

일 장 높이 허공에서 강력한 풍압이 사방을 짓누르더니 일곱 개의 곤 영이 사마양휘를 향해 몰려간다.

칠성귀혼이었다.

사마양휘의 철검이 십자로 그어지며 곤영을 부수어 나갔다.

파도가 넘실대듯 일어난 검기가 곤영을 쓸어가자 부딪친 기운이 사방 으로 비산하며 쏟아져 내렸다.

부딪친 탄력에 일 장을 더 솟구친 진고영의 몸에서 한 가닥 번개가 번 쩍였다.

낙뢰절지, 처음으로 펼쳐진 관천뇌곤의 중(中) 육식 중 다섯 번째 초식 이 칠성의 힘을 담아 내리 꽂혔다.

“타앗!”

처음으로 사마양휘의 입에서 기합성이 터지고 가로저어 가는 그의 검에서 눈부신 광채가 피어났다.

콰콰쾅!

격렬한 굉음에 청석 바닥이 들썩이고 주위의 아름드리 나무가 흔들렸다.

“이번엔 내가 가네!”

사마양휘의 검이 한 자 정도 길이의 검강을 뿜어내며 짓쳐 갔다.

팔방을 점하며 찔러가는 검에선 서리서리 새하얀 검강이 발해지고 그 새하얀 빛은 닿는 무엇이든 다 베어버릴 것만 같았다.

진고영의 내려선 몸이 우뚝 제자리에 멈추고, 묵광이 뻗친 곤이 커다랗게 원을 그리며 짓쳐 오는 검강의 기운을 감싸 버리자 새하얀 검강이 묵색 그물에 갇혀 버렸다.

관천뇌곤 중 육식 중 두 번째 낙일망, 이어서 묵색 곤강이 뇌전이 되어 뭉쳐진 검강을 꿰뚫고 부수어 버렸다.

전 구식 중 마지막 관천조양이었다.

“크음……..”

묵직한 신음과 함께 사마양휘의 신형이 뒤로 물러났다.

“굉장하군. 그것이 곤왕의 관천뇌곤인가?”

몸을 추스른 사마양휘의 얼굴에 진정 감탄의 표정이 떠올랐다.

“과찬의 말씀……..”

“오랜만에 피가 끓는 것 같군. 다시 한 번 해볼까?”

사마양휘가 두 손으로 철검을 움켜쥐며 말하자 진고영은 문득 사마련이 했던 말이 떠올랐다.

진고영 역시 두 손으로 곤을 쥐고 상단으로 끌어 올렸다.

상대는 칠절 중 첫째인 검절, 과거의 하늘 오제 중 검제의 후계자.

자신은 오왕 중 곤왕의 후계자.

관천뇌곤의 전 구식과 중 육식을 자연스럽게 조화시킬 수 있는 정도가 되었지만 방심이란 있을 수 없었다.

오직 관천뇌곤만으로 부딪쳤다.

사마양휘는 철검대구식, 일명 창천구검이라 불리는 검결을 풀어나갔다.

콰쾅! 으르릉!

아무도 들어올 수 없게 했기에 망정이지 누구든 주위에 있었다면 큰 낭패를 면치 못했으리라.

부딪칠 때마다 사방으로 퍼져 나가는 기운이 청석을 가루 내고 담장을 깎아 내렸다.

그렇게 십여 초식을 나누던 사마양휘가 전신 공력을 끌어올려 검을 내뻗었다.

"하앗!"

용이 꿈틀대는가.

철검에서 뻗은 검강이 꿈틀꿈틀 진고영을 향해 뻗어가자 진고영은 신중하면서도 무심한 얼굴로 곤을 천천히 앞으로 내밀었다.

진고영이 내민 곤 끝에선 회오리치는 곤강이 대기의 모든 것을 빨아들일 것처럼 휘돌고 있었다.

하지만 그곳에선 아무런… 아무런 소리도 나지 않고 있었다.

마치 무저의 깊은 바다 속으로 모든 것을 빨아들이는 소용돌이와도 같았다.

관천뇌곤 후 삼식의 초현이었다.

사마양휘는 자신이 최근에 어렵게 완성한 창천승룡검결이 자연스럽게 펼쳐지자 희열이 온몸을 치달렸다.

평소 그렇게 힘들었던 검결이 너무도 자연스럽게 펼쳐지는 것이다.

그렇게 희열에 차 있던 사마양휘의 두 눈이 믿을 수 없다는 듯 굳어버린 것은 거세게 소용돌이치는 곤강을 보고 나서였다.

아무런 소음도 없이 자신의 창천검강이 소용돌이 속으로 빨려 들어가고 있었다.

그리고… 자신의 철검이 먼지처럼 부서지더니 그의 눈앞에는 오직 묵색 곤 끝만이 보이고 있었다.

근 일각이 흐르고, 사마양휘의 입이 무거운 침묵을 깼다.

"그건… 뭐라는 건가……."

"무음관천입니다."

"후우… 진정 멋지구먼."

"운이 좋았을 뿐입니다."

"훗. 그런 말은 진정 멋진 무공을 모욕하는 말이네."

"그런가요. 그럼 수정하지요. 장주께서 운이 없었을 뿐입니다."

"크윽… 자네도 그런 말을……."

4

창천각은 산장의 가장 뒤편, 척산의 백장절애가 등을 받치는 곳에 있었다.

진고영이 사마양휘와 함께 들어섰을 때는 나이를 짐작키 어려운 한 백의노인이 막 붓을 내려놓고 있을 때였다.

화선지에 그려진 죽화는 감히 흉내 내기 어려울 정도의 기상이 서려 있었고, 그 앞의 노인에게선 엿보기 힘든 오랜 세월이 담겨 있었다.

"아버님, 양휩니다. 진창휴의 아들을 데려왔습니다."

"음… 그래……."

사마혁성, 오제 중 검제, 창천검제라는 이름으로 수십 년을 하늘로 군림했던 초인은 노인답지 않게 맑은 눈을 들어 진고영을 바라보았다.

"그렇구나. 그의 아들이구나. 참으로 오랜만에 그처럼 깊은 눈을 보게 되는구나."

"진고영이라 합니다."

"조부께선……."

"돌아가신 지 삼 년이 조금 넘었습니다."

"그런가? 그분도 세월의 무게는 어쩔 수 없으셨나 보군. 나 역시 이제 갈 때가 다 된 거 같아……."

"아버님……."

사마혁성의 말에 사마양휘는 안타까움이 가슴으로 밀려왔다.

하지만 어쩔 건가. 세월이 흐르면 떠나야 하는 것을…….

"후우… 그래. 이제 너도 알아야 되겠지. 그리로들 앉거라."

두 사람이 앉자 시비가 차를 가져왔다.

천천히 한 모금 차를 들이킨 사마혁성이 입을 열기 시작한 것은 진고영이 창천각에 들어선 지 이각이 흐른 뒤였다.

"임가장이 그렇게 된 것은 바로 나와 또 다른 몇 사람에 의해서였다."

어느 정도는 확신하고 있었지만 그의 입에서 직접 시인하는 소리가 들리자 진고영의 어깨가 움찔 떨렸다.

사마양휘 역시 굳은 표정으로 아버지 사마혁성을 쳐다보았다.

"왜였는지 아느냐?"

사마혁성이 두 사람을 둘러보았다.

"임후명이 얻어서는 안 되는 물건을 손에 넣었기 때문이다."

"대체 무엇이었기에……?"

사마양휘가 놀란 표정으로 되물었다. 천하의 검제가 무엇이 아쉬워서 아무도 모르게 그런 짓을 저질렀단 말인가.

"혈… 궁… 시……. 임후명이 얻은 것은 바로 그거였다."

"혈궁시?"

의문이 담긴 표정의 사마양휘를 바라보며 사마혁성은 고개를 저었다.

"나 역시 처음에는 그것이 무엇인지 몰랐었다. 그렇기에 그 일을 하게 된 것이지."

사마혁성의 노안에 고뇌의 빛이 어른거리자 진고영은 무언가 또 다른 사연이 있음을 눈치챌 수 있었다.

"당시… 나와 또 다른 두 사람은 잘 알고 지내던 한 사람으로부터 한 가지 이야기를 들었다. 의창의 임후명이 사천을 다녀오던 중 한 가지 물건을 얻었다는 말이었지. 처음에는 그저 그런가 보다 했었다. 하지만 그가 얻은 물건이, 삼백 년 전의 혈왕궁이 남긴 삼보 중 하나인 혈궁시라는 말을 듣고 크게 놀라지 않을 수 없었다. 그리고 그는 거기에 덧붙여 말했다. 혈궁시로 열 수 있는 혈왕보전에는… 결코 세상에 나와서는 안 되는 악마지공 수라혈마기가 적힌 비급이 숨겨져 있다는 것이었다. 그는 다른 것은 몰라도 그 악마지공만큼은 절대 세상에 나와선 안 된다며 임후명이 혈왕보전을 열기 전에 혈궁시를 없애야 한다는 것이었다."

입이 마르는지 가볍게 찻물로 입을 축인 사마혁성이 말을 이었다.

"여러 사람이 알아봐야 득 될 게 없으니 조용히 처리하자고 하는 말에 우리는 모든 사람이 잠든 시간에 임가장을 찾아갔었다. 그리고 임후명을 설득했지. 당시의 임후명은 세간에 많이 알려지지는 않았지만 능히 고수라 불릴 만한 실력을 갖고 있었다. 그는 수왕 임치령의 숨겨진 아들이었거든. 임후명은 자신이 얻은 것은 자신이 책임진다며 우리의 의견을 거절했고, 결국 한바탕 싸움이 벌어졌다. 임후명의 수하이며 과거 수왕의 수하였던 사신검이 검을 빼 들었고, 우리는 생각지도 않았던 악전을 치러야만 했다. 그렇게… 그렇게 싸움이 한창일 때, 우리에게 그 일을 부추겼던 그자는 어디론가 사라져 버렸다. 어리석게도 의협심에 검을 빼 들었던 우리는 나중에야 무언가 일이 이상하게 되었다는 것을 알았지만 이미 상황은 돌이킬 수 없게 되어버렸다. 그래서 또 다른 잘못을 범하게 되었지. 항거 불능의 사람들을 놔두고 물건을 찾기 위해 혈안이 되어 온 집안을 다 뒤졌다. 하지만 아무것도 찾을 수 없게 된 우리가 밖으로 나왔을 때, 우리가 본 것은 싸늘하게 식어가는 시신들뿐이었다. 누군가가 항거 불능의 그들을 모두 죽여 버린 것이다. 나중에서야 그들을 죽인 게 혁련웅의 짓이란 걸 알게 되었지만, 그때는 모든 게 이미 늦어 있었다. 나와 두 사람은 그 일을 묻기 위해 당시 보이지 않던 혁련웅을 찾아갔지만 그를 찾을 수가 없었다."

세월이 담긴 사마혁성의 노안이 흔들렸다.

"우린 두려웠지. 세간의 눈이 두려웠고, 가문의 명예가 땅으로 떨어질 것이 두려웠다. 그래서 그때 도망친 임후명의 딸을 쫓아 모든 걸 묻으려 했었다. 나중에서야 그 모든 게 부질없는 짓이란 걸 깨닫고 일선에서 물러났지만… 어찌, 그때의 일을 용서받을 수 있으랴……."

긴 이야기가 끝났건만 입을 벌린 사마양휘는 아무 말도 할 수 없었다. 진고영은 두 눈을 감은 채 입을 굳게 닫고 있었다.

임가장이 어떻게 멸문당했고, 어머니가 왜 쫓겨야 했는지를 알았다.

그리고… 그 원흉들도 알았다. 한데 이제 어떻게 해야 할까.

"이곳을 나서던 아버님을 해한 것도 그들입니까?"

억눌린 듯한 음성이 진고영의 다문 입가로 새어 나왔다.

"내가 조사한 바로는 그들이 손을 쓴 것 같네. 그 당시 나와 함께했던 그들, 의혼검객 감천웅과 삼절무영수 화운랑 말일세. 그들에게 더 이상의 추적은 내가 용납하지 않는다 했었지. 아마도… 그 말이 그들을 더 다급하게 했는지도 모르겠네."

"아!"

사마양휘의 탄성이 장내의 침묵을 깨웠다.

진고영은 문득 전에 들었던 이름이 하나 겹쳐 생각났다.

"혹 한상검 감천기라는 사람을 아십니까?"

회한에 차 있던 사마혁성이 고개를 끄덕였다.

"감천기는… 감천웅의 동생일세."

"그렇군요. 그럼 혁련웅은 천운산장과 무슨 관계입니까."

"그는 천은산장의 전대 주인이지. 지금의 장주 혁련유천은 혁련웅의 장남일세."

또다시 장내가 무거운 침묵으로 가라앉았다.

잠시 생각에 잠겼던 진고영이 차갑게 가라앉은 눈으로 사마혁성을 바라보며 입을 열었다.

"당시 외조부께선 두 가지 물건을 얻으셨습니다. 그중 하나가 무언지 알 수 없는 붉은 철패 하나, 아마도 그것이 말씀하신 혈궁시 같습니다. 또 다른 하나는 양피지 책자 한 권이었습니다. 외조부께선 두 가지 물건을 따로 놔두셨고, 그중 책자는 다행히 남아 있어 제가 그것을 얻었습니다. 거기엔 혈왕궁이 왜 일어났었는지 그 역사가 쓰여 있었습니다. 혈왕궁은 수라혈마기로 인해 일어났고, 그 악마지공이 바로 혈왕궁의 역사 그 자체였다고 쓰여 있더군요. 천축에서 유래된 아수라의 마공, 그중에 하나가 바로 수라혈마기라는 것도. 한 번 보면 결코 인간의 정신력으론 그 유혹을 벗어날 수 없는 악마지공이 수라혈마기이니… 혈왕이 삼백 년의 시공을 넘어 다시 나타난다 해도 이상할 게 없을 것 같습니다.”

사마혁성의 안면이 부르르 떨렸다.

어느 정도는 예상했었다. 혁련웅이 사라진 후, 세월이 지나 천은산장이 천하삼장의 하나로 이름을 날리자 그는 천은산장을 예의 주시하고 있었다.

그리고 혹시 하는 마음에 암중으로 힘을 길렀다.

그런데 이제야 모든 게 현실로 드러나기 시작하자 사마혁성은 자신이 과거에 저질렀던 일의 여파가 온몸으로 느껴지기 시작했다.

“어찌할꼬……. 한때의 잘못으로 강호가 피바다에 잠길지도 모르겠구나.”

“아버님…….”

진고영은 자리에서 일어나며 사마혁성을 향해 무겁게 입을 열었다.

“노선배께서 비록 협을 행하기 위해 했다고는 하나 그 책임을 면할 수 없다는 것쯤은 잘 아시리라 믿습니다. 앞으로의 상황이 흐르는 바에 따라 노선배께 옛날의 빚을 물을 것입니다.”

진고영의 무심한 말에 사마양휘가 벌떡 몸을 일으켰다.

“그대가 감히 아버님께 죄를 묻겠다는 건가!”

“앉아라! 이 어리석은 놈아!”

사마혁성의 일갈에 사마양휘는 주춤한 몸으로 진고영을 노려보았다.

“어리석은 놈… 진 소협의 말뜻을 모르겠느냐? 이 아비는 차마 낯을 들 수가 없구나."

"아버님!"

"진 소협… 차마 낯을 들 수 없구먼. 이 늙은이는 그간 알게 모르게 산장의 힘을 키워왔네. 어쩌면 오늘과 같은 일이 있을지 모른다 염려해서였지. 언제든 어느 때든 본 산장의 힘이 필요하거든 요구를 하게. 그리고… 양휘 너는 진 소협의 말을 이 아비의 말과 같이 듣고 모든 걸 움직여야 할 것이다."

"아, 아버님……."

"그 길만이 이 아비와 너의 가족을 지키는 길이 될 것이다."

말을 마치며 눈을 감는 사마혁성의 얼굴이 십 년은 더 늙어버린 듯했다.

진고영은 사마혁성을 바라보다 고개를 들어 담장처럼 둘러진 오죽림을 쳐다보았다.

'어머니, 어찌해야 할까요.'

바람에 흔들리던 오죽이 말을 전해오는 듯했다.

'너의 생각이 이 어미의 생각이니 너의 뜻대로 하려무나.'

석양이 핏빛으로 물들며 척산 제일봉 우두봉을 넘어가고 있을 때에야 진고영은 창천각을 나섰다.

다음날 아침 식사에 사마양휘는 진고영과 우형욱을 초대했다.

식사를 하던 도중에도 사마련은 무엇이 그리 즐거운지 웃음이 떠나지 않았고 재잘거리는 입에서는 말이 쉴 새가 없었다.

다른 사람들은 당연하다는 듯 묵묵히 식사에 열중이었지만 평소 여인과 식사를 같이 해보지 않았던 진고영은 천하고수를 상대로 싸우는 것보다 더 피곤함을 느껴야 했다.

그런 상황에서 웅얼거리는 듯한 우형욱의 한마디가 사마련의 입에 자물쇠를 채워 버렸다.

"진 대형께선 조용한 여자를 좋아하는데……."

잠시의 시간이 지나고,

"큭! 크큭!"

사마정이 웃음을 겨우 참으며 큭큭대자 사마련의 쌍심지가 치켜 올라갔다.

"오라버니! 왜… 웃어요……. 씨이……."

그럭저럭 식사를 마치자 사마양휘가 사마정을 쳐다보았다.

"정이 네가 진 소협을 따라가라!"

"네. 네?"

사마정은 의아한 얼굴로 아버지의 얼굴을 보았다.

"네가 진 소협을 따라다니며 본 장과의 연락을 취하란 말이다. 왜? 싫어?"

"예? 아… 아뇨……."

"첫째 진이가 폐관을 마치고 나오면 너를 도울 것이니 우선은 네가 먼저 움직이거라."

"알겠습니다, 아버님."

5

세 가지 소문이 강호를 뒤흔들었다.

첫 번째는 그간 수많은 소문의 발생지였던 음혼색살마 백리웅전이 피살된 사건이었다.

무공이 폐지되긴 했지만 수많은 고수들에 둘러싸여 대별산 천당봉 무림련의 뇌옥으로 압송되던 그가 어느 날 암습을 받고 죽은 것이다.

뒤늦게 암습을 눈치챈 호송단의 고수들이 막으려 했지만 세 구의 암습자 시체와 백리웅전의 시신만 확인할 수 있었을 뿐이다.

망연한 호송단은 결국 뇌옥에 시신만을 넘겨줄 수 있었다.

두 번째는 대풍운보의 주축을 이루는 오대세력 중 한곳인 백운보의 반란이었다.

단단한 결속력을 자랑하며 천은산장과 함께 강남무림을 양분하고 있던 대풍운보가 갈라지기 시작한 것이다.

한때 절강의 패자를 자칭했던 백운보는 백리웅전이 마공을 익히고 음혼색살마가 된 데에는 무제 백리단황의 잘못이 크며 그 책임을 지고 그가 대풍운보의 수장 자리에서 물러나야 한다는 것이었다.

백운보주 이화신검 구양세강의 말은 큰 반향을 불러일으키며 절강의 세력을 규합하고 있었다.

세 번째는 어느 정도는 소문으로 알려졌던 음혼색살마 백리웅전이 마공을 익혔다는 소문이 사실로 드러났다는 것이었다.

그것도 악마의 금단마공이라는 천음마령공을 익혔다는 사실이 천은산장의 조사단에 의해 밝혀졌다.

당시 백리웅전을 잡는 데 지대한 공언을 했던 개방의 입을 통해서 흘러나온 말인지라 누구라도 믿지 않을 수 없었다.

강호가 온통 촉각을 곤두세웠다.

흥밋거리처럼 치부되었던 일이 점점 심상치 않게 변해가자 생각이 있는 자들 사이에서는 혈풍이 부는 게 아닌지 걱정하는 목소리가 조심스럽게 흘러나왔다.

　그렇게 무더위조차 느낄 사이도 없이 여름이 지나갈 무렵, 마침내 바닷가 썩은 생선보다 더 비릿한 혈풍이 강남 땅에서부터 불어오기 시작했다.

孤影　第三章

1

절강을 말할 때 사람들은 상유천당 하유소항이라는 말을 빼놓지 않고 말한다.

강소의 소주와 더불어 중원의 이대풍도로 칭해지는 항주는 그 아름다움만큼이나 파란만장한 역사를 지니고 있었다.

'아침에도 좋고 저녁에도 좋고 비 오는 날은 더 좋다' 는 말이 있을 정도로 항주의 아름다움은 수많은 시인묵객들의 발걸음을 잡아매기에 부족함이 없었다.

오랜 옛날 춘추 시대 오와 월이 항주를 두고 싸우며 흥망성쇠를 거듭할 때 나온 와신상담도 바로 이곳 항주를 배경으로 나온 말이었다.

이처럼 아름다운 항주에서 서쪽으로 이백여 리, 천목산 자락에서 와신상담의 마음을 가슴에 쌓아두고 있던 한 사람이 마침내 기지개를 켜기 시작했다.

석양이 천목산 허리를 가르고 불타오를 때, 천목산 자락 백운보에서 수많은 검은 그림자들이 쏟아져 나왔다.

일사불란하게 움직이는 자들은 그 어떤 소란스러움도 배제한 채, 마치 인형이 행군하듯 그렇게 남으로 남으로 내려가기 시작했다.

"일단 금도문을 치고 백리단황의 움직임을 주시한다!"

진중한 음성이 대전 안을 울리자 태사의 전면에 앉아 있던 열두 사람이 동시에 일어나 허리를 깊숙이 수그렸다.

"복명! 보주님의 웅지가 하늘에 닿았으니 필히 백리가를 누르고 옛 영화를 되찾을 수 있을 것입니다."

"좋아! 좋아! 가라! 가서 우리의 힘을 저들에게 보여줘라!"

수하들을 쳐다보며 외치는 구양세강의 두 눈에서 불같은 욕망이 이글거리며 타올랐다.

이십여 년을 짓눌려 오며 참았었다.

힘이 약했기에, 참을 수밖에 없었다.

하지만 이제는 참지 않을 것이다.

그간의 오욕을 모두 되돌려줄 것이다.

구양세강은 옆 자리에 서 있는 삼십대의 은포로 몸을 감싼 자신의 아들을 쳐다보았다.

십여 년, 죽음과 같은 지옥에서 오직 이날을 위해 살아온 아들이었다.

너무 가혹하다 생각도 했고, 많은 사람들이 말렸지만 그는 끝내 아들을 지옥으로 보내야 했다.

그 아들이 자랑스럽게 살아 돌아온 것이다.

"경헌아!"

"예, 아버님."

"이제는 너의 시대다. 시작은 이 아비가 했으나 끝은 네가 맺어라. 그리고 너의 천하를 만들도록 해라."

"그러겠습니다. 아니, 그럴 것입니다."

음울하게 느껴지는 구양경헌의 음성에는 진한 살기가 자연스럽게 묻어 있었다.

'많은 피를 보게 될 것입니다. 나의 십 년 세월을 지옥에 뺏겨야 했던 대가로…….'

2

항주에서 전당강을 따라 사백여 리를 내려가면 건덕이 나온다.

땅이 비옥해 농사가 잘되고 수로가 항주까지 곧바로 이어지니 항주의 풍요로움이 이곳까지도 전해진다.

서쪽으로는 강서로 넘어가는 관도가 넓게 뚫려 있어 문물의 유통이 자유로우니 대풍운보에서는 이곳 건덕 일대에서 가장 크고 충심이 강한 금도문을 절강 삼대지부 중 한곳으로 삼기에 주저하지 않았다.

야심한 시각, 금도문의 문주 철수금도 기전풍이 기거하는 내실에는 황촛불이 불타오르고 있었다.

그리고 타오르는 황촛불이 무색하게 뜨거운 열풍이 내실의 공기를 후끈 달아오르게 하고 있었다.

나이 사십에 첫 부인을 잃고 십여 년을 홀로 살다가 오 년 전 새로운 여인을 맞이했다.

이십 년의 나이 차이가 있었지만 그녀는 자신의 가려운 곳을 긁어줄 줄을 알았고, 아픈 곳을 어루만져 주기도 했다.

그렇게 오 년이 지나자 그녀는 그의 모든 것이나 마찬가지가 되었다.

자신의 모든 것을 알고 있는 여자, 자신의 모든 것이라 생각했던 여자.

그녀가… 철수신공을 익혀 금강신을 이룬 자신의 유일한 조문인 목뒤 천주혈에 입을 대고 있었다.

매끄럽기 그지없는 혀가 목덜미를 간지르자 긴장이 풀리고 온몸이 나른해졌다.

그때였다.

그녀의 입에서 무언가가 천주혈을 깊숙이 파고들고 있었다.

침인가……? 이럴…….

움직일 수가 없다.

목뒤에서부터 시작된 마비는 두 팔로 치달리고 점차 온몸이 물먹은 솜마냥 늘어지고 있었다.

일어나야 하는데… 일어나야 하는데……. 그래서 물어봐야 하는데… 도대체… 당신이…….

"왜… 왜……."

그것이 겨우겨우 내뱉은 말, 한마디였다.

"미안해요… 정말 미안해요……. 흑흑… 하지만 어쩔 수 없었어요."

망연한 눈빛으로 기전풍의 떨리는 눈을 쳐다보는 여인의 눈에선 방울방울 눈물이 한없이 흐르고 있었다.

"당신이 죽고 나면 저도 죽을 거예요. 그러니 조금만 기다리세요. 가시는 길 외롭지 않게 해드릴게요."

흐르는 눈물이 가슴을 따라 내려가다 기전풍의 등 위로 떨어져 샘물처럼 고이자, 그녀는 떨리는 손으로 기전풍의 등을 쓸어내렸다.

"다섯 식구를 살리기 위해 당신에게 몹쓸 짓을 하지만… 제 마음만은 당신 거라는 거 당신도 아실 거예요… 으흑흑……."

울면서 천천히 떨리는 몸을 일으킨 그녀는 자신이 알몸이라는 것도 잊고 창문을 열었다.

그리고 활활 타오르는 황촛불을 저 멀리 동쪽 숲을 향해 흔들었다.

이제는 그들이 원하던 것은 다 해주었다.

사랑했던 사람을 따라가는 길만 남았구나.

그 사람의 금도가 보였다. 날이 잘 벼려진 금도는 살짝 손만 대어도 베어질 것처럼 날카로웠다.

그녀는 단숨에 칼을 빼어 들고 목을 그어갔다.

뿜어지는 피 속에서 그 사람이 빨리 오라 손짓하는 게 보이는 것만 같다.

'그래요… 이제 가요……. 조금만 기다리세요…….'

그렇게 기전풍의 몸 위로 엎어지는 여인의 얼굴에는 눈물진 웃음이 떠올라 있었다.

철수금도 기전풍이 사랑하던 여인의 몸 아래에서 식어가던 그 시각, 금도문 동쪽 담장을 타고 수십의 인영이 날아 넘어오고 있었다.

동쪽 제이초소에서 순찰 중이던 방칠기는 달빛을 가리며 담장을 날아 넘어오는 괴인영을 보고 대경해 소리를 지르려 했다. 하나 입을 열자마자 한 자루 비도가 그의 입속을 파고들었고, 방칠기는 셋을 세기도 전에 자신의 목이 몸과 분리되는 것을 느끼지도 못하고 쓰러져 버렸다.

순식간에 순찰무사 다섯을 소리없이 해치운 흑의인영들이 전방에 위치한 전각으로 흩어져 쇄도했다.

열 명 한 조를 이룬 흑의인영들은 삼 개 조로 나뉘더니 다른 곳의 순찰무사들은 신경도 쓰지 않고 오직 전각만을 향해 쇄도하고 있었다.

전각의 문이 열리고 빨려들 듯 흑의인영들이 들이닥치자, 그제야 여기저기서 호각 소리가 밤공기를 가르고 미친 듯이 울려댔다.

“적이다! 적이 침입했다! 으악!”

“으악! 커억!”

서쪽 담장으로 넘어오던 인영들이 소리를 지르며 호각을 부는 순찰무사들을 단칼에 쳐 나가자 일대는 온통 비명으로 덮여 버렸다.

잘려진 팔이 땅바닥에 떨어져 펄떡거리고, 튕겨져 오른 머리가 한스럽게 고개를 젓는다.

그제야 십여 채의 전각에서 급한 모습으로 무사들이 튀어나오고 있는 게 보였다.

동쪽 담장 위에 은빛 장포를 휘날리며 서 있던 구양경헌의 입가에 비릿한 조소가 매달렸다.

“이미 늦었다. 그리 늦어서는 지옥에서 살아남을 방도가 없는 법이지.”

자객들처럼 암습하는 건 옳지 않다는 늙다리들의 투정 같은 것은 신경 쓸 게 없었다.

지옥에서 살아남기 위해서는 어떤 방법을 쓰든 먼저 죽여야만 살아남을 수 있는 법이다.

그리고 자신이 데리고 온 수하들은 그렇게 십 년을 지옥 속에서 살아온 야차들이다.

그들을 지옥 속으로 몰아넣었던 자들이 이제 와서 정도를 운운하다니…… 한마디로 웃기는 개소리다.

전각 한 채에서 불이 타오른다.

신호를 보냈던 곳, 금도문주의 처소다. 아마도 아버님이 심어놨다는 첩자가 붙인 불일 것이다.

구양경헌의 입가로 새하얀 살소가 피어올랐다.

“죽여라… 모두 죽여라……. 지옥에서 살아온 자들이여, 저들을 지옥

불 속에 던져 넣어라……. 흐흐하하하!!"

구양경헌이 은포를 휘날리며 전장으로 몸을 날렸다.

일순간 은포 사이에서 빠져나온 넉 자 거검이 새하얀 빛을 뿜으며, 전각을 나와 수하들을 막아서는 자를 향해 빛살처럼 쇄도해 갔다.

금도문 형인당주 천구염은 악귀 같은 자들이 금도문의 제자들을 사정없이 베어가자 대노해 버렸다.

놈들이 한 번씩 칼을 휘두를 때마다 제자들의 팔이 잘리고, 검을 찔러갈 때마다 몸에서 피가 솟구친다.

대체 어떤 놈들이길래 저리도 악랄하단 말인가.

수십 명의 제자들이 죽어 나자빠졌고, 수십의 제자들이 팔다리가 잘린 채 고통에 몸부림치고 있었다.

칼을 빼어 든 천구염은 자신에게 천귀도라는 별호를 붙게 만든 귀영팔산도를 펼치며 악귀들을 쳐 나갔다.

한데, 직접 부딪쳐 본 놈들은 의외로 강했다.

한 놈 한 놈이 자신에 비해 그리 크게 부족하지가 않다.

세 놈이 자신을 에워싸고 연환으로 공격을 해왔다.

허리를 쳐오는 칼을 막고 나면 다리를 노리고 검이 찔러 들어온다.

오랜 시간 마치 한 몸처럼 호흡을 맞추지 않고는 불가능한 동작들이 연속되었다.

죽여야 하는데… 금도장을 침입한 놈들을 죽여야 하는데 마음대로 몸을 움직일 수가 없다.

십여 초의 공방을 벌였지만 놈들에게 별다른 상처를 입히지 못했다.

"우헝!"

천구염의 도가 풍차처럼 돌며 사방을 내쳐 갔다.

공력의 소모가 커서 잘 사용하지 않는 풍차귀산이었다.

따라랑!

충격을 받았는지 세 놈이 두어 걸음씩 물러났다.

천구염이 일단 한 놈씩 차례대로 칠 생각으로 도를 비껴들고 산영귀도를 펼치려 할 때였다.

"흐흐하하하!!"

광량한 웃음소리와 함께 은빛 광채가 동쪽 담장으로부터 쏟아져 왔다.

고개를 돌린 천구염의 두 눈에 경악이 떠오르고, 은빛 검광을 향해 도를 휘둘러 갔다.

콰콰쾅!

"크윽!"

주르르륵.

오 보를 물러난 천구염의 입에서 선혈이 튀었다.

강하다.

비록 불의의 일격이었다 하나 자신이 상대할 수 있는 자가 아니다.

이자를 상대할 수 있는 자는 문주님뿐이다.

대체 문주님은 어디 계신단 말인가.

미처 상념을 떨치기도 전에 또다시 은빛 검광이 몰려온다.

"놈!"

일성 기합과 함께 도를 갈지자로 휘둘러 갔다.

너무 살기가 강해 경원시되던 자신의 도다.

이제는 자신의 목숨을 지켜줄 것은 그 살기 많은 도법뿐이다.

이를 악문 천구염은 도를 휘두르며 뒤로 물러났다.

겨우겨우 일검을 막고 주위를 둘러보던 천구염의 안색이 해쓱하게 변해 버렸다.

사방에 시신이 널리고 아우성대는 제자들의 목에 검이 꽂힌다.

전각은 불타오르고… 쏟아져 나오던 무사들은 모두가 악귀들의 칼밥이 되고 있었다.

간부급 고수들이 악귀들을 막고 있지만 삼인 일조로 악착같이 달라붙는 놈들을 막기에는 역부족이었다.

한 명이 목을 베어가고, 한 명이 허리를 베어간다.

틈을 엿보던 다른 자가 검을 쑤셔간다.

자신의 부상 따위는 생각지도 않는다.

게다가 하나하나가 고수 아닌 자가 없다.

노장로들이 그들의 검을 가슴에 꽂고 죽어가고, 다른 당주들 역시 악귀들과 동귀어진하며 죽어간다.

금도문에 지옥도가 펼쳐지고 있었다.

“이… 이… 악귀 같은 놈들!!”

피가 내가 되어 금도문의 연무장을 지나 정문으로 흘러가고, 불타오르는 전각에서는 사람 타는 냄새가 온 천지를 진동시켰다.

금도문을 치러 왔던 백운보의 다른 사람들조차 고개를 돌려 회피할 정도였다.

“죽은 자들은 모두 태워 버려라. 시신은 병을 옮기니 묻지 못할 바에야 태우는 게 죽은 자들을 위해서도 좋을 것이다. 후후후…….”

냉막한 명령 뒤로 음습한 웃음이 주위 사람들의 가슴을 싸늘하게 얼려갔다.

살아 있는 자는 이십여 명이었지만 그들 역시 악전고투 속에 죽어가고 있었다.

결국 마지막까지 버티던 천구염이 쓰러졌을 때…….

도망간 자는 열도 되지 않았고, 삼백 수십 여에 이르던 금도문의 사람들은 모두 불 속에 던져져 시체도 남기지 못했다.

그 모든 것이 두 시진도 채 못 되어 벌어진 일이었다.

3

절강무림이 숨을 죽였다.

금도문의 참혹한 혈사가 알려지자 중소문파들은 눈치 보기에 급급해졌다.

절강의 대문파 중 한곳이었던 금도문이 하룻밤 사이에 무너졌거늘 자신들은 그저 숨 한 번에도 날아가 버릴 것이었다.

대풍운보의 삼대지부 중 나머지 한 곳인 화정검문에서는 비상이 걸리고 모든 무사가 지부로 모여들었다.

하지만 그들도 함부로 움직일 수는 없었다.

구룡산 화정검문에 가 있던 백리단유가 백리단황에게 급전을 띄웠건만 백리단황은 아무런 답도 없이 침묵하고 있는 것이다.

그사이 백운보는 절강 중북부의 모든 문파에 전문을 보내 그들을 휘하로 끌어들여 버렸다.

거절하는 자들에게는 어김없이 백운참마대라 이름 붙여진 악귀들이 방문했다.

그러고 나면 그곳을 흐르던 강물은 진한 핏빛으로 물들어 버렸다.

마침내 절강무림이 둘로 갈라지고, 대풍운보의 세력이 균열을 일으키기 시작한 것이다.

4

쾅!

장신의 거한이 몸을 일으키며 탁자를 내려쳤다.

"주군! 어찌 보고만 계시는 겁니까! 어찌 저놈들을 치지 않으시고 가만 계시느냔 말입니다!"

백리단황의 오른팔이자 대풍운보의 오대세력 중 한곳인 패력문의 문주 패력신장 호공탁이었다.

그는 제일 먼저 백리단황의 수하를 자청하고 지금의 대풍운보를 세우는 데 지대한 공언을 했던 자였다.

넘치는 신력에 용호신권을 얻어 황보인군만 아니라면 그가 권절의 자리를 차지했으리라는 평판이 있는 고수였다.

그는 자신의 주군인 백리단황을 거부하는 구양세강을 쳐 죽이지 못하는 것을 한스럽게 생각했다.

"앉게나! 어디서 주군 앞에서 함부로 행동하는 건가."

조용한 목소리로 호공탁에게 꾸짖듯 말하는 자, 그는 백리단황의 왼팔로 불리는 공야등이었다.

언뜻 봐서는 무인보다 서생이 더 잘 어울릴 것처럼 보이지만 그가 화를 내면 천하의 호공탁도 몸을 사려야 할 정도로 강단이 있는 자였다.

오죽하면 온면냉심이라 부르겠는가.

보이는 모습은 사십대로 보이지만 육십이 다 된 노인으로 호공탁과는 호형호제하는 사이였다.

"형님! 답답하니 그러는 거 아닙니까. 답답하니까! 어이구……!"

탕탕!

가슴을 치는 호공탁을 바라보던 공야등이 조용히 입을 열었다.

"아우는 주군의 성미를 몰라서 그러시는가? 주군께서 가만히 계실 때에는 무언가 생각이 있으셔서인 것을……. 그리 서두른다고 될 일이 아니야."

정적이 흐르고… 시비가 다시 찻주전자를 가져와 호공탁의 잔에 따를 때 백리단황의 눈이 떠졌다.

"늙은 너구리가 움직이기 시작했다고 봐야겠지?"

밑도 끝도 없는 말 한마디.

호공탁은 어리둥절했지만, 알아듣는 자도 있었다.

"분명 그렇다고 봐야 할 겁니다. 구양세강이 제아무리 간덩이가 크다 해도 독자적으로 움직일 만한 그릇은 못 됩니다, 주군."

공야등의 대답에 뚱한 호공탁이 눈알을 굴려 좌우를 살폈다.

'아… 씨불! 이 양반들이 지금 뭔 이야기를 하는 거야…….'

"아마 영무각의 새끼 너구리가 바빠진 것과도 연관이 있을 것입니다."

"영무각의 새끼 너구리? 아! 그 사마중안인가 하는 그넘 말이우?"

호공탁이 한마디 끼어들었지만 두 사람은 그의 말을 신경도 쓰지 않고 눈을 찌푸렸다.

씩씩거리던 호공탁은 죄없는 찻잔만 씹어대며 입을 한 자는 빼어 물었다.

'그래, 나 멍청하다……. 쳇…….'

"문제는 강호의 인심이 저들에게 있다는 것이겠지요."

한 모금 차를 입에 부어 넣은 공야등이 백리단황을 쳐다보았다.

"철저한 수색을 했지만 마공에 관한 건 어디에서도 찾지 못했습니다. 심지어 주군의 허락 하에 주군의 처소까지도 뒤졌습니다만……. 음."

“이곳에서는 그 어느 곳에서도 찾지 못했다? 그럼 답은 간단하구만.”

“아무래도……. 문제는 그에 대해 증명할 만한 그 어떤 증거도 구하기가 쉽지 않다는 겁니다.”

“으음… 참으로 묘한 수를 냈어…….”

백리단황의 미간에 깊은 골이 파였다.

이런 일은 무공의 고하가 문제가 아니다.

힘은 힘대로 빠지고 결과도 제대로 보기 힘든 게 이런 머리 싸움이었다.

혁련 늙은이에겐 사마중안이라는 뛰어난 모사가 있고, 대풍운보에는 그만한 모사가 없다.

그 차이가 이런 난감한 일을 가져왔다.

“속하가 한말씀 드려도 될는지요…….”

침묵의 강에 가라앉은 난파선 같은 모습을 보다 못한 백리웅천이 나직이 입을 열었다.

공식 직함은 잠풍단주. 서열 십이위다.

지금의 회의는 서열 십위까지의 풍운총수들의 회합이니 십이위의 자격으론 아무리 백리웅천이라 해도 먼저 의견을 말할 자격이 없다.

지금 이 자리에 서 있는 것도 답변 요구에 응하기 위해서일 뿐이다.

그렇다 해도 의견 개진을 요청할 정도의 자격은 있었다.

“말하라!”

백리단황의 허락에 백리웅천은 좌중을 둘러본 후 시선을 백리단황에게 고정시켰다.

“한 달 전 속하는 보주께 장절 위경리의 사안에 대해 말씀드린 적이 있습니다. 그는 속하에게 천은산장에 대한 정보와 백리웅전이 마공을 익혔다는 정보를 알려주었고, 속하는 그에 대한 보답으로 그가 말했던 강규산에 대한 우리의 확실한 입장을 알려주겠다 했습니다. 그리고 한 달 보름이 지났습니다."

"흠… 귀면신수 강규산이라……."

공야등의 눈이 빛을 발했다.

백리웅천이 말을 이었다.

"그는 강규산의 죽음이 천음마령공과 연관이 있고, 그 마공을 백리웅전이 익혔다는 것은 본 보가 강규산의 죽음과 어떻게든 관련이 있을 거라 의심을 했던 것입니다. 한데… 우리 중 어느 누구도 강규산의 죽음에 대해 아는 이가 없습니다."

"아… 글쎄, 이봐! 잠풍단주. 지금 뭔 이야기를 하자는 거셔?"

호공탁이 답답한지 코 막히는 소리를 내며 백리웅천을 빤히 쳐다봤다.

"지금의 난국을 풀어나갈 길은 강규산의 죽음을 밝히는 길밖에 없다는 것을 말씀드리는 겁니다."

백리웅천은 맹한 호공탁을 놔두고 백리단황을 쳐다봤다.

"때로는… 산을 돌아가는 길이 더 빠를 수도 있는 법이지요."

장내가 의외의 해결책에 조금은 밝아졌다. 그러자 백리단황은 고개를 끄덕였다.

"좋아! 일단은 하나씩 하나씩 해결을 해야겠지……. 공야등!"

"예! 주군!"

"그대를 수장으로 귀면신수 강규산의 죽음을 조사하도록! 잠풍단은 공야등을 보좌한다. 호공탁!"

"옙! 주군!"

"무사들이 흔들리지 않도록 철저히 단속하고 언제든 출동할 수 있는 준비를 갖추어놓도록!"

"옙!"

“엽강효!”

“예… 주군.”

“그대는 모든 인력을 동원해서 천은산장의 동태에서 한시도 눈을 떼지 말아야 할 것이다!”

“천은산장의 쥐새끼 한 마리도 놓치지 않겠습니다.”

“전쟁은… 이제부터다. 모두들 목숨을 내놓을 각오를 해야 할 게야!!”

마침내 패룡이 꿈틀거리기 시작했다.

고양이에게 발목을 물린 것치고는 상처가 컸지만 그래도 아직은 패룡인 것이다.

5

단정한 유생복을 입은 사마중안의 표정에는 맑은 미소가 감돌고, 다기를 잡아가는 그의 손에는 여유가 흠뻑 묻어 있었다.

“어르신… 구양세강이 그래도 제 몫을 해줘서 어르신의 기대를 무너뜨리지 않은 듯합니다.”

“조금은 사납게 일을 한 거 같더구먼.”

“본래 고양이들이 호랑이 흉내를 내려다 보면 그런 잔실수를 하는 법이지요.”

“흠… 어쨌든 그들은 오래 사귈 친구들은 아닌 거 같네.”

“어르신께서 원하신다면 당연히 그리해야지요. 일이 끝나면 정리하겠습니다.”

혁련유천의 손에 쥐어진 가위가 나뭇가지를 스칠 때마다 자잘한 가지

들이 매끄럽게 잘려 나갔다.

"가지란 제때 처줘야 다음에 풍요로운 봄을 맞이하는 법이지……."

말을 흐리며 붉게 물든 단풍을 쳐다보는 혁련유천의 노안에는 단풍 탓인지 붉은 혈광이 스치듯 흘러갔다.

孤影　第四章

1

무창 황학루를 모른다면 시인이라는 말도 묵객이라는 말도 말아야 할
것이다.

수많은 이인들이 황학루에 올라 탄성을 지으며 수많은 명시를 남기니
어찌 보면 무창보다 황학루가 더 유명하다 할 수 있었다.

게다가 물길이 사방으로 뻗어 있어 포구가 발달하니 나라 간의 전쟁에
서도 빼놓을 수 없는 요충지였다.

그 포구 중 하나인 사산포구는 무창에서도 가장 번성한 포구였다.

장강을 건너는 가장 짧은 곳이면서도 산 위에 오르면 건너편을 조망할
수 있었다.

사산포구에서 백여 장을 들어가면 수십여 개의 객잔들이 오고 가는 손
님들에게 쉼터를 제공하며 술과 음식들을 팔고 있었다.

중한객잔은 그리 크지는 않았지만 맛있는 음식과 점소이들의 깍듯한
대접으로 한번 들른 사람들은 이곳을 지날 때마다 꼭 들렀다 가는 곳으

로 유명했다.

진고영 일행은 중한객잔을 잘 알지는 못했지만 지나치는 사람들마다 만족한 표정으로 나오는 모습에 그들도 그곳에서 하루를 묵기로 했다.

일반적인 객잔이 그렇다시피 이곳도 일층은 주루를 겸하고 있었다.

오후 늦은 시간이라 그런지, 장강을 건너지 못한 많은 사람들이 왁자지껄 술을 먹으며 떠들어대고 있었다.

마침 들어가자마자 구석진 곳에 자리가 났다.

그것도 창이 지근 거리인지라 밖의 풍경도 구경할 수 있는 좋은 자리였다.

검이니 도니 창이니, 무기를 하나씩은 걸친 건장한 청년들이 주루를 가로지르자 많은 사람들의 시선이 집중됐다.

진고영은 사람들의 시선이 그리 달갑지는 않았지만 어쩔 수 없는 일이었다.

자리에 앉아 음식을 시키고 어느 정도 시간이 흐르자 모든 것은 본래의 모습으로 돌아가 버렸다.

우형욱이 진고영을 보며 물었다.

"어찌하시겠습니까, 대형? 일단 무창까지는 왔습니다만, 아마 이곳에서 행선지를 정해야 할 듯싶습니다."

의창에 들러 임가장에 대한 마무리를 지었다.

마을 사람들에게 은전을 주고 자그마한 사당을 지은 후 제를 올려줄 것을 부탁했다.

자신이 자주 올 수 없으니 그렇게라도 해야 할 것 같아서였다.

그리곤 장강을 따라 무창까지 내려왔다.

오는 도중 수많은 소문이 들렸다.

그중 최근의 소문이 이들을 무창에서 내리게 만들었다.

절강의 반이 백운보에 의해 피에 젖었다 한다.

대풍운보에서는 풍운령을 발동하고 절강 화정검문에 무사들을 집결시켜 대치 상태를 유지하고 있고, 백리단황은 별다른 움직임을 보이지 않은 채 절강의 일은 아우인 백리단유에게 맡겨놓았다.

강호의 모든 관심은 과연 백리단황이 어디로 어떻게 움직이냐에 쏠려 있었다.

강북의 중심 세력인 무림련이나 오대세가들도 상황 변화에 촉각을 곤두세우고 있었다.

정파라 할 수 있는 파벌끼리의 싸움인지라 어떤 식으로 결말이 나도 정파무림에는 손해라 할 수 있었다.

마도사파들이야 구경거리가 생겼다며 손놓고 쳐다볼 테지만.

진고영 일행은 일단 무창에서 상황을 지켜보며 기다리기로 했다.

어느 쪽이든 어떤 식으로든 변화가 있을 것이다. 그것도 빠른 시일 안에.

"사마 형, 강남 쪽에서 활동하고 있는 첩검단원이 얼마나 있습니까?"

일각 이상을 조용히 생각에 잠겨 있던 진고영이 사마정을 돌아보며 물었다.

첩검단은 철검산장의 정보 조직이었다.

"정확하지는 않지만 호남과 강서에 제법 있는 걸로 압니다. 한번 알아볼까요?"

"앞으로의 움직임에는 그들의 정보가 필요할 듯싶습니다. 백리단황이 움직이지 않고 있다는 것은 뭔가 다른 대책이 있기 때문이 아니겠습니까?"

사마정이 잠깐 생각에 잠기더니 고개를 끄덕였다.

"아무래도… 모두가 알고 있는 그의 성격대로라면 백운보의 행위에 결코 가만히 있을 사람이 아닙니다. 그런데도 움직이지 않는다는 것은 분명 다른 생각을 하고 있다는 것이겠지요."

한쪽에서 둘의 말을 듣고 있던 염이상이 미간을 찌푸렸다.

"그것참… 그냥 두들겨 패버리면 될 걸, 뭔 생각들이 그리 많은지……."

"단순한 머리를 가진 사람들이야 그리하면 되겠지만 그 사람들은 어디 그렇소? 별의별 수를 다 생각할 텐데……."

포자 하나를 입에 물고 있던 우형욱의 빈정거리는 말에 염이상의 눈썹이 역팔자로 올라갔다.

"우 형은 내가 못마땅한가 보군."

"누가 못마땅하다고 그랬소? 말이 그렇다는 말이지. 쩝쩝……."

위경리에게서 말꼬리 잡는 기술을 배운 우형욱을 염이상은 결코 이길 수가 없었다.

쳐다보던 사마정이 빙그레 웃었다.

"그러길래 우 형이 한 판 붙자고 할 때 붙어주지 그랬나?"

"아니, 형님까지 그러깁니까? 나올 것도 없는데 괜히 어린애처럼 쌈박질이나 한다고 할 땐 언제고?"

"그거야……. 험, 그 바람에 요즘은 나한테 졸라대지 않는가? 험험……."

우형욱은 최근에 진고영한테 지도를 받으며 궁금한 게 있을 때마다 염이상과 사마정에게 한 판 붙자고 졸라댔다. 몸으로 부딪쳐 이론적으로 배운 것을 확인한다는 구실로.

처음에는 진고영과 해봤지만 워낙 차이가 나는 데다 할 때마다 한두 군데씩 멍이 들다 보니 웬만하면 비슷한 실력을 가진 염이상과 사마정이 편했던 것이다.

과거에는 십 초식도 제대로 상대할 수 없었던 고수들이, 지금은 엇비슷하게 싸울 수 있다는 것, 그렇게 비무를 할 때마다 자신감이 새록새록 쌓이는 것도 좋았고.

진고영은 세 사람의 말다툼을 웃음기 띤 표정으로 바라봤다.

"일단은 첩검단의 정보가 필요합니다. 대풍운보의 움직임과 천은산장의 움직임 모두 말입니다. 사마 형이 수고 좀 해주십시오."

"그거야 당연히 제가 해야지요. 이곳에도 저희 산장의 사람들이 있습니다. 저희가 머물 곳을 잡으면 연락이 바로 올 겁니다. 그때 알아보겠습니다."

중한객잔에는 후원 쪽에 객방이 따로 떨어져 있었다.

조용한 후원은 주루 쪽의 소음이 거의 들리지 않아 객방에 든 사람들은 편안한 휴식을 취할 수 있었다.

진고영은 답답한 마음에 후원에 있는 정자로 나와 하늘을 쳐다보았다.

사마혁성에게 들은 대로라면 외가인 임가장을 치고 아버지를 죽인 원수들은 천은산장에 몸을 맡기고 있다.

혁련웅과 그자들이 있는 천은산장은 같은 하늘을 이고 살아갈 수 없는 원수라 할 수 있었다.

마음 같아서는 이대로 천은산장으로 쳐들어가고 싶은 마음이 굴뚝같았다. 하지만 당장 그럴 수 없다는 게 답답했다.

천은산장은 수많은 고수들이 웅크리고 있는 용담호혈이었다.

혼자 그들을 치고 원수들과 같이 죽자고 할 수도 있지만 그리되면 죽어 할아버지를 어떻게 볼 건가.

우문 사부께서 당부한 일은 또 어떻게 할 건가.

내 한 몸 죽는 것은 두렵지 않지만 기껏 원수들과 같이 죽자고 할아버지와 사부의 바람을 저버릴 수는 없는 일이었다.

'후우……. 나의 이런 마음을 아시고 그리 말씀하셨겠지. 혈육이라……. 훗. 아직 사랑이란 것도 못해봤고 여인과 농지거리 말 한번 못해봤다. 그런데 혈육, 핏줄을 어떻게 이어야 하나……. 할아버지는 너무 어려운 숙제를 남기셨군. 하긴 진가들이 여자들에게 약한 게 전통이라 했던가? 할아버지도 그랬고 아버지도 그랬고… 사십이 다 되어서야 후대를 봤으니.'

이런 저런 생각에 입가에 웃음을 띠고 있을 때였다.

누군가 다가오고 있는 게 느껴졌다.

잘 갈무리된 맑은 기운이 느껴진다. 방에 있던 일행의 누구도 아니다.

누굴까? 하긴 객잔에 우리만 있지는 않을 테니…….

맑은 음성이 뒤돌아서 정자를 내려가려는 진고영의 발길을 붙잡았다.

"월야를 즐기는 선객이 있을 줄 몰랐구려."

청수한 인상에 청색 도포를 입은 도인이었다. 가슴에 새겨진 문양은 태극 문양, 어깨 위로 올라온 검수에 수실이 세 개 달려 있었다.

무당의 도인, 진고영은 말로만 들었던 무당의 도인임을 알 수 있었다.

무당의 제자들이 가끔 강호행을 하기는 하지만 본산의 장로급 고수들은 웬만한 일에는 쉬이 산을 내려오지 않는다.

들은 풍월대로라면 저 도인은 무당의 장로로 보인다.

"소생도 무당의 장로께서 이런 야밤의 달 구경을 좋아하시리라 생각지 못했습니다."

"호! 도우의 입이 가볍지 않으니 이거 잘못하다간 내상을 입지 않을까 걱정되는구려."

"별말씀을. 친우들에게 말하면 그들은 결코 도장님의 말씀을 믿지 않을 겁니다."

“허허허! 심란한 마음에 나왔다가 재밌는 젊은이를 만났구면.”

너털웃음을 터뜨리는 중년 도인은 매우 즐거운 듯 보였다.

“한데 도우께선 어쩐 일로 근심에 차 계신가?”

“역시 도장님의 눈은 속일 수가 없군요.”

“도사가 따로 도사겠소? 그 정도는 눈치챌 수 있어야 사이비 소리 안 듣지.”

진고영은 앞의 노도인이 진정으로 즐거워한다는 것을 알 수 있었다.

잠깐 망설이던 진고영이 입을 열었다.

“도장께선 꼭 해야 할 일이 있는데 그러기 위해선 또 다른 중요한 일을 포기해야 한다면 어찌하시겠습니까?”

“흠… 그거참 꽤나 어려운 질문이구면. 그런데 말이오… 이 말코도인이라면 그저 마음이 가는 대로 그냥 놔둘 것 같구면.”

“마음이 가는 대로 그냥 놔둔다…….”

“다른 일을 포기하지 않고도 그 일이란 것을 할 수 있다면 더 바랄 것도 없지 않겠소?”

“포기하지 않고도 할 수 있다라…….”

생각에 잠긴 진고영을 도인은 물끄러미 바라보았다.

잠시지간 그렇게 있던 진고영이 도인을 향해 고개를 숙이고 포권을 취했다.

“진인의 말씀에 감사를 드립니다. 덕분에 답답했던 마음이 조금은 가신 듯합니다.”

“허허허! 그리 생각한다면 이 말코의 기분도 좋아지는구려.”

두 사람이 편안한 얼굴로 웃음 짓고 있을 때였다.

“사숙께서 여기 계셨군요.”

한 명의 젊은 도인이 급한 걸음으로 정자로 다가왔다.

“무슨 일이기에 그리 서두는 것이더냐?”

힐끔 진고영을 돌아보던 젊은 도인이 말문을 쉽게 열지 않자 중년 도인의 눈썹이 치켜 올라갔다.

“이놈! 청도야! 네놈이 아직 정신을 차리지 못했나 보구나.”

“그… 그게 아니옵고… 허양 사숙께서 찾으시옵니다.”

“허양이?”

“예… 흔적을 찾았다는 전갈이 온 것 같습니다.”

“음…….”

미간을 찌푸리던 중년 도인이 진고영을 바라보았다.

“흠! 좀 더 재미있는 이야기를 나눌까 했는데 가봐야 할 거 같구먼. 나는 허진이라는 말코일세. 언제고 기회가 되면 못다 한 이야기를 나누기로 하지.”

“좋은 말씀 고마웠습니다. 진가 성에 고영이라 합니다.”

허진 도장이 청도를 따라 숙소로 들어가자 진고영도 방으로 들어갔다.

방에는 우형욱이 가부좌를 틀고 앉아서 내기를 다스리고 있었다.

진고영이 전해준 운기결 명화진기결을 시도 때도 없이 연마하고 있는 것이다.

우문현이 전해주며 인연이 닿는 자에게 전해주라 했었다. 진고영은 이미 대연일기공을 바탕으로 양화대력과 수천제마력을 익혔기에 그다지 소용이 없었던 것이다.

언제든 운공을 멈출 수 있는 명화진기결은 불문에 적을 두었던 우문현이 수많은 세월을 돌아다니며 언제든 운공을 하며 피로를 몰아내기 위한 목적으로 만들었던 운기결이었다.

그 효력이 의외로 대단해서 내공 연마가 절대적으로 필요했던 우형욱에겐 가뭄의 단비와 같은 무공이었다.

그렇게 우형욱의 운기를 방해하지 않기 위해 조용히 차를 마시고 있을 때였다.

"계십니까? 진 대형!"

옆방에 있던 사마정이었다.

"들어오시지요."

방으로 들어온 사마정의 얼굴은 가볍게 상기되어 있었다.

"좀 전에 첩검단에서 연락이 왔습니다."

"아!"

"백리웅천이 백리가를 떠났다는 보고가 있었습니다. 한데… 진 대형께선 위경리 노선배를 잘 아신다 하셨지요?"

"예. 제 의형님이십니다."

"컥! 의… 의형님이오?"

눈을 크게 뜬 사마정은 놀란 표정으로 어처구니없다는 듯 진고영을 바라보았다.

전에 우형욱이 위경리 이야기를 할 때 진고영이 위경리와 잘 아는 사이란 것은 알았지만, 설마… 의형이라니……. 위경리가 어떤 사람인데… 칠절의 한 사람이라는 것은 제쳐 둬도 나이 차이가 얼만데…….

"한데 그분은 왜?"

"아이고, 내가……. 백리웅천이 비밀리에 위 노선배를 찾고 있다 합니다."

"백리웅천이?"

진고영의 눈이 반짝 이채를 발했다.

'혹시…….'

"하면 첩검단에서는 위 노형님의 소재에 대해 알고 있는 바가 있습니까?"

“아직 정확한 건 모르겠습니다만 얼마 전에 하남 개봉에 있었다는 정보가 있었습니다.”

“개봉에?”

“한 달 전 정도의 소식인지라 좀 더 알아봐야 할 것 같습니다.”

“음… 빠른 시일 안에 알아봐야 할 거 같군요.”

“알겠습니다. 그리고 한 가지 소식이 더 있습니다. 그 일과는 별개입니다만, 무당의 제자들 다수가 움직이고 있습니다.”

“무당 제자들이 뭔 일로?”

운기를 멈춘 우형욱이 끼어들었다.

“정확한 건 모르겠습니다만 기물이 나타났다는 소문이 돌고 있습니다.”

“기물? 보물 말이오?”

“그 물건이 무엇인지는 아직 알려진 바가 없습니다. 단지 무당이 움직일 정도면 단순한 물건은 아니라는 말이겠지요. 첩검단 무창 지부에서 그 물건이 무엇인지 알아보고 있는 중이니 곧 알게 될 것입니다.”

가만히 사마정의 말을 듣고 있던 진고영이 고개를 들었다.

“혹 무당의 허진이라는 도장을 알고 계십니까?”

“허진? 무당의 허진 도장 말씀입니까? 당연히 알지요. 당금의 무당칠검 중 한 사람이 바로 허진 도장입니다. 최근 무당의 성세는 바로 칠검의 존재 때문이기도 하지요.”

“흠…….”

“한데 허진 도장은 왜?”

“조금 전에…….”

진고영이 후원의 정자에서 허진 도장을 만난 이야기를 해주자 사마정은 놀란 표정으로 되물었다.

"허진 도장이 이 객잔에 말입니까? 이런… 첩검단은 대체 뭘 하는 거지?"

"무당 제자가 누군가의 소재를 파악했다 했는데 그게 혹시, 기물이라는 것과 관련이 있지 않나 생각이 드는군요."

한쪽에서 둘의 이야기를 듣고 있던 우형욱이 침상에서 내려섰다.

"대형! 피곤도 풀린 거 같고, 심심한데 우리 바람이라도……."

2

무창 외곽, 운하를 따라 길게 뻗어 있는 방둑 길 위를 칠팔 명의 인영이 날듯이 달려가고 있었다.

살짝 찌그러진 보름달이 멀쩡할 때보다 더 밝게 빛을 내서인지 달리는 사람들의 면면이 그대로 보였다.

두 명의 청수한 중년 도인이 앞장서고 보다 젊은 도인 다섯이 뒤따르고 있었다.

그리고 제일 뒤에는 속인 한 사람이 뒤 빠지게 따라가며 거친 숨을 토하고 있었다.

그렇게 일각 이상을 방둑 길을 따라 달려가던 그들이 신형을 멈춘 곳은, 운하가 꺾어지며 방둑 길이 끝나고 숲이 시작되는 송림의 초입이었다.

그곳에서는 어둠 속에서 몇몇 사람들이 도검을 휘두르며 한창 싸움에 열을 올리고 있었다.

"무량수불! 멈추시오!"

97

괭량한 도호성과 함께 두 명의 중년 도인 중 한 도인이 몸을 날려 도검을 휘두르는 자들 가운데로 내려섰다.

싸우던 자들은 귀를 울리는 큰 소리와 함께 중년 도인이 내려서자 뒤로 물러난 채 서로를 견제했다.

“빈도는 무당의 허양이라고 하오. 여러분은 잠시 싸움을 멈추고 빈도의 말을 들어주시기 바라겠소.”

“무당! 허양 도장?”

놀람에 찬 외침이 터졌다.

무당의 자랑이라는 칠검 중 한 사람이 허양이었다.

일반 무인들에게 무당칠검이라는 이름은 하늘과 같았다.

하지만 이들에게는 그 이름이 생각보다 무겁게 들리지 않는 거 같았다.

“무당의 허양 도장께서 왜 끼어드시는 거요?”

“무량수불! 본 파의 일에 본 파가 끼어들지 않으면 누가 끼어들어야겠소.”

“무당의 일? 흥! 언제부터 신영초자의 일이 무당의 일이었단 말이오?”

허양 도장의 미간에 골이 파이고 싸늘해진 시선이 툭툭 말을 던지는 중년인에게로 향했다.

“신영초자가 무당의 물건을 훔쳤으니 당연히 무당의 일이지요. 안 그렇습니까? 상 도우!”

“무당의 물건이라……. 대체 언제부터 묵안고(墨眼鼓)가 무당의 물건이었는지 모르겠군.”

상 도우라 불리우던 자, 삼안도객 상교전은 냉소를 흘리며 허양을 쓸어보았다.

“묵안고는 오십 년 전부터 무당의 물건이었소. 그 정도 세월이면 주인으로 행세한다 해도 그리 무리가 가지 않을 세월이지요."

허진이 한 걸음 나서며 말을 받았다.

"오십 년 전에 무당이 약소문파를 핍박해서 뺏었다는 것은 알 만한 사람은 다 알고 있는 사실이 아니오?"

"와전된 말을 그리 사실처럼 우겨선 안 되는 거외다. 그 당시 그 문파에서 보관할 능력이 안 되자 본 파에 몸을 의탁하며 기부했던 물건이오. 그 사실을 증명할 증거 역시 본 문의 기부 문서에 나와 있으니 상 도우는 억지를 써서는 아니 될 것이오."

"흥! 무당의 허진이 검뿐만 아니라 말솜씨도 무당제일이라 하더니 틀린 말은 아니었던가 보군."

말을 주고받는 사이, 무당의 제자들이 부상을 입었는지 소나무에 기대어 앉아 있는 사람에게 다가갔다.

아마도 그자가 신영초자라 불리는 자인 듯했다.

허진의 눈짓을 받은 허양이 신영초자 종자고에게 다가가자 한쪽에서 눈치만 보고 있던 자들이 무당 도인들의 앞을 가로막았다.

상대가 아무리 무당이라도 그냥은 넘겨줄 수 없다는 뜻이 분명했다.

자신들은 적지 않은 인명 피해를 봤건만, 늦게 나타난 무당이 모든 걸 다 가져가게 놔둘 수는 없는 거 아니겠는가.

허양의 눈꼬리가 올라갔다.

"무당의 행사를 방해한다는 건 무당을 적으로 삼겠다는 뜻으로 해석해도 되겠소?"

"흥! 그럼 우리가 무조건 양보해야 한다는 법이라도 있다는 말인가?"

상교전의 도를 든 손에 힘이 들어갔다. 상대는 호북의 패자이자 무림련의 열 기둥 중 하나인 대무당파의 장로였다.

자신이 비록 나름대로 이름을 얻었다 하지만 잘해야 저들 중 하나 정도를 상대할 수 있을 뿐이다. 수하들이 목숨을 버릴 각오를 한다 해도 불리한 상황이었다.

상교전의 눈이 조금 전까지 서로 죽이지 못해 안달하던 자들을 쳐다보았다. 그들 중 수장 격인 귀영검 오혁진과 눈이 마주쳤다.

살짝 고개를 끄덕였다. 오월동주, 적의 적은 동지가 될 수도 있다.

오혁진의 고개가 미미하게 끄덕여졌다. 이제는 해볼 만하다.

"무당이 이리도 핍박을 한다면 우리가 무당에 칼을 겨눠도 강호의 친구들은 우릴 뭐라 하지 않을 것이오."

"감히!!"

무당의 삼대제자인 청산이 검을 빼 들고 상교전을 찔러가며 노호를 터뜨렸다.

"흥! 무당의 제자라 하여 강호의 선배에게 함부로 검을 휘두르다니, 어디 한번 해보자!"

도를 치켜든 상교전이 청산의 검을 막아가며 크게 소리치자 호응하듯 오혁진도 검을 무당 제자들 쪽으로 돌렸다.

"모두 조심해라!"

허진 도장은 '아차' 하는 심정으로 소리치며, 검을 빼어 들고 오혁진의 공세를 막아갔다.

상교전이나 오혁진은 자신도 장담할 수 없는 고수들이었다.

비록 대문파에 적을 두진 않았지만 무창 일대에 이름을 떨친 상교전은 도의 고수로서 능히 대문파의 장로급 고수라 알려져 있었다.

거기다 오혁진은 마도십문 중 한곳인 흑곡의 고수로 변화무쌍하기 그지없는 귀영검을 극성에 이르도록 연마한 자였다. 단순한 비무라면 능히 백초 안에 이길 수 있는 자들이지만 지금은 비무대 위에서의 비무가 아니었다.

찔러가던 오혁진의 검이 뱀이 고개를 쳐들듯 치켜 올라가며 순간적으로 십여 개의 검영을 남기고 허진의 검을 피해 어정쩡하니 서 있던 청도의 가슴을 찔러갔다.

대경한 청도가 급급히 뒤로 물러나며 검을 좌우로 떨치자 일곱 개의 검영이 피어올라 오혁진의 검세를 누그러뜨렸다. 하지만 안도의 한숨도 순간뿐이었다.

뒤로 물러설 것 같던 오혁진이 튕기듯 청도를 향해 몸을 날리며 검을 뻗자 귀영검의 검세에 갇혀 버렸다.

"헛!"

헛바람을 들이키며 다시 칠성검결을 짚어가려 했지만 오혁진은 청도가 순순하게 초식을 다 펼치게 놔두지 않았다.

강맹하면서도 변화가 무쌍한 귀영검을 화후가 부족한 칠성검으로 막아보겠다는 것은 역부족일 수밖에 없었다.

오혁진의 검이 그대로 청도의 검을 튕겨내더니 어깨를 찔러 버렸다.

"크윽!"

구궁보를 펼치며 뒤로 물러났지만 어깨에 관통상을 입은 청도의 얼굴이 고통으로 일그러지고,

"이놈!"

뒤늦게 달려든 허진의 검이 오혁진의 검을 감싸며 막아갔지만 이미 일수를 성공한 오혁진은 오 보를 물러나며 허진의 공세에 대비를 하고 있었다.

힐끗 청도를 일별한 허진이 몸을 날리며 검을 찔러가자 허공 가득 검화가 만발하게 피어났다.

오혁진은 또다시 오 보를 물러나며 날려오는 검화를 향해 번개같이 검을 그어댔다.

귀영검 중 수비 초식인 귀영벽이었다.

다른 한쪽에서도 치열한 싸움이 전개되고 있었다.

허양과 상교전의 싸움은 누가 앞선다 말하기 어려울 정도로 치열했다.

과연 무창 일대에서 적수가 없다는 상교전의 도법은 일찍이 허양이 상대해 본 적이 없는 신랄한 도법이었다. 조금만 틈을 보여도 날아드는 상교전의 도에는 마치 눈이라도 달린 듯해서 삼안도객이라는 별호가 붙은 이유를 알 듯도 했다.

어느 쪽도 우세를 점하지 못한 채 일각 이상 싸움이 진행되자 허양은 다급하기 짝이 없었다.

단순히 무공의 고하만을 논하자면 저들은 결코 무당의 상대가 되지 못한다.

하지만 실전을 무수하게 치러본 듯한 저들의 수하는 적절한 공수를 펼쳐 무당 제자들의 검을 효율적으로 방비하고 간간이 펼친 기습적인 공격에 청자배 제자들은 작은 부상들을 입고 있었다.

청도가 이미 어깨를 꿰뚫렸고, 청산도 흑곡의 무사 하나를 베는 대가로 허리 어름에 작지 않은 상처를 입었다.

청우나 청양도 마찬가지의 상태였다.

그나마 그들 중 가장 윗서열인 청문이 침착하게 대응을 하고 있어서 다른 이의 부상이 적었다 할 수 있었다.

상교전의 수하나 오혁진의 수하들은 합이 이십에 가까웠다. 이 상태로 계속간다면 더욱 어려워질 것 같은 생각에 허양은 초조해지기 시작했다.

고수들의 대결에서 부동심이 무너진다는 것은 스스로의 약점을 내보이는 것과 같은 치명적인 실수를 야기한다.

허양은 구궁검 중 구궁영화검을 펼쳐 상교전을 뒤로 물러나게 만든 후

재빨리 제자들을 돌아보았다.

그때, 어깨에 큰 상처를 입고 악전고투를 하고 있던 청도에게로 두 명의 무사가 검을 휘두르며 찔러가는 것이 보였다.

하나는 어찌어찌 막겠지만 뒤따라 찔러가는 검은 청도의 눈을 피해 사각으로 찔러가고 있었다.

움찔하며 청도에게 급히 소리쳤다.

"뒤따라가는 검이 있다. 조심……."

"흥! 그대부터 조심하시지!"

상교전의 전력을 다한 도가 부챗살 같은 도기를 뿜어내며 허양의 하체를 쓸어가자 허양은 대경실색했다.

그간 상교전의 공세가 강력하긴 했지만 자신에게는 못미친다고 생각했었다.

그래서 잠깐씩 제자들을 돌아다 보며 적절하게 도움을 줄 수 있었다. 하지만 이번의 공격은 전과 판이한 강력한 도기를 뿜어내고 있었다.

진중하게 대비했어도 승부를 장담할 수 없을 정도의 힘을 담고 있다.

급박하게 공력을 끌어올려 검을 쳐 나갔지만, 상대를 얕본 대가는 작지 않았다.

"으음……."

허벅지가 한 치 깊이로 도기에 의해 베어졌다.

게다가 움직임까지 둔화되자 상교전의 날카로운 도를 막기가 여간 어렵지 않았다.

이제 제자들에 대한 걱정보다 자신을 먼저 걱정해야 할 상황이 된 것이다.

한순간의 방심이 가져온 결과였다.

신영초자 종자고는 아름드리 소나무에 기대어 장내의 상황을 바라보며 기회를 엿보고 있었다.

살벌한 싸움판은 백중지세이긴 했지만 조금씩 무당 제자들 쪽이 불리해지고 있었다.

하지만 어느 쪽도 자신에게는 신경을 쓸 수 없는 상황이었다.

내력이 조금만 더 모여진다면 저들의 눈을 피해 달아날 수도 있을 것 같았다.

운기를 하며 그렇게 오만 생각에 잠겨 있을 때였다.

"흠! 잘하면 도망갈 수도 있을 것 같은데, 안 그렇소?"

"헉!"

놀란 신음과 함께 운기하던 내력이 거꾸로 솟구치려 하자 종자고는 급히 내력을 안정시키려 모든 힘을 쥐어짰다.

그리고 어느 정도 내기가 가라앉자 고개를 돌려 자기에게 말을 건 놈을 쳐다보았다.

창을 옆구리에 끼워 든 젊은 놈이 자기를 빤히 쳐다보고 있는 게 아닌가.

"그대는 누구……."

"응? 그게 지금 궁금한 거요? 그렇다면야……. 나는 우형욱이라 하오."

뻔뻔한 얼굴로 자신의 이름을 말하던 우형욱이 앞을 가리켰다.

"그리고 저기 가는 사람은… 나중에 직접 물어보시오."

두 사람이 싸움터로 걸어가고 있었다.

덜렁거리는 모습으로 칼을 든 자 한 명과 뒷짐을 진 채 검을 허리에 차고 있는 자였다. 모두 이십대 중후반 정도로 보이는 젊은 자들이었다.

한창 싸움에 열중이던 사람들은 두 사람이 다가오자 신경이 곤두섰다.

거기다 신영초자의 옆에도 한 사람이 있었고, 이 장여 떨어진 곳에도 한 사람이 있는 게 아닌가.

자기편이 아닐 경우 치명적인 결과를 가져올 수 있는 상황인 것이다.

사방으로 몰아치던 살기가 가라앉고 양편이 초조한 표정으로 다가오고 있는 자들을 힐끔거렸다.

염이상이 허양 도장 쪽으로 다가가며 칼을 빼 들자 허양 도장의 안색이 핼쑥하게 변했다.

발도하는 모습이나 칼에서 풍기는 기운으로 보아 상당한 고수로 보였다. 그런 자가 자신에게 다가오자 허양 도장은 염이상이 적과 한편으로 보인 것이다.

"도장 어른! 거 부상이 만만찮은데 좀 쉬시구려. 저 칼잽이가 제법 칼을 쓰는 거 같은데 칼에는 칼이란 말도 있고……. 누구 칼이 더 쎈가 한번 붙어보고 싶군요."

허양 도장의 안색이 그 한마디에 풀어지고 거꾸로 상교전의 표정이 창백해졌다.

'저 우라질 놈은 누구길래, 이런 중요한 판국에 끼어든단 말인가. 고생고생해서 이제 겨우 승기를 잡아가고 있는데…….'

허양 도장이 뒤로 두어 걸음 물러나자 염이상의 신형이 상교전에게 득달같이 달려들었다.

"자! 한번 해보자구!"

"이… 이런 미친놈이……."

차라랑!

칼이 뒤엉키며 듣기 싫은 기음을 토해냈다.

염이상의 칼은 쾌도, 사선을 그으며 순식간에 십이도를 휘두르자 상교전의 손발이 어지러워졌다.

제법 실력이 있을 거라 생각은 했지만 이건 더한다.

'대체 이놈이 누구길래…… 아직 삼십도 되어 보이지 않는 놈인데……. 하지만 내가 누구냐?'

"타앗!"

염이상이 일성 기합과 함께 도를 내려쳐 갔다.

번갯불이 번쩍이듯 칼 그림자만이 상교전의 눈을 아릿하게 만들고 힘이 담긴 도기가 전신을 두 쪽 낼 듯 베어왔다.

"놈!"

상교전 역시 난다 긴다 하는 도객이었다. 신형을 회전시키며 순간적으로 삼도를 비껴 쳐 도세를 흩뜨리고 반격의 실마리를 찾아보려 눈을 빛냈다. 하지만 그가 미처 생각지 못한 게 있었다.

염이상이 그의 생각보다 더 강할 수도 있다는 것을 인식하고 전력을 다해야 했다. 그랬다면 허망한 꼴은 안 봤을 수도 있었다.

비껴 쳤으리라 생각했던 도가 미끄러지듯 상교전의 도신을 타고 내려왔다.

화끈한 감각이 손에서부터 느껴지더니 뇌 속을 휘저을 듯 밀려왔다.

허공으로 손가락 두 개가 튀어 오르고 피가 솟구치자 그때야 자신이 적을 너무 얕봤다는 것에 통탄했지만 이미 때늦은 후회일 뿐이었다.

"크으윽!"

뒤로 주르륵 물러나는 상교전을 따라 염이상의 도가 거머리처럼 붙어 갔다.

상교전은 치욕보다는 삶을 택하고 뒤로 몸을 눕히더니 뇌려타곤으로 전장을 이탈했다.

염이상은 더 쫓지 않고 측은하다는 듯 상교전을 바라보았다.

저렇게까지 하는데 더 쫓는다는 건 너무하다는 생각이 든 걸까…….

상교전이 패퇴하자 상황이 급변했다.

오형진도 이미 뒤로 물러나고 있었다.

자신도 크고 작은 상처를 입었지만 자신의 수하들도 멀쩡한 자가 거의 없었다.

사마정이 끼어들어 하나하나 꼬치 꿰듯이 무너뜨려 버린 것이다.

"대체… 네놈들은 누구길래…….."

분노한 오형진의 말쯤은 귀에 차지도 않는다는 듯 사마정은 한쪽에 서서 경계의 눈초리를 보내고 있는 허진 도장을 보았다.

"다행히 그리 늦지는 않은 거 같군요."

"음… 젊은 시주는 철검산장과 어떤 관계이신가?"

허진 도장은 사마정의 검세에서 철검산장의 검결을 알아본 것이다.

"사마정이라 합니다."

"사마정? 섬서사호라 불리는 철검산장의 둘째이신가?"

"허진 도장께서 소소한 이름까지 기억해 주시다니 감격할 따름입니다."

"허! 무슨 말씀을…….."

사마정의 포권에 마주 인사를 건네다 문득 어둠 한쪽에 조용히 서 있는 진고영이 보이자 허진 도장의 눈이 반짝였다.

"혹시 그쪽에 계시는 도우는 진 도우가 아니신가?"

진고영이 어둠 속에서 모습을 드러냈다.

"또 뵙는군요."

"흠! 어인 일로 이 밤에 여기까지 오셨는가?"

약간의 경계가 서린 물음에 진고영은 씁쓸한 웃음을 배어 물었다.

"이리 말하면 어찌 생각하실지 모르지만… 저기 우 형이 밤바람이나 쐬어보자고 해서…….”

“큭!”

우형욱이 사레들린 기침을 토하고, 장내의 모두가 어이없다는 듯 입을 벌렸다.

“으음… 진 대형, 그렇다고 그렇게 사실대로 말하면… 쩝.”

“…….”

썰렁한 공기가 장내를 냉각시키자 진고영은 무안함을 무마하려는 듯 허진에게 질문을 던졌다.

“그런데 묵안고가 대체 무엇이기에 이리 어려운 걸음을 하셨는 지…….”

궁금함이 담긴 시선들이 신영초자에게로 모여들었다.

“그건…….”

허진 도장의 눈빛이 흔들리고 일순 망설이며 대답을 늦추고 있을 때였다.

“내가 알려주지!”

일성 굉음과 함께 일진광풍이 몰아치며 나이를 짐작키 힘든 장발괴인이 장내에 내려섰다.

거친 마의는 본래 색이 뭔지 모를 정도로 낡아 있었고 허리 어름에 매달린 장검은 대충 가죽으로 감싸져 있어 검인지 도인지조차 분간키 힘들었다.

“웬 놈이냐?”

그렇지 않아도 허진 사형이 묵안고에 대해 말할까 봐 불안한 마음이 있는 판에 웬 거지 같은 자가 끼어들어 마치 묵안고에 대해 아는 듯 말하자 허양의 눈꼬리가 올라가고 입에서 호통이 터졌다.

“웬 놈이라…….”

장발괴인의 머리카락에 반쯤 가려진 눈이 허양을 직시했다. 불길이 뿜어져 나올 듯한 눈길에 허양은 헛바람을 들이키며 자신도 모르게 한 걸음 물러섰다.

"무경에게 물어보면 내가 누군지 가르쳐 줄 거야."

"당신이 누구길래 무경 사숙을 안다는 거요."

떨리는 허양의 물음에 장발괴인의 입가에 조소가 맺혔다.

그리고 허양의 궁금함은 의외의 사람이 풀어줬다.

"마… 개……?"

구석에서 신영초자의 놀람에 찬 듯한 음성이 기어나오자 장내가 싸늘하게 식어갔다.

마개(魔丐) 육정기.

우내십팔마 중 한 사람.

정파에 삼성, 삼제, 육기, 칠절이 있다면 마도에는 우내십팔마가 있다.

마개는 본래 개방의 제자였으나 우연히 얻은 한 가지 무공 때문에 누명을 쓰고 개방으로부터 추방당하자, 자신을 내쫓은 개방을 원수처럼 대하며 수십의 개방도들을 죽여 버렸다.

그 후 개방에서는 암암리에 재조사를 벌여 육정기가 얻은 무공을 노린 자가 누명을 씌웠다는 것을 밝혀냈지만, 이미 개방과 마개는 물과 불 같은 사이가 되어 수십 년째 척을 지고 있었다.

장발괴인이 마개라는 신영초자의 말에 허양의 안색이 보기 참담할 정도로 일그러졌다.

허양이 비록 무당의 장로라 하나 이제 장로 위에 오른 지 삼 년이다.

마개는 전대 노장로들과 같은 배분에다 무공 수위는 십팔마 중 하나라는 게 그 강함을 말해 준다.

자신이 어찌할 수 있는 자가 아니라는 말이다.

"무당의 허진이 선배를 뵙겠소이다."

마개 육정기의 시선이 허진을 이채를 띠고 쳐다봤다.

"흐흐흐… 좋군. 좋아. 무당의 칠검 중 허진이 제일 도인답다더니 그 눈을 보니 알겠군."

"과찬의 말씀을……."

허진이 고개를 숙여 답례를 올릴 때였다.

"그런데 귀하들은 안 가실 거요?"

진고영의 뜬금없는 말이 장내의 싸늘함을 날리고, 이때다 싶었는지 상교전과 오형진이 몸을 날려 도망쳤다.

"재미있는 젊은이군."

마개 육정기의 입가에 진정 재밌다는 웃음이 떠올랐다.

"선배께서는 아직 아까의 답을 안 하신 듯한데… 이제 좀 들어도 되겠습니까?"

진고영이 한 걸음 나서며 묻자 육정기의 눈에 재밌는 유흥 거리를 발견한 듯 웃음이 걸렸다.

"흐흐흐… 좋아. 말 못할 거 없지."

"육 선배님! 잠시만……."

허진이 급히 나서며 육정기를 말렸다.

"어차피 산문 밖으로 나온 물건이거늘 말 못할 이유는 또 뭔가?"

"선배님! 선배님께서도 이 물건이 어떤 것인지 안다면 제가 왜 이러는지도 알잖습니까?"

"큿! 내가 왜 그런 걸 신경 써야 되지?"

허진과 육정기가 되니 안 되니 티격태격할 때였다.

"혹, 그 물건에 눈과 같은 문양이 새겨져 있지는 않은지… 아! 또 한

가지. 눈동자가 있는 곳에 알 수 없는 문자가 새겨져 있지 않습니까."

허진과 허양의 표정이 딱딱하게 굳어가고 육정기의 눈이 휘둥그레지며 커졌다.

"소형제는 그 물건을 본 적이 있나 보군."

"말만 들었을 뿐이지요."

"그 물건은 세상에 나오지 않은 지 오십 년이 넘었네."

"제 사부께선 세상을 떠돌며 온갖 것을 다 보고 듣고 했다 하셨지요."

"묵안고는 그리 쉽게 보거나 소문으로 알 수 있는 물건이 아니네."

육정기가 조금은 고집스럽게 계속 말꼬리를 잇자 진고영의 입가에 고소가 걸렸다.

"마침 사부께서 들었던 것 중에 그 내용이 있었나 보지요. 물론 그 이름이 묵안고가 아니어서 짐작만을 할 뿐이지만 말이지요."

마지막 한마디에 육정기의 입이 닫혔다.

허진과 허양의 눈도 도호와 함께 감겼다.

"무량수불……."

"그럼… 소형제는 묵안고의 다른 이름을 알고 있나?"

살짝 떨린다고 느껴지는 육정기의 말이다.

"내가 아는 이름은……."

"수라마고(修羅魔鼓)!"

진고영의 전음이 귓전을 울리자 육정기는 놀라움을 담고, 허진과 허양은 절망을 담고 진고영을 멍하니 바라봤다.

수라의 북, 대체 그것이 뭐길래…….

다른 사람들이 어리둥절한 표정을 짓고 있을 때였다.

허진의 몸이 허공으로 솟구치고 검광이 빛살처럼 진고영을 향해 날아갔다.

누구도 예상치 못했던 허진의 전력을 다한 발검이었다.

"미안하네, 진 도우."

그야말로 전광석화와 같은 발검에 이은 검기탄의 공격이었다.

빛살이 그대로 진고영의 가슴을 꿰뚫을 것처럼 보였다.

육정기조차도 대응하기 힘들 정도의 공격. 놀라움이 미처 가시기도 전.

쾅!

"크읍!"

외마디 굉음과 함께 사람들은 날아갔던 허진의 몸이 다시 날려가는 것을 보았다.

뭐가 어떻게 된 건가.

"사형!"

"사숙님!"

허진이 피를 뿜으며 날아 떨어지자 대경한 허양이 급히 허진의 몸을 받아 들었다.

"이놈!"

허양은 허진을 눕히고는 검을 뽑아 들고 진고영을 쳐다보았다.

"아… 안 돼… 사제……."

"사형! 괜찮으십니까?"

"으으음…… 물… 러… 나게……."

허진은 한 번의 격돌로 이미 상대가 결코 자신들이 상대할 수 없는 고수라는 것을 알 수 있었다.

전력을 다해 급습한 공격을, 그것도 자신이 쉽게 내보이지 않는 최고의 검결로 했음에도 오히려 극심한 타격만을 받았을 뿐이다.

놀라움도 지나치면 당연한 것으로 받아들이게 된다.

"진 도우는 누구신가? 그 물건을 어떻게 아는 건가."

어느 정도 정신을 가다듬은 허진은 절망 어린 시선으로 진고영을 쳐다보았다.

"이미 말씀을 드렸소. 한데 오히려 무당은 그 물건을 잘 모르는 것 같소."

"무… 무슨 소리를……."

"안다면 탈취당하게 놔두었을 리가 없지 않겠소."

"그건… 나름대로 사정이 있었네. 중지 중에 중지인 자소전에 놔두었거늘 탈취당하리라 누가 생각했겠는가."

"역시 무당은 그 물건을 잘 모를 거라는 내 생각이 맞은 것 같소."

"무슨……."

무심한 표정의 진고영이 허진과 눈을 마주치고 한 자 한 자 끊어 말했다.

"내가 아는 대로라면 무당의 모두가 나서 밤낮으로 지켜도 시원치 않다는 거요."

"허… 허… 어이가 없구면."

"비록 그 물건이 오래된 유물로 매우 중요한 물건이라 하나 그 정도라고는 할 수 없소."

"소리없는 마고가 울리면 아수라가 현신한다."

진고영의 뜬금없는 말에 어리둥절한 육정기가 물었다.

"그게 무슨 소린가?"

"제 사부께서 남기신 말이오. 생각 같아선 마고를 없애고 싶지만 무당과 적이 되고 싶은 생각 또한 없소. 언젠간… 후우. 그런 일이 없기만을 바랄 뿐이오."

육정기를 한번 쳐다본 진고영이 발길을 돌렸다.

"더 이상 이곳에 있을 이유가 없는 것 같군요. 그럼."

멀어져 가는 진고영 등을 멀뚱히 쳐다보던 육정기가 허진을 향해 씨익 웃어 보이곤 진고영이 떠나간 곳으로 몸을 날렸다.

허진은 의외로 진고영과 육정기가 별다른 행동을 취하지 않은 채 떠나가자 한숨을 쉬었다.

"후우……. 잘된 건지… 잘못된 건지……. 한데… 마고는 절대 울리지 않거늘……."

육정기가 십여 장 뒤떨어져 따라오자 우형욱이 걸음을 멈추고 육정기를 빤히 쳐다보았다.

"노선배께선 왜 따라오시는 거요?"

"내가 내 발로 어디를 가든 네가 무슨 상관이냐?"

우형욱의 눈길이 육정기의 위아래를 훑었다.

"꼭 누구를 보는 것 같군요."

"누구?"

"있습니다. 그런 사람이."

염이상과 사마정도 육정기가 따라오자 신경이 쓰였지만 진고영이 가만히 있으니 그들로서도 뭐라 말할 수는 없었다.

무창성이 오 리 정도 남았을 때 진고영은 걸음을 멈추고, 몸을 돌려 육정기를 쳐다봤다.

"볼일이 있으시면 여기서 해결하지요."

육정기의 눈에서 강렬한 광채가 쏟아졌다.

"흐흐흐… 정말 마음에 드는군."

허리춤에 매달린 가죽을 잡아 벗기자 넉 자가 다 되는 장검 한 자루가 모습을 드러냈다.

"어때? 한 판 붙지?"

대책없는 노인이라는 생각이 들었지만 문득 위경리를 생각나게 하는 육정기였다.

진고영도 관천곤을 꺼내 들었다.

느닷없는 상황에 사마정이나 염이상은 눈을 빛내며 두 사람을 주시했다.

고수들의 대결, 말로만 들었던 마개 육정기의 솜씨를 볼 수 있는 기회였다.

우형욱은 아예 한쪽에 퍼질러 앉았다. 이게 웬 떡이냐는 표정으로.

육정기가 먼저 검을 뽑은 것은 그의 평생을 통틀어도 몇 번 되지 않았다.

허진이 일수에 패퇴하는 것을 보지 않았다면 그는 검을 먼저 뽑을 생각은 하지도 않았을 것이다.

두 사람 사이로 강력한 기운이 서서히 회오리치기 시작했다.

밤이었지만 어둠 따위는 두 사람에게 그다지 방해가 되지 않았다.

사 척 장검에서 은은한 청광이 피어오르고, 마침내 형체를 잡아가자 구경하던 사마정의 입에서 탄성이 터졌다.

"검강!"

염이상도 눈을 휘둥그레 뜨고 과연 마개라는 생각으로 뚫어져라 육정기를 쳐다봤다.

한 자 가까이 늘어난 검을 중단으로 들어 올린 육정기의 눈이 진고영의 눈과 부딪쳤다.

"최선을 다해야 할 게야. 나는 비무 중에 사정 봐주는 거 같은 걸 모르거든."

진고영이 관천곤을 좌우로 쓸어냈다.

은은한 묵기가 허공에 막처럼 둘러쳐졌다.

"소생 역시……."

그리곤 원을 그리며 찔러갔다.

육정기의 눈이 가볍게 흔들렸다. 분명 천천히 원을 그리는 곤의 끝이 보인다.

한데 보인다 싶으면서도 확신을 할 수가 없다.

점점 커지는 곤의 끝에서는 무겁기 그지없는 기운이 작은 돌기를 만들고 있다. 빨려들면 무엇이든 부술 것 같은 강력한 힘이 점점 다가오자 육정기의 검을 잡은 손에 힘이 들어갔다.

진고영은 한밤중에 싸움을 길게 끌고 싶은 마음이 없었다.

휘둘러 강막을 치고 일원첩수를 중첩시켰다. 그리고 이어지는 관천조양.

번개가 구름을 뚫고 육정기의 가슴을 쳐갔다.

빠르다.

너무 빨라 느려 보였던 진고영의 곤은 육정기의 가슴을 서늘하게 하기에 족했다.

검을 들어 팔검을 쳐내고서야 찔러오던 곤의 기세를 줄인 육정기는 이를 악물고 검강이 서린 청망검으로 자신이 평생 열 번도 펼치지 않았던 웅패사자검을 시전했다.

사자의 기상이 서린 검결에는 사나움과 웅혼함이 함께 어우러져 있었다.

뒤로 삼 보를 물러났던 육정기의 신형이 검과 한 몸이 되어 진고영의 목과 허리를 양단해 가고, 출렁이는 검광이 그 기세를 타고 사방 일 장 방원을 압박해 갔다.

우우웅!

쩌저적!

검과 곤의 기가 충돌하며 기음을 토해냈다.

회오리치며 날아오르던 자그마한 돌 조각들은 먼지처럼 부서져 두 사람의 주위를 맴돌고, 청광과 어우러진 묵광이 어둠을 더욱 어둡게 만들고 있었다.

그렇게 오 초 정도 공방을 벌이던 진고영의 신형이 흐릿하니 사라진다 싶던 순간 이 장 허공에서 벼락이 떨어졌다. 관천곤 중 육식 중 다섯 번째 낙뢰절지.

번쩍! 콰콰콰…….

"아… 씨앙!"

젖 먹던 힘까지 끌어올린 육정기의 입에서 쌍소리가 튀어나오고 청망검으로 사자패군의 검세를 쏟아냈다.

쾅!!

"으음……."

주르륵 오륙 보를 물러난 육정기의 안색이 눈에 띄게 창백해졌다.

또 밀려오는 것이다. 검은 묵광이 넘실대는 힘을 주체 못하고 겹겹이 밀려온다.

그렇게 밀려오던 묵광이 밝게 빛나는가 싶더니 거대한 곤영이 하늘을 가르고 쳐 내려오고 있었다.

여섯 번째 천조낙성이었다.

"빌어먹을!"

검으로 막을 엄두도 나지 않았다.

육정기는 남은 힘을 다 짜내 신형을 뒤로 잡아빼고 몸을 날렸다.

콰우!!

땅거죽을 길게 가른 곤영을 쳐다보는 육정기의 눈에서 질린 눈빛이 흘러나왔다.

'대체 뭐야! 저놈은……'

낙뢰절지에 이은 천조낙성을 펼친 진고영은 가라앉은 눈으로 육정기를 보았다.

오랜만에 십여 초식을 쉬지 않고 펼쳐 보았다.

중간에 흥이 더해져 자신도 모르게 상대를 의식치 않고 마음껏 펼쳤다. 가슴이 뻥 뚫린 듯 시원해졌다.

그리고 곤의 끝이 가리키는 곳에 낙심한 육정기가 얼이 반쯤 빠진 채 자신을 바라보고 있는 게 눈에 들어왔다.

"더 하시겠습니까? 오랜만에 힘 좀 쓰니까 기분이 좋군요."

"크으… 돼… 됐네. 됐어."

주위를 돌아보았다.

사방 오 장 안에 있던 모든 것이 가루가 되어버렸다.

십여 장 떨어져 있던 사마정과 염이상의 입이 헤벌어져 곧 침이 흘러나올 것만 같았고, 나뭇등걸에 걸터앉아 있던 우형욱은 당연하다는 표정으로 고개를 끄덕였다.

"내가 괜히 대형으로 삼은 줄 아나? 꼭 찍어 먹어봐야 맛을 안다니깐……"

힘이 빠진 육정기가 시무룩한 표정으로 청망검을 다시 가죽으로 둘러싸고 앞서 걸어가는 진고영을 뒤따라가자 우형욱이 삐딱하게 고개를 모로 꼬았다.

"왜 또 따라오시는 거요?"

"심심하니까. 왠지 재미있을 거 같거든."

"거참… 그 양반, 어떤 양반하고 왜 이리 똑같어."

“누구?”

3

중한객잔으로 진고영 일행이 돌아오자 한 사람이 그들을 기다리고 있었다.

첩검단 무창지부장이 사마정을 찾아온 것이다.

위경리가 안휘 합비에 있다 한다. 닷새 전까지 남궁세가에 머물고 있는 것을 확인하고 사람을 붙여놓았다 하니 언제든 만날 수 있을 거라 하였다.

백리단황이 움직이지 않는 가운데 도제 장무담이 강서로 발길을 옮기고 있어 강호인들의 시선이 온통 강서로 쏠리고 있었다.

무림련은 호송하던 음혼색살마의 죽음으로 위신이 땅에 떨어져 버렸다.

호송을 담당했던 담당 간부들의 직위를 박탈하고 책임 여부를 둘러싸고 암투가 벌어지고 있는 상황이 돼버렸다. 그들에게 강남의 혈풍은 건넛집 불구경 꼴이 돼버렸다.

몇몇 의식있는 자들만이 강남의 혈풍이 강북으로 불 것을 걱정하고 있을 뿐이었다.

첩검단 지부장으로부터 강호의 상황을 들은 진고영은 일단 천은산장으로 가는 길을 미루고 안휘로 갈 것을 결정했다.

위경리를 만나면 무언가 해결의 실마리를 찾을 수 있을 것 같아서였다.

119

백리웅천이 위경리를 찾는 것은 아마도 강규산 때문이리라.
천은산장과 적대 관계인 대풍운보이니 분명 길이 보일 듯도 했다.
무창을 떠나는 일행이 한 사람 더 늘었다.
육정기가 떠나지 않고 따라나선 것이다.

孤影 第五章

1

영산을 지나 안악령을 넘어가는 길은 관도가 잘 다듬어져 있어 많은 사람들이 호북에서 안휘를 넘어갈 때 이 길을 사용했다.

진고영 일행이 안악령 초입에 이르렀을 때는 가을비가 촉촉이 내린 산야에 단풍이 한창 화려한 색깔을 뽐내며 물들어오고 있을 때였다.

비 때문인지 오고 가는 사람이 드물었고, 마차를 탄 사람들만이 간간이 지나다녔다.

관도 옆 주점이 보이자 제일 먼저 환호를 지른 것은 육정기였다.

"오! 주점이군!"

아침나절부터 술 한 잔 생각이 간절했던 육정기이다.

어린 후배들에게 아쉬운 소리 하기 싫어 묵묵히 걷고는 있었지만 비가 내리자 더욱더 술이 그리워졌던 것이다. 그러던 차에 만난 주점이니 오직 반가울까.

환호 한마디에 구박 한마디.

"그렇게도 좋으신 거유?"

역시나 우형욱이었다.

"험! 네놈도 나이 먹어봐라. 비 맞으면 뼈마디가 을마나 쑤신데……."

"아! 참나! 어째 한마디도 안 틀린다요."

이제는 육정기도 안다. 우형욱이 누구를 가리키는지.

무창을 떠난 다음날 저녁 넌지시 물었을 때 말했다. 나이 먹어도 늙지 않는 양반이 한 사람 있다고.

그런 사람이라면 육정기도 들어봤다. 장절 위경리, 아마 그를 말하는 것일 게다.

진고영이 위경리를 만나러 안휘에 간다지를 않는가. 의형이라나 뭐래나. 그 소릴 듣고 하마터면 먹던 소면에 코를 박을 뻔했다. 진고영이라면 그럴 수도 있겠다 싶었다.

그리고 육정기도 작정했다. 진고영을 아우라고 부르기로. 그 말을 듣고 우형욱이 겁없이 노형님이라 했다가 위경리 때처럼 뒤통수를 얻어맞았다. 정말 두 사람은 닮은 데가 많아 보였다.

이름도 없이 주점 깃발만 걸어놓은 허름한 주점 안에는 생각보다 사람이 많았다.

점심때 지난 지가 한참이었지만 비 때문에 눌러앉은 것 같았다.

수염이 덥수룩한 주인장이 건들거리며 다가왔다.

"뭐 드시겠소? 뭐 여러 가지 있지도 않지만……."

"되는대로 이것저것 좀 내주시오. 우리도 이런 데서 고급 음식 찾을 생각은 없으니. 아! 그리고 기왕이면 술은 좀 좋은 걸로 주시구려."

"알았수."

음식은 소면과 만두, 돼지고기와 함께 볶은 소채가 전부였다.

하지만 그들처럼 이해하며 주문을 하는 자들만 있는 건 아니었다.

"이것 봐요! 우리가 시킨 음식은 왜 안 나오는 거죠?"

한쪽에 홍의비단 경장에 가죽 당혜를 신은 여자가 날카롭게 소리쳤다.

"아가씨가 시킨 음식은 시간이 좀 걸린다잖소. 지금 잉어 사러 갔으니 조금만 기다리시구려."

"뭐라구요? 잉어를 사 온다구요?"

쾅!

여인이 날카로운 음성과 함께 들고 있던 칼집으로 탁자를 내려치자 주점 안이 조용해졌다.

"흥! 보자 보자 하니까 내가 그리 우습게 보이느냐!"

"누가 우습게 보인다 했소? 재료가 없는 음식을 꼭 먹어야겠다니 재료를 사러 간 거 아니오?"

"이… 이런……."

홍의여인이 칼을 잡아가자 옆에 있던 황의여인이 나직이 소리쳤다.

"언니, 그러게 내가 그냥 소면이나 만두도 괜찮다고 했잖아요. 그만하세요."

씩씩거리던 홍의여인이 분기를 가라앉히고 자리에 앉자 황의여인이 재빨리 말했다.

"우리도 그냥 저걸로 가져다주세요."

"하매! 나는 화리탕을 먹고 싶단 말이야."

"언니……."

"알았다, 알았어. 쳇!"

홍의여인은 주위를 둘러보다 문득 음식을 앞에 놓고 먹을 생각을 안 하는 진고영 일행을 이상하다는 듯 쳐다봤다.

"이봐요! 맛이 없나요? 왜 안 먹는 거죠? 하매, 봐봐. 저 사람들도 시키기만 하고는 못 먹잖아."

홍의여인이 자기 말이 맞지 않느냐는 듯 황의여인에게 말할 때였다.

"나는 독이 든 음식을 별로 좋아하지 않소."

진고영의 냉랭한 한마디에 홍의여인은 멍하니 진고영을 쳐다봤다.

"독이라구요?"

"갈참미독(渴憯黴毒)이군. 매우 희귀한 독이라 음식 값보다 훨씬 비쌀 테니 양념으로 넣은 것 같지는 않군."

진고영의 눈이 주인 쪽으로 향하자 텁석부리 주인장의 입가에 음침한 미소가 걸렸다.

"제법이군, 제법이야. 그래도 그냥 그거나 먹고 죽는 게 덜 고생일 텐 데… 안됐군."

"그러니까 지금 저 싸가지없는 주인장이 음식에다 독을 넣었다 이 말 씀이지요?"

우형욱이 붉어진 얼굴로 또박또박 끊어 말하자 진고영이 고개를 끄덕 이며 주위를 쓸어보았다.

"저 낭자들은 아닌 거 같지만 아무래도 다른 사람들은 모두 한통속 같 은데……."

여기저기서 술과 음식을 먹던 장한들이 자리에서 슬그머니 일어나더 니 진고영 등이 앉은 탁자를 포위했다.

이십여 명의 장한이 일으키는 기세에 우형욱의 이마가 찌푸려졌다.

하나하나가 제법이다. 일행의 면면을 생각한다면 무서울 것이 없었지 만 도대체 이들이 누구길래 이런 사나운 기세를 지닌 자들을 이십여 명 이나 동원할 수 있는지 의문이었다.

사실 일행 중 제일 화가 난 것은 육정기였다.

고대하던 술 한 잔 목에 넘기기도 전에 진고영의 전음이 들려왔다.

"음식에 독이 들어 있으니 먹지 마십시오."

너무 화가 나니 말도 안 나오고, 붉으락푸르락하는 그의 얼굴 표정만이 그의 심정을 대변해 주고 있었다.

그런데 이제 떼거지로 자신들을 죽이겠다고 둘러싸고 있는 게 아닌가.

"이런 시러베아들 놈들 같으니라고. 어디서 감히 내가 먹을 술에 독을 넣어?"

바람이 없어도 장포가 펄럭이고 두 손이 부들부들 떨렸다.

그리고 한순간, 육정기의 신형이 솟구치고 음흉한 웃음을 짓고 있던 주인장을 향해 일장을 휘둘렀다.

그야말로 번쩍 하는 순간에 커다란 손 그림자가 안면을 뭉갤 듯이 다가오자 주인장은 얼굴에 미소가 사라지고 쌍장을 들어 마주쳐 갔다.

쾅!

"으음."

주점 주인의 몸이 주르륵 일 장을 밀려 탁자에 부딪치고, 본래의 자리로 돌아온 육정기는 눈에 놀람이 가득 차 소리쳤다.

"염왕수(炎王手) 모정인이었구나!"

모정인 역시 크게 놀란 얼굴로 육정기를 응시했다.

"그대는 누군가? 우리의 정보에는 없던 자이거늘."

"호호호… 놀랍구나. 소림의 땡초를 죽이고 십수 년간 나타나지 않던 모정인이 이런 벽지에 나타나다니."

모정인의 눈썹이 꿈틀댔다. 자신의 과거를 아는 자는 사실 소림을 제외한다면 거의 없었다.

소림도 쉬쉬하던 일인지라 강호에 소문이 나지 않았던 것이다. 소림의 장로가 그다지 알려지지도 않았던 자와의 비무에서 죽임을 당했다는 것은 소림의 수치라 할 수 있었던 것이다.

주위를 포위했던 자들은 자신의 대장이라 할 수 있는 모정인이 일장

대결에서 뒤로 밀리는 듯 보이자 놀란 모습으로 무기를 빼어 들었고, 한쪽에 서 있던 두 여인은 창백하게 질린 안색으로 몸을 떨었다.

모정인은 한순간 놀라긴 했지만 곧 안정을 찾아갔다. 자신이 누구인가. 게다가 주위는 수하들이 포진하고 있지 않은가.

"흥! 그대가 누구라도 결과는 변함없을 것이다."

그때였다.

"쓸데없이 말만 많군."

상황과 어울리지 않는 조용한 진고영의 말에 모정인의 얼굴이 붉게 상기되었다.

"마개 육 선배도 모르는 자가 말이 많긴 많군요."

우형욱이 이죽거리자 불길이 솟던 모정인의 가슴은 싸늘히 식어버리고, 놀란 음성이 이곳저곳에서 터져 나왔다.

"헉! 마개 육정기?"

그렇게 사람들이 놀라든 말든 진고영은 묵묵히 일어서 모정인 쪽으로 걸어갔다.

두 눈을 모정인의 눈에 고정시키고 옮기는 걸음걸음에는 산악이 옮겨가는 것 같은 무게가 실려 있었다.

일 장 거리, 모정인의 얼굴이 창백하게 질려갔다. 무언중에 뿜어 나오는 가공할 기세가 모정인의 심신을 극렬하게 자극하고 있는 것이다.

'대체 이건… 크윽!'

이를 악문 그의 입가로 선홍빛 선혈이 방울져 떨어지자 사람들은 이유를 알 수 없어 어리둥절해졌다.

가공할 기세가 모정인에게만 집중되었던 것이다.

"천은산장 사람인가?"

진고영은 무거우면서도 들릴 듯 말 듯 나직한 목소리로 물었다.

"나… 나는… 그렇다……."

비틀거리며 물러서는 모정인의 한마디 한마디에 피가 배어 나온다.

평소와는 다른 진고영의 모습에 조금은 당황스럽던 우형욱은 그제야 왜 대형이 저리도 화를 내는지 어느 정도 이해가 됐다.

천은산장은 진고영의 모든 은원이 나고, 존재하는 곳인 것이다.

모정인이 피를 흘리며 물러설 때였다.

"타앗! 하압!"

진고영이 모정인을 핍박하자 무언가 암수에 걸린 걸로 착각한 모정인의 수하들이 진고영을 공격했다.

다섯이 한꺼번에 탁자를 날아 넘어 상하를 협공하기 위해 검으로 목을 찌르고 도로는 허리를 쓸어왔다.

일류라 할 수 있는 자들의 연수합격은 사납기 그지없었지만, 그들의 공격은 진고영의 다섯 자 거리에서 다른 사람에 의해 가로막혀 버렸다.

우형욱이 창을 뻗으며 허리를 베어가는 자의 도를 걷어내고, 염이상의 도가 목을 찔러가는 자의 가슴을 번개처럼 베어간 것이다.

사마정은 검을 빼 들고 다른 자들의 움직임을 주시하며 사위를 쓸어봤다.

차라랑!

창이 휘돌며 도를 휘감고,

스팟!

그림자마저 남기지 않는 번개 같은 도세가 검을 쥔 손과 가슴을 동시에 베어갔다.

젊은 일행의 움직임을 지켜보던 육정기가 느긋이 가죽으로 감싼 검을 어깨에 둘러메고 일어났다.

사방을 포위했던 장한들의 표정에 두려움이 비치고, 모정인의 얼굴에도 곤혹스런 표정이 떠올랐다.

섬서사호 둘에다 이름도 별로 알려지지 않은 두 사람이 목표라 했다. 은림각의 임무로는 그다지 어려울 것 없는 임무라 마음 편히 즐기고 돌아가면 될 거라 생각했다.

그런데… 마개 육정기, 십팔마 중 일인이 그들과 동행이고 이름을 알 수 없는 키가 큰 젊은 자는 기세만으로도 부각주 모정인을 압박할 수 있는 고수다.

모두가 느끼고 있는 감정은 뭔가가 잘못됐다는 것이다.

사실 사마중안은 진고영의 무위가 능히 육기칠절에 못지않다는 것을 알고 있었다. 하나 모정인 역시 절정의 고수고 은림각의 무사들 이십이라면 충분히 진고영에 대해 파악하는 데 무리가 없을 거라 생각했다.

하나 그도 몰랐던 것이 있었다. 마개 육정기가 삼 일 전에 합류했고, 진고영의 무위를 영무에게 들은 정보대로만 판단했던 것이다.

거리가 벌려지자 짓누르던 기세가 약해졌다.

모정인은 재빨리 숨을 가다듬어 내기를 가라앉히고, 두 손에 염왕수라는 별호를 붙여준 귀염마공을 끌어올렸다.

육정기는 본래부터 다른 자들에게는 관심이 없었다. 오직 모정인, 과거 염왕수라 불리며 소림에 쫓기지만 않았다면 능히 십팔마의 한자리를 꿰찰 수 있었을 거라 전해지는 그만을 보고 있었다.

그에게 십팔마라는 이름이 무엇인가를 보여주고 싶은 것이다.

"이봐! 너는 내 차지야! 네가 나를 이긴다면 아우님과 겨룰 수 있는 기회를 주지……. 흐흐흐."

아무런 움직임도 없건만 검을 둘러싼 가죽이 휘휘 말려 벗겨져 갔다.

귀염마공을 끌어올리고 진고영을 공격하려던 모정인의 얼굴에 뜨악한 표정이 떠올랐다.

마개의 성품이 천방지축이란 건 알고 있었지만 왜 이런 자리에 나타나서… 뭐? 아우님?

하지만 모정인은 더 생각할 여유가 없었다. 육정기가 한마디 말과 함께 다 풀어진 검집에서 청광이 번뜩이는 청망검을 빼어 든 것이다.

주점 안은 수십의 고수들이 한바탕 칼춤을 추기에는 너무 비좁았다.

육정기와 모정인이 주점의 천장을 뚫고 밖으로 나가 버리자 주점 안은 온통 칼바람 검빛만이 난무했다.

구석으로 내몰린 유옥하의 눈에 비친 광경은 그녀가 살아온 이십이 년 동안 한 번도 보지 못했던 살풍경한 모습이었다.

이십여 명과 맞서 싸우는 세 사람은 마치 성난 표범과도 같았다.

검광, 도광이 번뜩이고 사방으로 몰아치는 진기의 폭풍은 탁자고, 의자고 가리지 않고 박살 내고 있었다.

거기다 좁은 곳에서도 종횡무진하며 창을 휘둘러 대는 우형욱의 모습은 마치 싸우지 못해 안달난 사람 같아 보는 이로 하여금 머리를 젓게 만들었다.

"으헉!"

"크윽!"

"끄으음……."

난장판이 된 주점에선 온갖 신음성이 울리고, 바닥은 흘러나온 피로 인하여 제대로 걸음을 옮길 수도 없을 지경이었다.

정신없이 무기를 맞대고 싸우던 사람들조차 질릴 지경이었으니 옆에서 구경하던 사람들은 오죽하랴.

더구나 여인들이라면.

창백하게 질린 표정의 유옥하가 꼼짝도 못하고 서 있자, 서문설영은 그녀의 소매를 잡아끌었다.

"동생! 어서 피해!"

"어디로… 맙소사… 저 피 좀 봐요……."

반쯤 넋이 나간 유옥하의 모습에 서문설영은 발을 동동 굴렀다.

그때였다.

차창! 챙강!

염이상의 도가 한 사람의 검과 부딪치며 부러진 검신이 멍하니 서 있는 유옥하를 향해 날아갔다.

"이런! 조심해!"

휘리릭! 타닥!

유옥하의 우측에서 우형욱의 창이 튀어나오며 부러진 검편을 튕겨내곤 곧바로 두 여인의 앞을 막아섰다.

"어서 피하지 않고 뭐 하는 거요?"

"누가 그걸 몰라요? 피할 데가 없잖아요? 남자들이 몇인데 여자들 보호도 못한단 말이에요?"

다급한 상황에서도 서문설영의 목소리에는 날이 서려 있었다.

어이가 없는지 우형욱이 눈을 동그랗게 떴다. 요 근래 말싸움으로 그다지 져본 적이 없었는데 아무래도 저 여자에게는 안 될 것 같은 생각이 들었다.

"그럼 우선 저기… 대형 옆으로 가 있으쇼!"

"저 키만 멀대처럼 큰 사람 말예요?"

"커억…… 맞소, 맞아."

우형욱은 터지려는 웃음을 참고 적들을 향해 다시 창을 찔러갔다.

"이놈들아! 여기도 있다!"

은림각의 무사들 중 여섯이 바닥에 쓰러져 있었고, 서너 명도 적지 않은 부상을 당했는지 곳곳에서 피가 배어 나오고 있었다.

이십 명 중 몸이 성한 자들은 주점 외곽을 포위하고 있던 열 명 정도에 불과했다.

한창 주점 안의 싸움이 점입가경으로 치닫고 있을 때였다.

콰왕! 콰콰쾅!

주점의 한쪽 벽이 부서지며 인영 하나가 피투성이가 된 채 굴러 들어왔다.

염왕수 모정인이었다. 벽 바깥에는 청망검을 비껴든 육정기가 창백한 안색으로 눈을 부라리며 다가오고 있었다. 진고영과 동행하기 위해 사입은 옷은 여기저기가 모정인과의 싸움으로 찢어져 있었고 머리는 다시 산발되어 흐트러져 있었다.

주점 안의 싸움이 멈췄다. 은림각 무사들은 굳은 안색으로 육정기를 주시했다.

모정인이 쓰러진 이상 그들로서는 더 이상 어찌할 수 없는 것이다.

잠시간 시간이 흐르자 장한들 중에 한 사람이 앞으로 나섰다.

"보내준다면… 물러나겠소."

"호! 싸움을 먼저 걸어놓고 그냥 물러나겠다?"

우형욱의 입에서 비아냥거리는 말이 나오자 장한의 입이 악다물렸다.

"물론 다시 싸우겠다면 죽을 때까지 싸워줄 수도 있소."

이미 죽음을 각오한 자들이다. 진고영은 쓸데없는 싸움으로 피를 보고 싶은 마음이 없었다.

"우 형, 그만 보내주시오. 저들 몇 더 죽여봐야 별다른 이득도 없으니."

"쩝… 알겠습니다. 대형이 그리 말씀하신다면야."

조금 아쉬운지 우형욱이 입맛을 다시고는 장한을 노려보았다.

"언제 다시 한 번 보자고."

장한들이 시신과 부상자들을 데리고 떠나간 주점 안은 을씨년스럽기 그지없었다.

부서진 집기, 흐르는 핏물, 반쯤 무너진 주점, 한바탕 혈풍이 주점에 남긴 것들이었다.

"험… 그런데 진 아우는 어떻게 음식에 독이 들어 있는 것을 알았는가?"

육정기가 침묵을 깨고 진고영에게 묻자 그제야 생각이 난 듯 사람들의 시선이 진고영에게로 향했다.

"어릴 적 조부님 친구 분께 의술을 배웠습니다. 깊이있게 배우지는 못했지만 약재나 독에 대해선 나름대로 신경을 써서 배웠지요. 마침 갈참미독이 제가 아는 독이어서 알 수 있었을 뿐입니다."

진고영의 대답에 유옥하가 눈빛을 반짝이며 무슨 말인가를 하려는 듯 머뭇거리자 옆에 있던 서문설영이 참지 못하고 입을 열었다.

"그럼 당신이 독에 대해서 잘 안단 말인가요?"

"잘 안다기보단 그저 남들보다……."

"그게 그 말이잖아요? 뭘 그렇게 빼세요?"

썰렁한 바람이 주점을 휩쓸었다.

"독을 아신다면 좀 도와주실 수 있어요? 아니지, 꼭 좀 도와주서야겠네요."

일순간에 쏟아내는 빠른 말에 우형욱이 어이없다는 듯 말했다.

"이보쇼! 대형께서 왜 낭자들을 도와줘야 한단 말이오?"

"홍! 기생오라비 같은 당신은 좀 빠져요! 지금 당신 대형하고 이야기하고 있잖아요!"

“헉… 기생……”

서문설영은 우형욱이 감히 상대할 수 없는 여인이었다.

“음… 우리는 지금 볼일이 있어 합비로 가고 있는 중이오.”

“합비? 잘됐네요. 음… 그럼 가는 길에 잠시만 시간을 내면 되겠네요.”

“언니……”

유옥하는 서문설영이 진고영에게 어거지를 부리자 다소 붉어진 얼굴로 서문설영을 말렸다.

“글쎄, 너는 가만있으라니까. 언제 당가까지 가서 사람을 데려온다고 그래. 그러다 숙부님이 발작하면 큰일이잖아.”

“그건 그렇지만……”

진고영은 말없이 두 여인의 이야기를 듣다가 주위를 둘러보았다.

“합비 쪽으로 가는 길이라면 일단 나갑시다. 그다지 오래 있을 만한 곳은 못 되니.”

2

언제 비가 왔냐는 듯, 주점을 나서 한 시진쯤 안악령을 오르자 맑은 하늘이 모습을 드러냈다.

맑은 하늘, 맑은 공기, 아름다운 단풍, 유람을 하기에는 최적의 날씨였지만 고개를 오르는 사람들의 입은 자물쇠를 채운 듯 꽉 닫혀 있었고 표정들은 뭐 잘못 먹은 것처럼 굳어 있었다.

한 사람만 빼고.

"저는 서문설영이라고 해요. 그리고 이 동생은 유옥하라고 하구요."

이름을 말하는 걸로 시작해서,

"동생 집은 합비를 가다가… 저희 집은……."

열린 입은 한 시진이 넘도록 닫힐 줄을 몰랐으니 다른 사람이 입을 열 기회가 있을 리 만무했다.

사람들은 그제야 여인을 왜 무섭다고 하는지 이해할 수 있었다.

그나마 사마정만이 당연한 걸 이제 알았냐며 그저 그러려니 할 뿐이었다.

결국, 반 시진이 더 지나서야 우형욱이 나섰다.

"대형, 합비 가는 길이라 하니 잠깐 들렀다 가지요."

모두의 고개가 일제히 끄덕여지고 서문설영의 아름다운 옥소가 안악령을 울렸다.

"오호호호호! 고마워요! 봐라! 동생. 이분들이 도와주신다잖니."

살짝 창백한 기가 돌던 진고영의 입이 무겁게 열렸다.

"후우… 유 소저의 아버님이 해를 입었다는 독의 증상을 말씀해 주시겠소?"

유옥하는 미안하면서도 고마운 마음에 눈물이 나오려는 것을 억지로 참았다.

"그러니까……."

"어? 제가 그걸 말 안 해드렸던가요? 이상하네……."

고개를 갸웃거리는 서문설영을 바라보는 사람들의 시선에서 다시 두려운 빛이 떠오르고,

'크윽. 안 돼! 저 입이 열리면…….'

육정기는 처음으로 진고영과 일행이 된 것을 후회했다. 그리고 자신이 혼인을 하지 않은 것에 대해 대별산 산신령에게 감사한 마음이 들었다.

남들은 해보고나 후회하라 하지만…….

그렇게 또다시 두 시진에 걸친 서문설영의 상황 해설을 들으며 다섯 남자는 불암산 동백장으로 향했다.

따그닥… 따그닥…….

힘이 없어 보이는 말, 일곱 필이 불암산 어귀에 들어섰을 때는, 해가 뉘엿뉘엿 서편 금안봉으로 넘어갈 때쯤이었다.

"와! 이제 다 왔네요."

서문설영의 쾌활한 목소리에 다섯 남자의 맛이 반쯤 간, 무언가와 격렬한 싸움을 벌인 듯한 눈들이 번뜩이기 시작했다.

'마침내 지옥의 관문을 뚫고 도착했구나……. 으음…….'

한결같은 생각, 참으로 기나긴 여정이었다. 비록 이틀간이었지만 마치 이 년이 지난 것만 같았다.

휑한 눈의 우형욱이 공포에 질린 표정으로 즐거워하는 서문설영을 돌아보았다.

하나하나 뜯어보면 참으로 아름다운 여자다. 하지만 그녀의 입을 보는 순간 부르르 온몸이 떨렸다.

이틀간의 여행 중 거의 모든 말을 저 여자 혼자서 했다. 그러고도 입술이 부르트기는커녕 갈수록 기름기가 번지르르 흐를 것만 같다. 세상에…….

옆을 돌아보았다. 염이상의 도를 움켜쥔 손은 곧 쥐라도 날 것처럼 핏줄이 돋아 있다.

육정기는 아예 십여 장 뒤에서 따라오고, 그러려니 하며 별다른 표정을 보이지 않던 사마정도 하루가 지나자 얼굴색이 누렇게 떠갔다.

'크크, 별수없군……. 유 소저는 만성이 돼서인지 아무렇지 않은 표정이고… 진 대형은… 흠! 의외로군. 역시 대형이시군.'

하나 우형욱이 어찌 알까. 진고영이 이틀간 기나긴 수천제마력의 법문을 수십 번도 더 암송하고 있었다는걸.

어쨌든 기나긴(?) 여정 끝에 불암산 동백장에 당도한 사람들의 얼굴에는 안도의 표정이 확연히 드러나고 있었다.

"멋지군!"

자기도 모르게 우형욱의 입에서 감탄이 터졌다.

동백장을 들어서는 입구에는 수백 년 된 동백나무 수백 그루가 늘어서 있어 보는 이로 하여금 감탄이 절로 나오게 했다. 봄이면 붉은 동백꽃이 장원을 감쌀 것을 생각하니 감탄이 아니 나올 수 없었다.

그리고… 그 감탄에 답하는 서문설영의 웃음이 불암산을 울리고,

"오호호호홋!! 봄에 와보시면 정말 놀라실 거예요. 붉은 동백꽃이 장원을 둘러싸면……."

사람들의 살기 어린 시선에 우형욱의 고개가 푹 수그려졌다.

3

동백장(冬柏莊).

당금 장주인 단홍수사(丹紅修士) 유지화의 증조부가 원의 조정에는 결코 나가지 않겠다며 입신양명의 길을 접고 은거하기 위해 사들인 후, 친우들에게 자신의 뜻을 간접적으로 밝히기 위해 수백 그루의 동백나무를 장원 주위에 심고 장원 이름을 동백장이라 명명했다.

본래 유학자라 할 수 있는 집안이었지만 유지화가 집안의 서고에서 우연히 얻은 무학서를 익히고 강호 유람 중 사귄 친우들이 제법 명성을 날

138

리면서부터 동백장도 무렵에 작으나마 이름이 나기 시작했다.

후원의 객사에 짐을 푼 일행은 안도의 한숨을 내쉬었다.

서문설영이 유옥하를 따라 장주 부인인 이목향을 만나러 간 것이다.

"후아……."

염이상이 긴 숨을 내쉬고는 우형욱을 째려보았다.

우형욱도 지은 죄가 있는지라 아무 말도 못하고 딴청을 피우다, 한쪽에서 창밖의 풍경을 감상하고 있던 사마정을 쳐다보았다.

"그런데… 사마 형."

"왜 그런가?"

"여자들이 전부 다 저러지는 않겠지요? 유 소저만 봐도……."

"다야 안 그렇겠지. 하지만 대부분은 그렇다고 봐야……."

"으음……."

이각여 시간이 지난 후 진고영은 전령을 따라 유지화가 기거하고 있는 별원으로 들어가자 초조해 보이는 중년 여인이 유옥하와 함께 있는 것을 볼 수 있었다. 아마도 유옥하의 어머니인 듯 닮아 보였다.

"진고영입니다."

진고영의 조용한 인사말에 이목향은 왠지 불안한 마음이 차분히 가라앉는 듯했다.

"도와주러 와주셔서 고맙습니다. 그간의 불안했던 마음이 공자를 뵈니 조금 안정이 되는 것 같군요."

"별말씀을. 그저 조금이나마 도움이 됐으면 좋겠습니다."

안내를 받아 안으로 들어가자 진한 약향이 맡아졌다.

아마도 온갖 약재를 다 써봤으리라.

누워 있는 유지화의 얼굴에 푸른 기가 감돌고 있는 게 보였다. 독에 의한 중독이라는 말이 분명해 보였다.

이목향을 쳐다보자 이목향의 고개가 끄덕여졌다.

침상으로 다가간 진고영은 유지화의 얼굴을 잠시 쳐다보다 입을 벌려 보았다. 푸르스름한 입술과 달리 입 안의 혀에서는 검은빛이 감돌고 있었다.

감겨 있는 눈꺼풀을 올리고 눈동자를 살펴보았다. 역시 흰자위가 유난히 희다 못해 푸르게 보인다.

맥을 짚어보자 맥이 불안정하게 뛰고 곧이라도 끊어질 듯했다.

잠시 눈을 감고 생각에 잠겼던 진고영이 품에서 자그마한 비수 하나를 꺼내 들었다. 부드러우면서도 날카롭기 그지없는 소도에는 은은한 붉은 기가 돌고 있었다. 어머니가 남긴 유일한 유품인 홍류비(紅柳匕)였다.

유지화의 팔을 쓸어내리던 진고영의 오른손이 번뜩이고, 소도가 팔목의 한 부분을 스치듯 긋자, 숨 한 번 쉴 시간이 지나서야 방울방울 피가 배어 나왔다. 시커먼 흑혈이었다. 흑혈은 이부자리에 닿자마자 매캐한 연기를 피워 올렸다. 홍류비에 한 방울 흑혈을 묻히고 냄새를 맡아보았다.

"아!"

"음……."

동시에 각기 다른 뜻을 담은 음성이 방 안을 울렸다.

이목향이 떨리는 음성으로 물었다.

"지독하군요. 대체 무슨 독이기에……."

진고영이 무거운 표정으로 홍류비를 쳐다봤다.

"좀 더 조사해 봐야 알겠습니다만 몇 가지 의심 가는 독이 있습니다.

하나… 그전에 궁금한 점이 있습니다만."

고개를 든 진고영의 고요히 가라앉은 눈이 이목향의 아픔이 스며 있는 두 눈을 직시했다.

"유 장주께서 당한 독이 아직 확실치는 않습니다만 일반적으로 아무데서나 볼 수 있는 독이 아닌 듯싶습니다. 지금 그나마 견디고 있는 게 신기할 정도입니다. 무슨 일이 있었는지를 알면 그만큼 수월할 듯싶습니다……."

이목향의 눈길이 짧지만 확연히 흔들렸다.

"그… 그걸 꼭 알아야만 하는 건가요?"

"이러한 독을 쓸 수 있는 곳은 제가 아는 대로라면 강호에서 두어 곳에 불과합니다. 그런 곳에서도 쉽사리 쓰여지는 독도 아니지요. 물론 말씀을 하지 않으셔도 상관은 없습니다만……."

"죄송… 합니다, 진 공자."

진고영은 사연이 있는 듯한 이목향의 말에 고개를 저으며 말했다.

"아닙니다. 약간의 시간이 더 걸릴 뿐이니. 다행히도 이런 종류의 독을 몰아내는 방법을 알고 있으니 더 이상 악화되지는 않을 겁니다."

"고맙습니다."

두 모녀가 나가고, 두 시진에 걸쳐 유지화의 독상을 자세히 살핀 진고영은 유지화가 내력으로 독을 한곳으로 몰아넣으려다 제대로 되지 않자 스스로 독이 스민 혈을 막고 가사 상태에 빠졌다는 걸 알아낼 수 있었다.

그것은 웬만한 공력으로는 시행할 수조차 없다는 것을 알기에 진고영은 내심 놀라움을 금할 수 없었다.

단홍수사 유지화라는 이름을 그는 동백장에 오며 처음 들었다. 비록 강호사현 중 하나로 알려져 있지만 다른 세 사람에 비하면 그다지 알려지지 않은 이름이었다. 강호의 경험이 풍부한 염이상조차 그의 실력을 강호사현 중 제일 아래라 말했다. 나머지 셋도 자기 위로 두지 않았었으니 잘해야 동수 정도로 보아주고 있었던 것이다.

하지만 진고영이 살펴본 유지화는 공력만을 따진다면 염이상보다 훨씬 위라 할 수 있었다.

또한 진고영이 추측하고 있는 게 맞다면 유옥하와 서문설영이 해독을 위해 당가로 향했다는 게 의문이었다.

유지화가 당한 독은 당문의 쇄혼수라는 독인 듯했던 것이다.

본래 만독곡의 흑령지독이 아닌가 했으나 흑령지독에는 운남의 습지에서 자생하는 흑지화의 은은한 향기가 풍긴다는 말을 떠올리고 자세히 냄새를 맡아봤지만 완전한 무취였던 것이다. 그렇다면 혈을 검게 변색시키며, 무취에, 지독한 열양의 기운을 지닌 독은 서너 가지 정도에 불과하다.

그중 하나가 당문의 쇄혼수(碎魂髓). 진고영은 유지화의 몸 안에서 내력과 부딪치고 있는 독기가 심장 쪽보다 간 쪽에 집중되어 있다는 것을 알아냈다. 그것은 쇄혼수의 특이한 증상 중 하나였던 것이다.

한데… 당문의 독에 당하고도 해독을 위해 당문을 간다는 것은 특별한 사연이 없이는 이해할 수 없는 일인 것이다.

다음날, 아침 식사를 마친 진고영이 유지화의 치료를 시작하기 전, 사마정을 불렀다.

첩검단에 연락을 취해 위경리와 백리웅천의 소식을 알아보고 될 수 있으면 동백장으로 은밀히 모시고 와달라는 부탁을 하기 위해서였다.

이왕 동백장에 머무르는 길에 몇 가지 일을 함께 처리할 생각이었다.

독상의 치료 방법은 의외로 단순했다.

일단 한쪽으로 몰아넣은 독을 양유대력으로 조금씩 태워 버리는 것이 독상 치료의 거의 전부라 할 수 있었다.

하나 단순하면서도 아무나 할 수 있는 방법이 아니었다.

장부를 다치지 않고 독을 태우기 위해서는 매우 심후한 공력이 있어야 했고, 또한 의술에 대한 해박한 지식 없이는 위험천만한 방법이었다. 진고영에게는 그 정도의 공력이 있었고, 지식이 있었기에 가능한 일이었다. 해독에 유용한 약재가 있었으면 조금은 더 빠를 수도 있었지만 없는 마당에는 많은 시간이 필요한 치료법이었다.

기해혈을 통해 부드러우면서도 강력한 양강지기인 양유대력을 흘려 넣어 독상을 치료하기 시작한 지 닷새가 지나자, 유지화의 얼굴에서 혈색이 감돌기 시작했다. 전신을 물들였던 푸른 기도 조금씩 사라지기 시작했고, 혈류의 흐름도 안정을 찾아가고 있었다.

가끔씩 유옥하가 몸을 닦을 깨끗한 천을 가져올 때를 제외하곤 아무도 방에 들어오지 못하게 했다.

또다시 하루가 흘렀다. 엿새째, 유지화의 숨소리가 안정되게 새어 나오자 진고영은 조용히 몸을 일으켰다.

오전과 오후 두 번에 걸친 치료는 진고영의 공력이 제아무리 높다 해도 무리가 가지 않을 수 없는 일이었다. 유지화의 내력을 밀어내며 독을 태우기 위해서는 엄청난 내력의 소모가 있어야만 했던 것이다.

진고영이 밖으로 나오자 유옥하가 찻잔을 내밀었다. 은은한 차 내음이 가슴을 맑게 씻어내는 듯했다.

"번번이 고맙습니다."

"아니에요. 공자의 노고에 비한다면 이까짓 것이 무어 힘들다고……."

살짝 붉어진 유옥하의 얼굴에는 진정 고마움이 담겨 있었다.

포기하다시피 했던 아버지의 목숨이었다. 사방으로 사람을 보내 의원을 청했지만 아버지의 상태를 보곤 모두가 고개를 저으며 포기했었지 않던가. 그런데 눈앞의 이분 공자는 그 불가능한 일을 이루어냈다. 동백장 유씨 가문에 갚을 수 없는 은혜를 베푼 것이다.

"그리고… 사마 공자께서 몇 분 손님을 모시고 왔습니다. 진 공자께서 나오시면 모셔오라 하셨습니다."

"아! 알겠습니다."

별원에 당도한 진고영이 처음에 본 것은 눈싸움을 벌이고 있는 두 사람이었다.

위경리와 육정기가 별원의 가운데에서 한바탕 기세 싸움을 벌이고 있었다.

나이로는 위경리가 열 살가량 많았지만 외모가 워낙 젊어 보이다 보니 육정기로서는 꿀리고 싶은 마음이 없었던 것이다.

진고영이 들어설 때까지 이각 이상 그리하고 있었다 한다.

"위 노형님, 오랜만에 뵙습니다."

진고영의 정중한 인사에도 눈만은 육정기를 향해 있었다.

"음… 그래, 오랜만이구먼. 근데 이 인간은 왜 여기 있는 거지?"

"흥! 내가 여기에 있든 저기에 있든 위 형이 무슨 상관이오?"

"천방지축 육정기가 내 아우에게 빌붙어 있는 이유가 뭐냔 말이다."

"빌붙기는 누가 빌붙어 있었단 말이오? 그리고 천방지축이야 위 형을 말하는 것인데, 왜 나더러 천방지축이라고 하는 거요?"

두 사람은 말을 하면서도 서로의 시선을 놓치지 않고 있었다.

고개를 절레절레 젓던 진고영은 한쪽에 우두커니 서 있는 백리웅천을 바라보았다.

"오랜만입니다."

"오랜만이오."

"들어가시지요."

"저분들은……."

"뭐… 저러다 마시겠지요."

사람들이 방으로 들어가자 위경리는 머쓱한 표정으로 육정기를 노려보았다.

"젠장. 육가야! 네놈 때문에 오랜만에 만난 아우한테 이게 무슨 꼴이냐?"

"쳇… 그게 왜 나 때문이란 말이오. 다짜고짜 시비를 건 건 위 형이 아니오?"

"끙… 젠장. 그만 하자……."

방 안에 모인 사람들의 면면은 능히 강호를 진동시키기에 부족함이 없었다.

칠절의 일인인 장절 위경리에 십팔마 중 한 사람 마개 육정기가 그러했고, 대풍운보의 대공자 백리웅천이 그러했다. 거기에 철검산장의 사마정이나 염이상 등의 이름도 가볍지 않았으니.

그 모든 사람의 시선이 진고영에게 모아지고 있었다.

"제가 이렇게 백리 형이나 위 노형님을 급히 청한 것은 한 가지 확인할 것과 그에 대한 대책에 두 분의 힘이 필요할 듯해서입니다."

진고영이 몸을 일으키고 백리웅천을 바라보았다.

"아마도 백리 형이 위 노형님을 찾는 것은 강규산 선배에 대한 일인 듯싶습니다만."

“그렇소. 아버님께 확인했지만 강 대협의 일에 본 보의 누구도 관여하지 않았다는 말씀이셨습니다. 해서 그 일에 대해 위 노선배께 답을 드리고, 또한 그렇다면 누가 무슨 목적으로 강 대협의 일을 본 보에 떠넘겼는지를 확인키 위해 강호로 나온 것이오.”

위경리의 이마에 골이 파이고 무언가 생각에 잠긴 듯 아무런 말이 없었다.

진고영은 그런 위경리를 한번 쳐다보곤 백리응천에게 다시 물었다.

“대풍운보에선 아마도 그 일을 천은산장에서 꾸민 게 아닌가 생각하시는 듯하오만.”

“그렇소. 아버님께선 그리 생각하시고 있는 게 분명하오. 워낙 교묘하게 움직이고 있어 확신을 갖는 데 어려움이 있긴 하지만, 그들이 했다면 작금의 상황이 모두 설명될 수 있소.”

위경리가 고개를 들고 백리응천을 노려보았다.

“무엇을 근거로 말인가?”

백리응천은 위경리와 진고영을 비롯해 방 안의 모두를 돌아보곤 무겁게 입을 떼었다.

“수년 전부터 본 보에선 천은산장의 움직임을 예의 주시하고 있었습니다. 그러던 중 그들의 움직임이 어느 때부턴가 멈추어 버렸다는 것을 느끼고 이상하게 생각하고 있었습니다. 분명 무언가가 있는데 아무것도 확인할 수 있는 건 없었지요. 일부 사람들은 천은산장이 마음을 바꿨다고 말하기도 했지만 아버님께선 한마디 말로 그 생각을 부정하셨지요. 천은대공 혁련유천은 열두 마리 능구렁이를 품고 있는 자로, 그 본신무공 역시 알고 있는 자가 없을 정도로 철저한 자라 하셨지요. 그러한 자가, 아무런 생각도 없이 하던 일을 멈춘다는 것은 죽기 전에는 결코 일어날 수 없는 일이라 하셨습니다. 그 와중에 웅전의 일이 벌어졌고, 천음마령공이 튀어나왔습니다. 그리고 절강의 일에도 천은산장의 입김이 닿았다는 증거도 확보해 놓았습니다. 결국 모든 게, 하나의 바퀴살처럼 굴러가고 있는 거지요."

백리웅천의 말에 모두의 안색이 굳어졌다. 그들 역시 천은대공 혁련유천에 대한 건 소문만 들었을 뿐, 자세히 알고 있는 내용이 없다는 것을 그제야 상기한 것이다.

"해서… 본 보에선 강 대협의 일에 위 노선배가 나서주시길 고대하고 있습니다. 이미 모든 협조를 아끼지 말라는 아버님의 명령이 떨어져 있습니다."

"흥! 그러니까 늙은 나를 부려먹겠다는 생각이구먼."

위경리의 코웃음에 백리웅천은 고개를 저었다.

"어찌 감히……. 서로가 좋은 방향을 찾아보자는 것이지요."

침묵이 흘렀다. 위경리도 백리웅천도 입을 다물고 생각에 잠겼다.

그렇게 일각이 흐르고, 모두가 꿀 먹은 벙어리처럼 입을 닫고 있을 때 진고영이 조용히 입을 열었다.

"노형님, 어차피 독단적으로는 힘든 일이라 생각됩니다. 우제 역시 천은산장과는 해결해야 할 일이 있으니만큼 백리 형과 보조를 맞출까 합니다. 물론 노형님의 의사가 제일 중요합니다만……."

"끄음… 아우가 그리한다면야 내 어찌 내 생각만 밀어붙이겠는가."

백리웅천이 깊게 포권을 취했다.

"감사합니다, 위 노선배. 진 형께도 감사드리겠습니다."

마주 포권을 취한 진고영이 침중한 얼굴로 위경리와 백리웅천을 쳐다보았다.

"우선 두 분이 알아두셔야 할 게 있습니다."

"응? 뭔가, 아우?"

위경리는 진고영의 뜬금없는 말에 눈을 크게 떴다.

"백리 형의 말씀 중에 혁련유천의 무공을 아는 자가 없다 하셨지요?"

"그렇습니다. 수십 년간 아무도 그의 무공에 대해 아는 자가 없었지요."

"설마 아우가 그자의 무공에 대해 아는 게 있단 말인가?"

눈을 크게 뜬 위경리가 놀란 음성으로 말하며 진고영을 쳐다봤다.

"그자가 익힌 무공을 다는 모릅니다만 한 가지는 알고 있습니다. 수라혈마기! 그자가 익히고 있는 무공 중 하나가 바로 아수라의 힘이라는 수라혈마기입니다."

"수라혈마기?"

진고영을 바라보는 사람들의 얼굴에는 의아한 표정이 떠올랐다.

"대체 그게 어떤 무공이기에……."

한결같은 의문이었다.

그때였다.

미간을 잔뜩 찌푸리고 생각에 잠겨 있던 육정기가 눈을 빛내며 진고영에게 물었다.

"가만… 가만… 혹시… 그 수라혈마기인지 뭔지가 수라마고하고 관련이 있는 건가?"

모두의 시선이 육정기에게 쏠렸다. 무슨 말이냐는 의문을 담고.

"수라마고와 수라혈마기는 형제 간과 같다 할 수 있습니다. 둘 다 아수라의 힘이지요. 단지 수라마고는 아직 깨어나지 않았고, 수라혈마기는 주인을 만났다는 게 다르지만 말입니다. 한 가지만 아시면 됩니다. 아수라의 힘은 천음마령공 따위와는 그 격이 다르다는 걸 말입니다. 수라혈마기가 어른이 펼치는 무공이라면 천음마령공은 어린아이가 펼치는 무공이라 생각하시면 될 겁니다. 제대로 표현한 것인지는 모르겠지만… 아무튼 제가 아는 대로라면 그렇습니다."

"맙소사……."

위경리의 입이 벌어져 닫힐 줄을 몰랐다.

우형욱은 아예 말도 못하고 놀란 눈으로 진고영만을 바라보고 있을 뿐이었다.

그나마 천음마령공을 경험해 본 사람은 둘뿐이었으니.

육정기가 힐끗 위경리를 쳐다보았다.

"설마 위 형이 겁을 먹은 건 아닐 테고……."

"아니야… 겁먹은 게 확실하네."

"…무슨……?"

"천음마령공도 어찌하지 못했는데 그걸 우습게 볼 정도의 무공이라면… 나는 상상하기도 어렵구먼."

"하지만 천음마령공을 익혔다는 백리웅전을 위 형이 잡았지 않소?"

"쩝. 그게… 내가 아니야. 아우일세. 진 아우가 잡았었지."

위경리의 말에 전말을 몰랐던 다른 사람들은 휘둥그레진 눈으로 진고영을 쳐다보았다.

어색한 시간이 흐르고, 모두가 어느 정도 진정되자 진고영이 다시 입을 열었다.

"중요한 것은 혁련유천이 수라혈마기를 익혔다는 것입니다. 그것은 그의 심성이 이미 인간이기를 포기했다는 말과도 같습니다. 그 사실을 결코 잊어서는 안 될 것입니다."

또다시 긴 침묵이 방 안을 차갑게 식혔다.

다음날, 유지화가 깨어났다.

눈물이 그렁그렁 맺힌 유옥하가 진고영을 찾아와 유지화가 정신을 차렸다는 소식을 전하자 사람들은 환호성을 올렸다. 동백장에 들어온 지 칠 일 만의 일이었다.

보름 만에 깨어난 유지화는 체력 보강을 위해 식사 대신 탕약을 마셔야 했고, 그것 역시 진고영이 약방문을 적어주어야 했다. 그리고 그날 저녁, 유지화가 찾는다는 전갈에 진고영은 별원을 나섰다.

"정말 고맙소. 무어라 감사의 말을 해야 할지……."

힘이 없긴 하지만 진심이 담긴 유지화의 말에 진고영은 고개를 저었다.

"별말씀을."

유지화는 깨어나 딸로부터 전말을 전해 듣고 세 번 놀라야 했다.

하나는 자신의 독을 해독한 사람이 이제 삼십도 안 된 젊은 사람이라는 것이었고, 두 번째는 장원에 온 손님들 중에 장절 위경리와 마개 육정기가 있다는 것이었다.

그리고 마지막으로 놀란 건 그 강호명숙 두 사람이 진고영을 따라 움직이고 있다는 것이었다.

직접 본 진고영은 평범해 보이는, 그저 훌쭉하니 키만 큰 젊은이였다. 미리 말을 듣지 않았다면 그냥 지나칠 수 있는 그런 청년이었다.

"진 소협이 봐서 아시겠지만 유모가 당한 독은 당문의 독이라오. 쉽게 해독할 수 없는 독이거늘 참으로 놀랍기만 하구려."

"운이 좋았던 듯싶습니다. 저나 유 대협이나."

"허허… 운으로만 될 일이 아니외다."

기분 좋은 미소를 약하게 흘리던 유지화가 정색하고 진고영을 쳐다봤다.

"부탁이 있소이다."

"말씀하시지요."

“당분간 이 유모가 당한 독에 대해서 함구를 해주시구려.”

무언가 내력이 있음을 직감한 진고영이 고개를 끄덕였다.

“원하신다면 그리하겠습니다.”

“고맙소. 훗날 유모가 은혜를 갚을 수 있는 기회를 주면 무엇이든 마다하지 않으리다.”

하루를 더 머물며 유지화와 많은 이야기를 나누었다. 진고영은 새삼 유지화가 왜 강호사현으로 불리는지를 실감할 수 있었다.

끝을 알 수 없는 학문의 깊이는 문득 태원의 운고를 기억나게 했다. 좋은 적수가 될 성싶었다.

하나 계속 머무르기에는 할 일이 너무 많았다. 못다 한 이야기는 다음에 나누기로 하고 진고영은 동백장을 떠나기로 결심했다.

밤새 앞으로의 일을 상의한 일행은 아침 햇살을 받으며 밝은 표정으로 동백장을 나섰다.

아직 완전치 못해 방을 나서지 못하는 유지화는 창문을 통해 그들이 떠나가는 모습을 지켜볼 수밖에 없었다. 그리고 그의 눈에 안타까운 표정으로 떠나는 이들을 바라보는 유옥하의 모습이 들어왔다.

‘저 아이가……?

길을 떠나는 대부분의 사람들 표정은 한결같았다. 해방된 표정, 어딘가에 갇혔다 풀려난 표정, 서문설영의 이야기를 더는 안 들어도 된다는 안도감에서 나오는 밝은 표정이었다.

대풍운보의 사람 중에는 백리웅천만이 진고영의 일행에 합류하고 나머지는 보로 돌아갔다.

일곱 필의 말은 남쪽으로 방향을 잡고 뿌연 흙먼지를 일으키며 질주하기 시작했다.

폭풍이 그들을 중심으로 회오리치기 시작할 거라는 걸 알고 있었지만 그건 훗날의 일이었다.

산이 막으면 뛰어넘고, 강물이 막으면 건너면 되는 일인 것이다.

孤影　第六章

1

끝없는 산들의 질주가 잠시 쉬어가는 곳, 종산의 허리를 가르는 관도를 일곱 필의 말이 한가롭게 오르고 있었다.

닷새 전, 동백장을 떠난 진고영 일행이었다.

이대로 하루 이틀만 더 가면 장강을 만날 수 있을 것이다.

따사롭게 내리쪼이는 햇살을 벗 삼아 산길을 오르던 일행의 발걸음이 멈춘 것은 중턱의 구비를 돌았을 때였다.

까아악! 까아악!

수십 마리 까마귀 떼의 울음소리가 좌측 계곡의 깊은 곳에서 울리고 있었다.

가끔 까마귀들이 떼를 지어 다니는 것을 볼 수는 있지만 저렇게 심하게 울면서 모여 있는 것은 대개가 한 가지 이유 때문이었다.

무언가 먹을 게 있을 때, 먹이를 두고 서로 간의 자리다툼을 하며 우는 거였다.

155

계곡 깊은 곳에서 무어 그리 먹잇감이 풍부할까……

까마귀 떼의 우는 소리를 듣고 있던 위경리가 눈살을 찌푸리더니,

"또 어떤 살귀들이 한바탕 살겁을 펼친 거나 아닌지 모르겠군. 에잉……."

눈꼬리가 우형욱을 향했다.

"왜요? 왜 저만… 끄응! 가죠, 가… 간다구요!"

위경리가 계속 꼬나보자 마지못한 듯 우형욱이 계곡 쪽으로 몸을 날렸다.

반 각이나 지났을까, 계곡 안쪽에서 휘파람 소리가 울렸다.

내공을 실어 길게 울리는 휘파람 소리는 끊어졌다 울렸다를 반복했다.

"아무래도 가봐야 할 거 같군요."

한마디 말을 던진 진고영이 말에서 몸을 뽑아 올리자 나머지 사람들도 뒤따라 몸을 날렸다.

숲은 다행히도 그리 우거지지는 않아 우형욱이 있는 곳까지 도달하는 데에는 그다지 시간이 걸리지 않았다. 그리고 그들은 눈앞에 펼쳐진 참상에 말문을 닫았다.

이십여 구의 시신, 검이 몸을 꿰뚫고 나무에 박히고 검을 잡고 있던 자의 머리는 따로 떨어져 뒹굴고 있다. 십여 개의 자상으로 인해 내장이 피와 엉켜 쏟아져 나온 시신이 있는가 하면 사지 중 하나만 남긴 채 모두 잘려져 버린 시신도 있다.

한바탕 벌어진 싸움이 얼마나 격렬했는지 온전한 시신이 한 구가 없다. 무슨 원한을 졌기에 이리도 참혹하게 서로를 죽여야 했단 말인가.

"혈정곡 놈들이군. 한데 저 청의인들은 누구기에 혈정곡의 마귀들과 함께 뒹굴고 있는 거지?"

마개 육정기가 인상을 쓰며 청의를 입은 시신을 둘러보았다.

염이상이 청의 시신을 살펴보다 엉겁결에 가슴 쪽 옷을 걷어보았다.

"엇? 설마… 운현산장?"

"뭐야?"

위경리가 급히 염이상이 걷은 청의의 가슴을 쳐다보았다.

'운.'

정교하게 자수로 새겨진 은색 글자가 눈에 띄었다.

"정말이군. 한데 운현산장의 무사들이 무슨 일로 이곳에……."

위경리의 말에는 잔뜩 의문이 담겨 있었다.

운현산장.

천은산장, 철검산장과 더불어 천하삼장 중의 한곳이며, 학문과 신산지학을 익히는 것을 즐기고, 강호의 분란에도 잘 끼어들지 않는 특이한 문파가 운현산장이었다. 어찌 보면 무림의 문파라기보단 유문이라 해도 될 곳이었다. 그렇다고 그들이 무공을 등한시하는 것은 아니었다.

그들의 무공 중에는 능히 무림일절이라 할 수 있는 절기들이 다수 있었고, 그로 인해서 어느 곳도 운현산장을 업수이 여기는 곳은 없었다.

한데, 강호의 일에 끼어들지 않기로 유명한 운현산장의 무사가 황량한 계곡에 혈정곡의 무사들과 함께 동귀어진한 채 쓰러져 있는 것이다. 그것도 총원이 이백 정도라는 은결무사가.

"반 시진 정도 된 거 같군……."

시신을 살피던 육정기가 비릿한 혈향에 미간을 잔뜩 찌푸리며 말했다.

"게다가 시신을 그대로 두고 간 걸로 보아 아직도 끝나지 않은 것 같은데?"

육정기의 말에 고개를 끄덕이던 위경리가 진고영을 쳐다보았다.

"진 아우, 아무래도 쫓아가 봐야 하지 않을까?"

"방향을 알 수 있겠습니까?"

진고영의 물음에 육정기가 앞으로 나섰다.

"내가 앞장서지."

주위를 살피던 육정기의 신형이 빠르게 남서쪽 숲 속으로 스며들자, 진고영과 위경리를 필두로 백리웅천과 사마정, 염이상, 우형욱이 뒤따랐다.

그들이 도검이 부딪치는 소리를 들은 것은 반 시진가량을 추적하고 나서였다.

쫓기는 자나 쫓는 자, 모두가 흔적에 대해선 신경을 쓰지도 않은 듯 수많은 흔적이 남아 있어 거리에 비하면 빠른 시간 내에 뒤쫓아온 것이었다.

백 장 절벽이 가로막은 막다른 계곡 끝에서는 생사를 건 싸움이 한창 벌어지고 있었다.

절벽의 움푹 파인 곳에는 이남 일녀가 달라붙어 있었고, 그 앞에는 십여 명의 무사들이 반원진을 한 채 이십여 명의 혈의인들을 막고 있었다.

온몸이 피로 물든 청의인들의 상황은 백척간두의 상황이었다. 탈진하다시피 한 청의인들은 이를 악물고 대항하고 있었지만 혈의인들의 공격은 끊임없이 계속되고, 뒤로 물러나 전장을 지켜보는 세 명의 혈의인의 입에서는 음침한 미소가 감돌고 있었다.

다만 개중에서도 우측의 방어를 맡고 있는 황의인만이 그럭저럭 버티고 있는 형국이었다. 무기를 들지도 않고, 두 주먹만으로 혈정오귀 한 조를 감당하고 있는 중년인의 얼굴에는 절망과 끝까지 해보자는 오기가 뒤범벅돼 상대하는 혈정오귀를 곤혹스럽게 몰아붙이고 있었다.

"과연 황보가의 주먹은 대단하구나. 하지만 네가 버티는 것도 거기까지다. 호호호호……."

팔짱을 낀 채 전장을 주시하고 있던 좌측의 혈의인이 조소를 흘리며 한 걸음 나서자 황의인을 상대하고 있던 혈정오귀가 뒤로 물러났다.

"크크크, 이 황보명이 무섭긴 무서운가 보구나. 혈정곡의 도귀라는 혈살도 두청이 차륜전을 펴다니 말이다."

"호호호… 건방진 놈. 네놈의 재롱을 더 받아줄 수 없는 게 한이구나. 이제 곱게 죽어줘야……."

한 소리 비웃음과 함께 두청이 도를 뽑아내며 주욱 미끄러져 들어갈 때였다.

"뭐? 황보명이라고?"

숲 속에서 깜짝 놀랐다는 듯 큰 소리를 외치며 하나의 인영이 두청의 옆으로 떨어져 내렸다.

"웬 놈이냐?!"

느닷없는 방해꾼의 출현에 대경한 두청이 빼어 든 도로 옆에 내려서는 백의인을 번개처럼 베어갔다.

두청의 실전 감각을 잘 보여주는 대응이었다. 누구든 느닷없이 사람이 옆에 내려서면 놀라 뒤로 물러난다. 한데 두청은 한순간 머뭇거림도 없이 그대로 베어간 것이다.

"얼래? 이런 싸가지가……."

하지만 문제는 두청이 상대가 누군지를 확인도 안 하고 칼부터 휘둘렀다는 데 있었다. 보통 사람이라면 기겁하며 몸을 피하지만 상대는 천하의 위경리였다. 휘둘러 오는 도의 궤적을 따라 몸을 돌리던 위경리가 우수를 비틀듯이 돌리며 도신을 때려 버렸다.

따당!

"헛!"

도신을 통해 막강한 힘이 전해지자 두청은 대경하며 도를 움켜쥔 손에 온 힘을 쏟아 떨림을 진정시켰다.

"이런! 어디서 지랄 같은 놈이!"

"뭐야? 지랄? 에라이……!"

한 걸음 뒤로 물러서는 두청을 쫓아 한 걸음 내디딘 위경리가 허공을 격하고 순식간에 칠장을 쏟아냈다.

두청은 물러서는 속도보다 빠르게 쫓아오던 상대가 허공에 장력을 때리고, 그 쌍장에서 묵기가 퍼져 전신을 감싸 오자 기겁해 버렸다.

젖 먹던 힘까지 끌어올린 두청이 도를 상하 좌우 십자로 휘두르며 묵기를 막아보려 했지만, 묵기는 그를 비웃듯이 멈추지 않고 쇄도해 드는 게 아닌가.

쿠구구구… 쾅!

"크윽!"

두청이 미처 상대를 파악하지 못하고 손을 잘못 쓴 대가는 결코 적지 않았다.

일곱 걸음을 연달아 물러난 두청은 후들거리는 다리에 힘을 주고 겨우 서 있을 수 있었다.

"대체 누구……?"

한쪽에서 여유있게 전장을 지켜보고 있던 다른 두 혈의인의 입에서 경악성이 터졌다.

혈살도 두청이 누군가? 비록 자신들보다는 서열이 떨어진다 하지만 진신무공만큼은 그다지 차이가 없는 고수다. 한데 그런 두청이 단 두 수에 다리가 떨릴 정도로 밀려 버린 것이다.

"썩을… 진작 그렇게 물었으면 오죽 좋아? 쓸데없이 힘도 안 빼고?"

위경리가 투정하듯 혈의인들을 몰아붙이자 그에 대한 대꾸는 뒤쪽에서 들려왔다.

“그러게 누가 그리 막무가내로 칼 든 놈 옆으로 뛰어들랍디까?”

육정기의 고소하다는 듯한 말투에 위경리의 눈꼬리가 치켜떠졌다.

“그래서? 시원허냐?”

“험… 뭐, 시원허기까지야…….”

훼방꾼들의 출현에 혈의인들이 뒤로 물러나며 싸움이 소강상태에 접어들었다.

황의인, 황보명은 믿을 수 없다는 듯 위경리를 빤히 쳐다보았다.

“저, 정말… 위 노선배… 맞습니까?”

“에라이… 네놈은 헤어진 지 얼마나 됐다고 벌써 내 얼굴도 잊었단 말이냐?”

“그럴 리가요. 다만… 하도 반가워서… 흐…….”

입고 있던 황의가 혈의가 되다시피 피로 범벅이 된 황보명은 그야말로 구세주를 만난 기분이었다.

절망 속에 난파선을 타고 가다 구조선을 만나면 아마 이런 기분이리라.

그때 숲을 헤치고 몇 사람이 더 나오는 게 보였다. 그리고 그중에는 그가 알고 있는 두 사람의 얼굴도 보였다.

“진 공자!”

진고영을 보는 황보명의 눈이 크게 뜨이더니 홱, 혈의인들을 향해 고개를 돌렸다.

“니들은 이제 다 죽었다, 이놈들아. 우흐흐흐흐…….”

숲을 나오던 우형욱이 황보명을 보고 소리쳤다.

“우와! 정말 황보 대협이 여기 있었네?”

“반갑네! 우 소협.”

우형욱을 향해 환한 미소를 짓던 황보명이 위경리를 돌아보았다.

“위 노선배님, 일단 저놈들 먼저 처리하고 만남을 즐깁시다.”

“응? 저놈들? 그러지 뭐.”

섭조홍은 어이가 없었다. 자신들이 이렇게 장기판의 졸처럼 취급받을 줄이야. 나타난 저놈들이 대체 누구기에 다 죽어가던 황보명이 저리도 자신만만하단 말인가.

얼굴이 붉게 달아오른 귀혈마검 섭조홍이 검을 빼 들었다.

“이런 건방진 놈들이 어디서… 별 거지 같은 새끼들이…….”

“거지… 새끼?”

섭조홍의 한마디에 육정기의 눈에 불이 켜졌다. 그냥 거지라 했으면 그러려니 했으련만, 새끼라니…….

쿵! 쿵!

한 걸음 한 걸음 뗄 때마다 땅이 울리고, 눈을 부라리며 빼어 드는 넉 자 장검에선 검기가 넘실댔다.

“그래! 어디 거지 맛 좀 봐라!”

부아앙!

무식하게 휘둘러 대는 청망검에서 푸른 검기가 파도처럼 밀려갔다.

섭조홍은 다가오는 육정기에게서 감당할 수 없는 기세가 밀려올 때부터 뭔가가 잘못됐다는 걸 알았지만 이렇게 된 마당에 물러날 수는 더 더욱 없었다.

이를 악다문 섭조홍이 마주 검을 휘둘러 갔다. 그야말로 힘 대 힘의 무식한 대결이었다.

쾅!

“크음.”

검끼리 부딪쳤다고는 믿어지지 않는 굉음이 계곡을 울리고, 주르륵 물러난 섭조홍의 입가로 선혈이 흘렀다.

  황보명의 눈이 휘둥그레졌다. 그는 섭조홍이 누군지 알고 있었다. 혈
정곡의 혈귀단주. 마도십문 중 하나라는 혈정곡의 서열 십위 귀혈마검
섭조홍이 바로 그였다. 아마 자신이 정상일 때 붙는다 해도 승패를 장담
할 수 없으리라. 한데 그런 섭조홍이 한 수에 우열이 가려질 정도로 밀려
버렸다.

  검을 고쳐 잡은 섭조홍은 목울대까지 넘어온 핏물을 되삼키고 육정기
를 노려보았다.

  엄청난 놈이다. 자신도 무식한 싸움에는 일가견이 있지만 저놈은 더한
놈이다. 그렇다면 굳이 힘으로 싸울 필요가 무에 있으랴.

  섭조홍의 귀혈검에서 은은한 혈기가 피어오르고 그의 신형이 잔잔하
게 흔들려 보였다.

  그리고 한순간, 섭조홍의 신형이 검의 혈기와 함께 육정기에게로 쇄도
해 들어갔다. 혈의에 검에서 피어오르는 혈기는 그의 귀혈검식에 더없이
잘 어울렸다.

  섭조홍의 검이 수많은 환영을 일으키며 찔러오자 육정기의 청망검이
좌우로 그어졌다.

  짙푸른 청망검의 검기로 검막을 형성하고 섭조홍을 노려보던 육정기
의 신형이 일순간 허공으로 튀어 오르더니, 삼 장 높이로 솟았던 그의 우
수가 청망검을 뒤집으며 섭조홍을 향해 내리그었다.

  콰우!!

  짙푸른 검기가 대지를 반으로 가를 듯 하늘로부터 떨어져 내렸다. 섭
조홍이 어찌 알았으랴. 육정기의 웅패사자검의 본질이 무식한 힘의 검이
란 것을.

  간결하면서도 모든 변화를 부수는 육정기의 검세에 섭조홍의 안색이
하얗게 질려 버렸다.

찌적!

붉은 검기를 세로로 쪼개어 버린 청망검이 그대로 섭조홍의 정수리로 떨어져 내리자, 섭조홍은 치욕을 무릅쓰고 뇌려타곤으로 바닥을 굴러 검세를 빠져나왔다.

"후욱후욱!"

겨우겨우 자세를 가다듬은 섭조홍은 이 장 앞에서 검을 하단으로 내리고, 자신을 노려보고 있는 육정기를 질린 눈으로 쳐다보았다.

그때, 한쪽에서 조용히 상황을 지켜보던 나머지 혈의노인이 천천히 신중한 표정으로 걸어나왔다.

"마개 육정기에게 함부로 말을 했으니 섭조홍은 죽어도 할 말은 없을 거요. 하나 육 형이 후배의 말실수 정도는 봐줄 수 있는 아량은 있을 거라 생각하오만."

혈의노인의 말을 듣던 섭조홍의 눈이 부릅떠졌다.

'맙소사… 마개 육정기라니…….'

육정기의 눈이 가늘게 떠지더니 혈의노인을 주시했다. 언뜻 보아 오십 대 정도로 보았거늘 자세히 보니 그의 눈에서 연륜이 느껴진다.

누굴까? 의아한 생각을 하던 육정기의 눈에 문득 혈의노인의 좌수가 눈에 들어왔다. 네 개, 손가락이 네 개였다. 일반적인 손가락보다 훨씬 굵은 그의 손가락은 기이하게도 길이가 똑같았다. 마치 똑같은 길이로 맞춘 것처럼.

'어디서 들어본 것 같은데…….'

날 듯 말 듯하던 육정기의 고민은 위경리의 한마디로 인해 쓸데없는 생각이 돼버렸다.

"에구… 이 멍청한 화상아! 그가 바로 구지마종(九指魔宗) 부강산이다."

며칠간이나마 밥 사 먹인 게 아까운 생각이 드는 위경리였다. 세상에,

어찌 자신과 같이 우내십팔마로 불리우는 사람을 못 알아본단 말인가.

손가락 아홉 개로 하늘조차 가린다는 구지마종 부강산. 지법을 익히기 위해 손가락 길이마저 똑같게 잘라냈다는 괴인. 우내십팔마 중에서도 상위에 속할 거라는 평을 받는 인물이 바로 구지마종 부강산이었다.

놀라움이 장내를 휩쓸었다. 마개의 이름으로 놀라고 부강산의 이름으로 놀랐다.

거기다 마개 육정기에게 멍청한 화상이 어쩌고저쩌고하는 저 사람은 또 누구일까.

혈의노인, 구지마종 부강산이 위경리를 보고 가볍게 포권을 취했다.

"그러고 보니 실수를 한 듯하오. 혹, 장절 위경리 형이 아니신지."

"큼… 내가 위모네. 이런 데서 구지마종을 보게 될 줄은 몰랐군."

"부 아무개야말로 이런 곳에서 육 형과 위 형 같은 분을 보게 될 줄은 몰랐소."

위경리의 표정이 신중해졌다.

"어쨌든 그건 그거고… 어차피 서로 양보할 수 없다면 한 판 붙어야 하지 않겠나?"

"상황이 이러니 어쩔 수 없겠지요."

고개를 끄덕인 부강산이 양손을 늘어뜨리고 위경리의 일 장 앞에 멈춰 서자, 장내에는 긴장감이 흐르기 시작했다.

위경리가 칠절의 한 사람이라 하지만 부강산 역시 우내십팔마의 일인이다.

근래에 볼 수 없는 구경거리였지만 누구도 재미 삼아 볼 수는 없는 대결이었다.

아무도 말하지 않았는데도 사람들은 방원 십 장 밖으로 물러났다.

천천히 우로 돌던 위경리가 쌍장을 가슴으로 끌어 올리자, 부강산의 소매가 바람이 없는데도 펄럭이기 시작했다.

위경리에게 부강산과의 대결을 빼앗긴(?) 육정기는 불만이 가득 찬 얼굴로 진고영을 돌아다 봤다.

"쳇! 밥상을 남이 차려놨는데 젓가락질을 자기가 먼저 하다니. 제기랄……."

진고영은 육정기의 불만을 듣는 둥 마는 둥 하며 부강산만을 쳐다보았다.

"육 노형님, 혈정곡의 곡주가 어느 정도의 인물이기에 저런 사람을 움직일 수 있는지 궁금하군요."

"흥! 혈정곡주 마조등이 비록 우내십팔마 중 하나라 하지만 그가 어찌 부강산을 움직일 수… 그러고 보니 이상하네……."

육정기가 고개를 갸웃거리며 알 수 없다는 듯 말하자, 진고영의 눈이 이채를 띠었다.

"그럼 혈정곡주 마조등의 능력으로는 구지마종 부강산을 움직일 수 없다는 말씀인가요?"

"그게… 내가 아는 바로는 그런데 말이지… 어떻게 부강산이 혈정곡의 일을 하고 있는 거지? 그거참."

두 사람이 잠깐 말을 나누는 사이에 부강산의 양팔이 앞으로 들리고 그의 신형이 한 걸음에 일 장을 좁히며 위경리에게 다가갔다. 다가간 부강산의 들려진 양손 손가락에서 은은히 붉은 금광이 떠오르더니 순간적으로 위경리에게 쏘아져 가자, 위경리의 쌍장이 서서히 떠오르며 허공에 무수한 묵색 장영을 수놓았다.

우르릉! 따라랑!

부딪치는 지력과 장력으로 인해 사방으로 기의 회오리가 돌개바람처럼 맴돌았다.

"타앗!"

선수를 넘겨줬던 위경리가 일성 기합과 함께 부강산을 향해 쇄도했다. 좌수는 가슴을 노리고 우수는 머리를 노린 채 뻗어내는 장세에는 위경리의 현고진기가 가득 담겨 있어 주위를 온통 어둠으로 물들게 했다.

위경리의 장세가 다가오기를 기다린 부강산이 손가락을 빳빳이 세우고는 묵색 장영의 가운데를 찍어가자 위경리는 쌍장을 회전시키며 우수와 좌수를 교차시켜 부강산의 지력을 소용돌이 속으로 몰아넣었다.

그렇게 두 사람은 처음 한 번의 부딪침을 제외하곤 이후 한 번의 부딪침도 없이 순간적으로 십여 초의 공방을 나눴다.

땅에서 솟아오른 먼지구름은 두 사람의 일 장 안으론 접근도 못하고 맴돌기만 하고, 떨어져 내리던 낙엽들은 먼지구름에 닿는 대로 먼지로 화해 버려 지켜보던 사람들의 가슴을 서늘하게 했다.

십 장 밖에서 지켜보던 사람들의 손에 땀이 배었다.

백중지세로 싸우는 두 사람의 공방을 지켜보고 있던 진고영은 귓전을 파고드는 황보명의 전음에 고개를 돌려 황보명을 쳐다보았다.

"진 공자, 잠시만 이쪽으로 와주시겠소?"

진고영이 천천히 걸음을 옮겨 황보명 쪽으로 다가가자 운현산장의 무사로 보이는 자들이 앞을 가로막았다.

"물러나게."

황보명의 낮게 깔린 음성의 명령에 무사들이 물러나자 진고영은 황보명을 쳐다보았다.

"무슨 일입니까, 황보 대협?"

"흠… 우선 내 질녀를 소개하지. 이 아이는 내 여동생의 딸이라네. 이름은 동방설리라 하네."

약간 창백해 보이는 황보명의 입가로 흐릿한 웃음이 걸렸다. 그가 가리키는 여인은 이제 잘해야 이십 세가 조금 넘었을까 할 아름다운 여인이었다. 급박한 상황 속에서도 차분한 표정을 유지하고 있는 여인은 호기심이 서린 눈으로 진고영을 빤히 쳐다보고 있었다.

"동방설리라 합니다. 진 공자에 대한 말씀은 외숙부님께 들었습니다."

"진고영이라 합니다."

진고영이 어색한 표정으로 인사를 나누자 황보명의 입가에 의미심장한 웃음이 걸렸다.

"험… 사실 오늘 일은 저들이 이 아이를 잡기 위해서 벌어진 일이라 할 수 있다네."

"흠……."

"저들이 가만있지 않을 거라는 건 알고 있었지만 설마 저 정도의 전력을 보낼 줄은 생각도 못한 바람에 이리도 당하고 말았네. 마침 자네와 위 노선배가 와주었기에 망정이지… 생각만 해도 아찔하구먼."

콰과광!

두 사람이 잠시 이야기를 나누는 사이 굉음이 울리고 위경리와 부강산이 서로 서너 걸음씩을 물러섰다가 다시 격돌하기 시작했다.

"나는 이 아이를 무림련에 데려다주기 위해서 함께 나섰다네. 사실 우리가 출발한 것부터가 비밀이었는데 어찌 알았는지 저들이 기다리고 있더군. 아무래도 강호의 돌아가는 낌새가 심상치가 않아."

"한데… 동방… 소저는 무슨 연유로 무림련을 가시는 겁니까?"

"아! 이런… 멍청하기는."

황보명은 자신의 머리를 내려치며 어이없다는 듯 웃었다.

"허허… 이리 정신이 없어서야. 질녀는 운현산장의 대표로 무림련 군사위를 맡기 위해서 가는 길이라네. 본래 무림련의 군사는 제갈가와 운현산장에서 보내는 사람, 둘이 맡는다네."

“아… 네…….”

진고영의 눈에 놀란 표정이 떠오르자 황보명이 자랑스럽다는 듯 어깨를 폈다.

“이 아이가 이래 뵈도 운현대선생께서 인정한 아이라네.”

“외숙부두…….”

쑥스러운지 여인의 얼굴이 살짝 붉어졌다.

운현대선생 동방선운, 운현산장의 전대 장주이자 삼성 중의 한 사람.

지난바 학문이 그 깊이를 알 수 없어 황궁에서조차 황사로 모시려 했으나 일신상의 이유로 거절해서 황궁의 노여움조차 샀었던 적이 있는 천하유문의 자존심이 바로 동방선운이었다.

뒤에 자신의 자식 중 둘째를 황궁에 보내 황태자를 가르치게 함으로써 황궁과의 껄끄러운 관계를 풀고, 다시 무림련의 군사 직을 수락하면서 셋째 동방진을 무림련에 보내며 무림의 일에도 나선 지가 이십 년째였다.

그러던 차에, 유난히 몸이 약했던 동방진이 근래 들어 건강이 안 좋아지자 본가에 기별을 넣어 군사 직을 대신할 사람을 요청한 것이다.

운현대선생 동방선운은 직계 가족 중 나이 이십에 이미 운현산장의 제일지자로 불렸던 동방설리만이 동방진의 뒤를 이어 군사 직을 맡을 수 있으리라 판단하고, 행여 마도인들의 도발이 있을까 염려되어 호위 무사단을 구성하던 중 마침 산장에 와 있던 황보명이 자청하고 나서 동방설리의 무림련 행에 합류하게 된 것이다.

황보명이 간략하게 동방설리가 무림련으로 가게 된 일을 설명하고 있을 때였다.

으르릉!

콰! 콰쾅!

마치 벼락이 때리는 것 같은 굉음이 위경리와 부강산의 싸움판에서 터지고,

"헛! 이놈들이!"

"조심!"

외마디 놀람의 소리가 여기저기서 터져 나왔다.

부강산은 싸움이 길어지고 이래선 죽도 밥도 안 된다는 걸 느끼자, 위험을 무릅쓰고 급히 섭조홍에게 전음을 보냈다.

"내가 전력을 다해 공격하면 너희들이 육정기의 앞을 막아라. 그러면 반탁력을 이용해 내가 목표물을 칠 것이다."

전음을 보내고 섭조홍의 고개가 살짝 끄덕여지는 것을 본 부강산은 그간 팔성 정도의 내력만 사용하던 양손에 십성의 공력을 모았다. 고수들의 싸움에서 전력을 다한다는 건 스스로의 위험을 자초하는 일, 해서 아꼈던 내력이었지만 이제는 더 이상 시간도 여유도 없었다.

혈금마지의 내력이 양손에 집중되자 위경리를 쳐 나가는 부강산의 구지에서 은은한 금빛을 띤 혈광이 폭사했다.

위경리는 부강산의 구지에서 금빛 혈광이 피어오르자 마침내 부강산이 본격적으로 손을 쓰려 한다는 걸 알고 현고진기를 극한으로 끌어올렸다. 그간 손을 나눠본 상대는 자신보다 반 수 위의 고수, 분하지만 어쩔 수 없는 사실이다.

그런 부강산이 더욱더 공력을 끌어올리자 위경리는 이를 악물었다.

그리고 격돌. 검은 기운과 붉은 기운이 서로를 휘어 감아갔다.

파라락! 따당! 콰르르…….

현고진기가 가득 실린 현고장과 혈금마지가 이 장의 사이를 두고 부딪치자 굉음과 함께 먼지가 사방으로 피어올랐다.

"이때다!"

섭조홍의 일갈과 함께 두청을 비롯해서 혈정오귀들이 둘러서 있는 운현산장의 무사들과 육정기를 위시한 일행을 쳐 나갔다.

"이런!"

"헛! 이놈들이!"

검을 고쳐 잡고 찔러오는 섭조홍과 두청을 바라보던 육정기의 입에서 노호성이 울리고, 손에 들렸던 청망검이 검기를 뿜어내며 두 사람의 검격을 일격에 부숴 버릴 듯 마주쳐 갔다.

그때였다. 뒤로 삼 보를 물러서던 위경리의 입에서 다급한 일갈이 터졌다.

"조심!!"

부강산이 자신과 부딪친 반탁력을 이용해 절벽 쪽, 황보명이 있는 곳으로 몸을 번개같이 날리는 것을 본 것이다.

미처 생각지 못한 상황이었다. 황보명이나 옆의 무사들로서는 결코 맘먹고 펼치는 부강산의 혈금마지를 막을 수 없을 것이다.

한데⋯ 다급히 신형을 날리려던 위경리의 발걸음이 우뚝 멈췄다.

언제부터인지 그곳에 진고영이 있는 게 보였다. 몸을 돌리는 진고영을 본 위경리의 표정이 묘하게 뒤틀렸다.

'부강산⋯ 그래, 네놈도 어디 진 아우에게 한번 혼 좀 나봐라. 크크크.'

진고영은 여기저기서 다급한 소리와 함께 강력한 기운이 자신이 있는 곳으로 다가오자 몸을 돌리곤 기운의 근원인 부강산을 쳐다보았다.

금빛 혈광을 구지에 가득 피워 올린 부강산의 손이 흔들리듯 떨쳐지고 아홉 가닥 혈금마지의 지력이 삼 장 거리에서 튕겨지고 있었다.

그러자 어느새 들어 올렸는지 가슴까지 올라온 진고영의 좌수에서도 은은한 홍색이 아지랑이처럼 피어오르더니 혈금마지가 일 장 앞에 다다

랐을 때 마주쳐 팅겨지고, 내려져 있던 우수가 크게 원을 그리며 황보명과 동방설리를 향해 뻗어나가는 지력 앞에 하나의 막을 형성했다. 양유대력이 가득 실린 양유미가수였다.

따다다당!

후웅……. 콰쾅!

일성 굉음이 울리고 부강산의 신형이 벽에 부딪친 듯 일 장 위로 팅겨져 올라갔다.

움찔, 어깨를 가볍게 흔든 진고영이 허공으로 솟구친 부강산을 향해 거칠게 좌수를 흔들자 영롱한 홍루지의 지강이 붉은 빛살을 그리며 부강산을 향해 쏘아지고, 어느새 빼어 들었는지 관천곤이 허공을 향해 뻗어가자 시커먼 묵기가 한 마리 뇌룡이 되어 부강산을 덮쳐 갔다.

그야말로 찰나간에 벌어진 일이었다.

쿠르릉!

"크윽!"

부강산의 입에서 신음이 새어 나오고, 허공에서 이 장 밖으로 팅겨 나간 부강산은 다섯 걸음을 더 물러나서야 몸을 추스를 수 있었다.

아름답기까지 한 지력은 어찌어찌 막을 수 있었지만 뒤이어 밀려오는 묵룡을 막기에는 두 번의 공격으로 인한 공력 손실이 너무 컸던 것이다.

게다가 이런 위력이라니……. 생각지도 못했던 사람에게서 믿을 수 없는 위력의 공격을 받자 부강산은 어이가 없으면서도 허탈한 마음마저 들었다.

일단 공격을 했으면 끝을 내야 한다.

진고영의 신형이 부강산을 향해 환영처럼 미끄러져 가고, 들려진 관천곤이 벼락을 토해냈다.

관풍뇌동에 이은 전유동참, 관천뇌곤 중 육식 중 네 번째 초식이 펼쳐진 것이다.

고개를 든 부강산의 부릅뜬 눈에 시커먼 곤영이 벼락처럼 떨어지고 있는 게 보였다.

'이… 이…….'

곤영을 향해 혈금마지를 튕겨보지만 그 자신도 현재의 내력으로는 저 벼락을 막기에 어림없다는 걸 느끼고 있었다. 그렇다고 고스란히 저 벼락을 몸으로 때울 생각도 없다.

자신이 누구인가, 구지마종 부강산이 아니던가.

전신의 모든 공력을 짜 올렸다. 나중은 생각할 것도 없다. 모든 공력을 아홉 손가락에 모은 부강산은 전력을 다해 혈금마지를 튕겼다.

핏빛 붉은 혈광이 벼락을 마주쳐 가고 일수유의 순간에 두 기운이 부딪쳤다.

번쩍! 쩌저적!

"크음……!"

쥐어짜는 신음이 핏물과 함께 부강산의 입술을 비집고 새어 나왔다.

쿵… 쿵… 쿵…….

물러서는 한 걸음 한 걸음에 반 자 깊이의 땅이 패이고, 창백한 얼굴의 부강산은 자신의 의지와 상관없이 구부려지려는 무릎을 간신히 세운 채 어이없는 얼굴로 진고영을 바라보았다.

"대체… 네놈은… 누구……?"

진고영의 두 눈 깊숙이 은은한 열기가 피어올랐다. 사마양휘 이후로 가장 강력한 무위를 지닌 자였다.

비록 위경리와의 격전으로 어느 정도 힘이 빠져 있었다고 하지만 절정의 고수들은 함부로 전력을 다하지 않는다. 아마도 부강산 역시 그랬으리라. 그러다 동방설리를 공격하기 위해선 거의 전력을 끌어올린 듯했다. 그런 부강산을 구성의 공력으로 물리쳤다.

은연중에 마음속 깊이 가지고 있던 심중의 벽, 도제 장무담에 대한 장벽이 걷혀지고 있는 느낌이다. 그를 처음 만났을 때 마치 조부나 사부에게서 느꼈던 막연한 벽을 느꼈었다. 하지만 이제 다시 만난다면 그 벽을 허물 수 있을 것 같다.

문득 진고영은 이제야 자신이 진정 강호에 발을 한 걸음 디뎠다는 생각이 들었다.

"우내십팔마의 이름으로 급습을 한다는 것은 그다지 보기 좋은 모습은 아니었던 것 같습니다만."

열기를 가라앉히며 내뱉는 진고영의 뼈있는 한마디에 부강산의 인상이 일그러졌다.

이미 주위에는 혈정곡의 무사들이 신음을 흘리며 쓰러져 있다. 섭조홍은 두청과 함께 육정기를 공격하다 중간에서 튀어나온 백리웅천에 의해 오 초를 버티지 못하고 가슴이 갈라져 버렸고, 두청은 그대로 육정기의 검집에 머리가 깨져 절명한 듯 보인다. 그리고 나머지 혈정오귀들 역시 나중에 가세한 젊은 자들에 의해서 거의 반죽음 상태였다.

실실 웃음이 나온다. 자존심을 버리고 목적을 위해 기습까지 했건만 돌아온 건 참담한 패배뿐이다.

고개를 들어 진고영을 바라보았다.

"그런가? 하긴 내가 생각해도 좀 그렇구먼……. 크크……."

모든 걸 포기한 듯한 부강산의 말에 육정기가 불쑥 나섰다.

"나는 지금도 믿을 수 없소. 부 형이 마조등의 명으로 이런 일에 나섰다는 게."

"크크… 마조등이라……. 그럴 수도 있겠지. 하나 사람에게는 나름대로의 사정이 있는 법, 더 이상 할 말은 없다. 죽이려거든 죽여라!"

말을 맺고 굳게 입을 닫아버리는 부강산을 바라보던 육정기의 시선에 안타까움이 어렸다.

"더 이상 볼일이 없다면 가시오!"

묵묵히 부강산을 바라보던 진고영이 한마디와 함께 뒤돌아서자 사람들의 눈에 의아한 빛이 떠올랐다.

"진 아우……?"

"노형님, 일단 보내주십시오. 나중에 설명드리지요."

그냥 보낸다는 말에 진고영을 부르던 위경리는 귓전을 울리는 전음에 고개를 끄덕였다.

"진 아우가 그리 생각한다면야……."

이 자리에서 진고영과 위경리의 의견을 무시할 사람은 아무도 없었다.

모두가 한쪽으로 물러서자 부강산의 눈매가 부르르 떨렸다.

"크크크… 이제 목숨까지 구걸받는 건가? 크하하하!!"

광소를 흘리던 부강산이 가슴이 쪼개진 채 겨우 숨만 이어가고 있던 섭조홍을 쳐다보았다.

"가서 마조등에게 전해라! 부강산은 오늘 이곳에서 죽었다고. 하니… 모든 은원은 사라졌노라고."

핏물을 배어 물고 섭조홍에게 한마디를 남긴 부강산이 비틀거리는 걸음으로 숲 속으로 사라져 가자, 혈정곡의 무사들 중 그나마 성한 자들이 섭조홍을 부축하고 두청과 다른 자들의 시신을 챙겨 싸움터를 떠나갔다.

그들이 떠나간 공터에는 운현산장의 무사들이 부산히 움직여 시신들을 챙기고, 몇은 두고 온 시신을 찾아 지나온 길을 되돌아갔다.

어느 정도 상황이 정리되자 위경리는 진고영을 쳐다보았다.

"진 아우… 좀 전에 말이지… 왜……?"

진고영이 위경리의 물음에 동방설리를 돌아보자, 그동안 조용히 한쪽에 서 있던 동방설리가 앞으로 걸어나왔다.

"우선 여러 선배님의 도움에 운현산장의 동방설리가 감사를 드립니다."

깊게 고개를 숙이는 그녀를 위경리가 휘둥그레진 표정으로 쳐다봤다.

"호! 네가 바로 동방 대선생의 손녀인 운중화 동방설리였구나."

"삼가 장절 노선배님을 이런 곳에서 뵙고 도움까지 받았으니 두고두고 잊지 못할 것입니다."

동방설리가 조용히 웃으며 말하자 설원에 핀 한 떨기 난화 같은 모습에 사람들은 탄성을 흘렸다.

특히나 육정기는 멍한 눈으로 그녀의 얼굴에서 시선을 뗄 줄 모르고 있다가 위경리에게 핀잔을 먹어야 했다.

"에라이… 육가야! 눈 빠지겠다!"

"험험. 그게… 저렇게 이쁜 아이를 첨 봐서리……. 쩝."

"천하의 육 노선배께서 이리 도와주셔서 감사한 마음 가눌 길이 없습니다."

"험! 무얼… 그까짓 걸 갖고……. 험험."

살짝 얼굴이 붉어진 동방설리가 육정기에게 깊이 인사를 하곤 주위 사람들을 돌아보았다.

진고영을 중심으로 주위에 서 있는 사람들은 한결같이 뛰어난 사람들이었다.

나이도 삼십 전후로 보이거늘 누구 하나 범상해 보이지 않는다.

동방설리의 눈길이 진고영에게서 멈췄다.

"우선 진 공자께서 소녀의 부탁을 들어주신 데 대해 감사를 드립니다. 위 노선배님, 사실 그들을 그냥 보낸 것은 소녀가 진 공자께 부탁을 드렸기 때문이에요."

"응? 그래?"

"네. 그들을 지금 이 자리에서 죽일 수도 있겠지요. 하지만 살려두는 것이 더 이득일 거라 생각했기에 진 공자께 부탁드린 거랍니다."

"흠… 당장의 원한보다 나중을 생각해 살려둔다……."

"이미 느끼셨겠지만 구지마종 부강산 정도의 인물이 혈정곡주 마조등의 명을 따른다는 것 자체가 이상한 일이지요. 게다가 그가 남긴 말을 새겨보면 무언가 사유가 있었음인데 본 장에서 그동안 나름대로 조사해 온 게 있었습니다. 지금 이 자리에서 다 말씀드릴 수는 없지만 한 가지는 말씀드릴 수 있습니다. 당금 강호에 암류가 흐르고 있다는 것이지요. 부강산의 등장은 의외의 곳에서 우리에게 도움이 됐다 할 수 있습니다. 하니 이해해 주시길 바랍니다."

조용히 말을 맺는 동방설리를 쳐다보던 위경리는 고개를 끄덕였다.

"나야… 뭐. 운중지화라 불리는 그대가 그리 생각했다면야."

"한 가지만 물어도 되겠소?"

동방설리의 말을 듣고 있던 진고영이 무언가 깊이 생각하는 듯하더니 질문을 던졌다.

"말씀하시지요."

"혹, 당금 강호의 혈풍과 그 암류라는 것이 관련이 있지 않소?"

동방설리의 눈이 반짝 이채를 발했다.

"없다 말씀을 드리진 않겠습니다. 단지 저희가 알아낸 바로는 생각보다 복잡하다는 것 정도지요."

"복잡하다라……. 그중에는 천은산장의 문제도 끼어 있겠군요."

중얼거리듯 말을 받는 진고영을 동방설리는 반짝이는 눈으로 쳐다봤다.

"그 문제 역시 곧 드러날 거라는 게 저의 생각입니다. 물론 시간이 지나봐야 확실해지겠지만요."

묵묵히 고개를 끄덕이는 진고영의 두 눈 깊숙이 본인만이 아는 의지가 더욱 단단히 자리잡아 갔다.

진고영과 동방설리의 대화가 무겁게 진행되자 황보명은 주제를 돌리기 위해 우형욱을 바라보았다.

"그건 그렇고, 우 소협! 오랜만에 보니 괄목상대라는 말이 실감나는구먼 그래."

"별말씀을. 황보 대협께서 그리 봐주시니 그간의 노력이 헛된 것만은 아니었던 거 같습니다."

우형욱의 말에 황보명이 웃으며 뒤쪽에 서 있는 사람들을 건너다보았다.

"저 두 분이야 워낙 유명하니 그렇다 치고… 저분 소협들도 소개 좀 시켜주게나."

"아! 이런 정신 하곤. 여기 무게가 천 근은 될 것처럼 무게 잡고 계신 분은… 대풍운보의 백리웅천 형이십니다. 그리고 저기 얼굴이 미끄덩한 분은 철검산장의 사마정 형이시구요. 에또… 저기 멀뚱하니 칼을 들고 계신 분은 진혼도라 불리우는 염이상 형입니다."

우형욱다운 소개였다. 하지만 황보명이나 동방설리, 그리고 운현산장의 무사들은 놀라움을 감출 수 없었다. 하나같이 당금 강호를 질타하는 이름들이었던 것이다.

장절 위경리에 마개 육정기, 거기에 젊은 용들.

"백리웅천이라고?"

눈을 크게 뜬 황보명이 날이 서린 음성으로 물음을 던지며 앞으로 나섰다.

"그러니까 백리웅전의 큰형인 백리웅천이란 말이지?"

"…예, 황보 대협. 그 백리웅천이 맞습니다."

우형욱이 말뜻을 안다는 듯 힐끗 백리웅천을 쳐다보곤 말을 받았다.

"흥! 무슨 낯으로… 아니지… 우 소협! 자네가 왜 백리가의 사람과 같이 다니는지 이해할 수가 없군!"

황보명의 냉랭한 말투에 우형욱은 딴청을 피우며 한숨을 내쉬었다.

"후우…… 어찌하다 보니 그렇게 됐습니다."

우형욱이 황보명의 물음에 곤욕을 치르자 보다 못한 위경리가 입을 열었다.

"황보 애송아! 너무 우가 꼬마를 뭐라 하지 말라구. 다 이유가 있어서이니까."

"이유라구요? 무슨 이유 말입니까?"

곧 대들 것처럼 목을 빼고 소리치는 황보명을 위경리는 눈에 힘을 주고 째려봤다.

"거참… 이놈아! 범인을 잡아도 제대로 된 범인을 잡아야 될 거 아니냐! 백리웅전이야 이미 죽었으니까 그렇다지만, 백리단황까지도 천음마령공에 대해서 목을 걸고 모른다고 하잖냐. 그래선지 뭔가 이상한 데가 있다고 진 아우가 나랑 같이 묶어서 불렀다. 왜?"

"진 공자가요?"

"그래! 사실 나도 좀 이상하게 생각하고 있었거든. 백리단황이 그렇게 허술한 사람이 아닌데 천음마령공 같은 무공이 너무 쉽게 유출됐어. 게다가 그가 그런 거 가지고 거짓말을 할 사람도 아니고."

"쳇! 어떻게 압니까? 사람 속을."

"으이그… 너는 그 유명한 백리단황의 이야기도 못 들어봤냐?"

두 사람이 티격태격하다 백리단황의 이야기가 나오자 한쪽에서 굳은 얼굴로 묵묵히 서 있던 백리웅천이 조용히 입을 열었다.

"이십여 년 전 아버님은 거짓말을 할 수 없다는 이유로 어머니의 가문이 멸문당하는데도 장로회의에서 당신이 본 사실을 그대로 증언한 적이 있었습니다. 백리 가문이 황보 대협께 크나큰 죄를 지었다는 것은 부인할 수 없으나 아버님의 말씀에 한 점 거짓이 없다는 것은 제 목을 걸고 말씀드리겠습니다."

"으음……."

황보명의 입에서 침음성이 흘렀다. 그도 그 이야기는 들어 알고 있다. 무제 백리단황에 대한 이야기를 하자면 그 이야기가 빠질 수 없기 때문이었다.

어색한 침묵이 흐르고… 황보명은 고개를 돌려 진고영을 쳐다보았다. 무언가 해명을 요구하는 듯한 눈빛으로.

"강규산 대협이 남긴 글에 의하면 천음마령공은 강규산 대협과 연관이 있다는 것이 저와 위 노형님의 생각입니다. 그 기간은 삼 년 수개월 전, 그 짧은 기간에 백리웅전이 천음마령공을 아무도 몰래 팔성에 이르도록 익혔다는 것은 누군가 대풍운보의 눈을 가리지 않고는 불가능한 일입니다."

진고영은 특유의 깊은 눈으로 황보명을 바라보다 말을 이었다.

"일련의 사건들이 마치 짜여진 것처럼 빠르게 일어나고 있습니다. 절강의 혈사도 그렇고, 천은산장에서의 고수들의 파견도 천음색살마의 사건이 일어나자마자 기다렸다는 듯이 움직이고 있습니다. 게다가 움직이는 고수 하나하나가 오랫동안 강호를 떠나 있던 사람들입니다. 최소한 주체가 천은산장이 아닐지 몰라도 누군가의 개입이 있지 않고는 이렇듯 모든 일이 한꺼번에 일어날 확률은 극히 적다 할 수 있지요. 동방 소저의 말처럼 나중에 밝혀지겠지만 말입니다."

그렇게 고저가 없이 흐르듯 말을 하던 진고영이 동방설리를 바라보왔다.

"해서… 동방 소저께 한 가지 부탁이 있습니다만."

동방설리는 진고영이 말을 하다 자신을 바라보자 반짝이는 눈으로 진고영의 두 눈을 응시했다.

깊어 끝이 보이지 않을 것 같은 진고영의 두 눈은 이제껏 자신이 보았던 어떤 눈보다도 맑아 보였다.

마치 어린아이의 맑은 눈을 보는 것 같아 동방설리는 마음이 절로 편안해지는 듯했다.

"말씀하시지요. 은혜를 입었거늘 어찌 못 들어드릴 부탁이 있겠습니까."

"귀면신수 강규산 노선배의 아들, 강창선이라는 분을 찾으려 합니다."

"그 일이라면 철검산장의 첩검단이나 대풍운보의 풍이(風耳)로도 충분할 텐데요."

"어찌 무림련의 정보망에 비할 수 있겠습니까. 더구나 중요 정보란 하루의 차이가 수십 수백의 생명과도 같다는 것을 동방 소저도 익히 아실 터."

"진 공자의 대의를 어찌 소녀가 모른 척할 수 있겠습니까. 말씀대로 따르지요."

진고영과 동방설리의 대화가 끝을 맺을 때쯤 동료의 시신을 찾으러 갔던 운현산장의 무사들이 돌아왔다.

"무사들의 시신은 일단 가매장을 했습니다. 그리고 바로 산장으로 연락을 취해 시신을 옮기도록 조치했습니다."

은결무사 한 명이 동방설리 앞에 부복하더니 그간의 상황을 설명하자 동방설리의 얼굴에 슬픔이 어렸다.

"아아… 저를 위해 너무 많은 분이 희생되었군요."

숙연해진 운현산장 무사들이 비분에 찬 표정으로 고개를 숙이자 동방설리는 안타까운 눈으로 무사들을 돌아보았다.

"이미 벌어진 일… 이제부터라도 방심하지 말고 빠르게 이동을 하도록 하겠어요. 모두 출발 준비를 서두르세요."

"명에 따르겠습니다."

어느 정도 응급 치료를 마친 운현산장의 무사들이 대열을 갖추고 출발 준비를 서두를 때, 황보명은 잠시 망설이더니 진고영을 쳐다봤다.

"진 공자, 가시는 길이 그리 차이가 나지 않는다면 우리와 동행을 해 주실 수 있겠소?"

"산계까지는 같이 갈 수 있을 겁니다."

종산의 푸르름과 어우러진 단풍은 계곡에서의 피비린내 나는 싸움에는 아랑곳없이 맑은 햇살 아래 그 찬란한 색을 뽐내고 있었다.

한 시진여를 달리다 걷다를 반복하던 일행의 중간에서 위경리가 도저히 못 참겠다는 듯 진고영에게 넌지시 물음을 던졌다.

"진 아우, 저들만 보내도 괜찮겠는가? 그놈들이 가만히 있을까?"

진고영의 입가에 가는 미소가 맺혔다.

"동방 소저는 참으로 대단한 여인입니다."

"응? 그거야… 오죽하면 운중지화라 불리겠나."

"노형님, 그녀가 적들을 죽이지 않고 살려 보낸 데에는 몇 가지 이득이 있기 때문이라 했지요?"

"그… 그랬지."

"그중 하나가 움직일 수 없는 증거를 챙기기 위함이고, 또 하나는 암중에 움직이는 자들이 있다면 어떤 반응이든 보일 것이니 그 또한 이득이지요. 그리고 마지막 하나는… 그들이 살아 돌아갔으니 운현산장의 일행에 장절과 마개, 그 외에도 다수의 고수들이 합류했다는 걸 알게 될 겁니다. 부강산이 포함된 척살조조차 실패를 했거늘 과연 혈정곡이 또 어떤 힘이 있어 두 명의 절정고수가 낀 일행을 습격할 수 있겠습니까. 마조 등은 고민을 할지는 모르지만 또다시 습격을 하겠다는 생각은 버리게 될 겁니다."

입을 벌리고 진고영의 말을 듣던 위경리가 저 앞에서 운현산장의 무사들에게 둘러싸인 동방설리를 쳐다보았다.

"그렇군… 그래……."

바로 앞에서 말을 몰던 우형욱의 어깨가 부르르 떨렸다.

'저 여자도 서문 소저만큼이나 무서운 여자군. 으음… 그래도 여자라면 역시…… 크윽. 희매…….'

옆에서 우형욱과 함께 가던 염이상은 우형욱이 어깨를 떨더니 눈물을 뚝뚝 흘리자 고개를 저었다.

'거참… 우 형도 의외로 섬세한 면이 있군. 근데 왜 울지?'

산계에서 두 행렬이 갈라졌다.

황보명은 서운한 듯 진고영을 쳐다보곤 언제든 황보가 근처에 오거든 들러달라는 말을 하다 위경리의 눈칫밥만 먹고, 동방설리는 그윽한 눈으로 떠나가는 진고영의 뒤를 바라보다 발길을 돌렸다.

"이랴! 하!"

두두두두…….

오랫만에 마음껏 달리던 진고영은 문득 헤어지기 전에 보았던 동방설리의 맑은 눈 속에 담겼던 감정이 무엇이었을까 생각해 보았다.

그냥 호기심일까. 아니면…….

'이런… 내가 무슨 생각을. 아직 아무것도 하지 못한 주제에…….'

2

검은 장막이 창문을 가려 온통 어둠으로 치장한 대전에 사람의 심령을 울리는 음울한 목소리가 울려 퍼졌다.

"그래서 실패했다? 위경리와 육정기가 있어서 이차 파견도 포기했다 이건가?"

"본 곡의 인원으로는 도저히… 오히려 저들의 경각심만 높일 것 같아 어쩔 수 없었습니다, 궁주시여!"

대전의 깊숙한 곳에 있는 태사의에 혈의로 온몸을, 심지어 눈구멍만 빼고 머리까지 감싼 혈의인 앞에 또 다른 혈의를 입은 초로의 노인이 무릎을 꿇은 채 가늘게 떨고 있었다.

"큰형님은 모든 것을 계획에서 한 치도 빈틈없이 진행하고 있거늘, 네놈 때문에 본좌의 계획에는 구멍이 뚫렸다. 그 죄가 어떠한지는 네놈이 잘 알 일……."

"궁주시여! 한 번의 기회를 더 주시길……. 이번에는……. 크윽!"

무릎을 꿇고 있던 혈의인의 입에서 핏물과 함께 신음이 배어 나오고, 꿇었던 무릎이 대전 바닥을 파고들었다.

대항할 엄두도 나지 않는 가공할 경력이 혈의노인의 전신 혈맥을 파고들었던 것이다. 아니, 대항하려 해도 심령이 제압당해 있는 한은 어림도 없는 일.

"크으윽! 궁주… 기껏 한 번 실수했다고…… 이, 이럴 수가……."

"그 한 번의 실수에 대한 대가로 네놈의 목숨만을 거두는 걸 감사해야 할 것이다.”

“끄으윽… 내가… 죽으면 본 곡은 결코…… 꺼어억!”

혈의노인의 신음과는 아랑곳없이 태사의의 복면혈의인의 머리 위로 들려진 핏빛 우수에서는 뭉클뭉클 검붉은 안개가 피어오르고,

“그건 네가 걱정하지 않아도 된다. 흐흐흐흐.”

심령을 울리는 한마디와 함께 우수가 흔들리자 핏빛 안개가 혈의노인의 전신을 덮어버렸다.

“끄아아악!”

검붉은 핏빛 안개 속에서 비명이 터지고, 혈의노인의 전신 모공에서 보다 더 붉은 피안개가 새어 나오더니 온몸이 오그라들기 시작했다.

그리고… 새어 나온 피안개가 태사의 혈의복면인의 우수로 빨려 들어갔다.

“네놈의 죄는 본좌의 혈왕수에 보탬이 된 걸로 사해주마. 우흐흐흐흐.”

대전을 울리던 마소가 서서히 가라앉고 대전의 피안개가 사라질 때쯤, 혈의복면인이 좌측의 장막 쪽을 바라보았다.

“이제 네가 혈정곡의 모든 걸 이어받는다. 또한 본 궁의 오령주 자리를 잇는다.”

“복! 명! 영광이옵니다.”

또 다른 혈의인이 오체투지를 하며 엎드렸다. 그의 전신은 가늘게 떨리고 있었다.

의형이자 혈정곡주이며 우내십팔마의 한 명인 마조등의 처참한 죽음은 그에게 죽음보다 더한 공포를 가져다준 것이다.

무공의 특성으로 인해 궁주에게 무공을 받아 익힌 자신도 마조등과 마찬가지로 궁주에게 목숨을 저당잡힌 것과도 같았다.

할 수만 있다면 익힌 무공을 버리고 싶을 지경이었다. 하지만 어찌하랴, 이미 늦은 것을.

"돌아가 우선 마조등의 모든 것을 취하고 명을 기다려라. 방해자들에 대한 것은 따로 처리할 것이다."

"명에… 따르겠나이다! 피의 주재자시여!"

혈의인이 뒷걸음으로 물러나 대전을 나가자 태사의의 복면인이 천천히 복면을 벗었다.

"후후후… 큰형님, 아직은 안심하서서는 안 될 거외다. 이 아우도 그리 호락호락하게 형님 앞에 무릎을 꿇지는 않을 것이오. 후후후."

孤影　第七章

1

동방설리 일행과 헤어진 지 이틀.

안경에 도착한 일행은 강규산이 살았었다는 구문산으로 가기 위해 장강을 거슬러 올라가는 황석행 객선을 탔다.

도착하자마자 말을 마시장에 팔고 포구로 나가자, 마침 무창으로 거슬러 올라가는 객선이 있었던 것이다.

사람들이 이미 앞서 간 큰 배에 많이 올라타서인지 사람이 그리 많지 않아 선장이 이마를 찌푸리며 평소보다 비싼 뱃삯을 요구해 돈을 더 치러야 했지만, 오히려 한산한 것이 좋은 일행은 군말없이 뱃삯을 지불하고 올라탔다.

맑은 하늘에 잠자리 날개 같은 새털구름이 흩어지고, 장강의 도도한 흐름은 세상사 나 몰라라, 고개도 들지 않고 동쪽으로 치달리고만 있는 깊은 가을.

끝도 보이지 않는 갈대밭이 한들한들 바람결 따라 춤을 추며, 지나는 길손에게 어서 오라 손을 흔들고 있었다.

참으로 광대한 갈대밭이었다.

의창에서 무창까지의 뱃길도 여행해 본 바가 있었지만 그곳은 양편이 거의 야산과 절벽으로 이루어져 있어 이처럼 광대한 갈대밭은 상상도 못했었다.

안경포구에서 배를 타고 황석까지 오백여 리 뱃길, 지나는 곳마다 수많은 호수로 들어가는 물줄기가 나뭇가지 뻗어나가듯 갈래져 있고, 마치 바다 위 섬과 같은 삼각주에는 온통 갈대들만이 점령군처럼 들어차 있었다.

구강이 다가오자 바다로 들어가는 착각을 일으키게 하는 거대한 물길이 남쪽으로 펼쳐져 있다.

포양호로 들어가는 관문이었다. 진고영 일행이 탄 배는 순풍에 돛 펄럭이며 길 찾아 구강으로 방향을 틀었다.

마침 아무도 없던 선상에서 청회색 장포를 펄럭이며 서 있던 진고영의 두 눈에는 자연의 위대함에 대한 경이감이 서려 있었다. 모진 삭풍과 황사 속에서 보낸 이십 수년의 세월, 그러다 세상에 나와 황하를 봤을 때와는 또 다른 경이감이었다.

저 광대한 갈대밭도 겨울을 지나 봄이 되면 또다시 옷을 갈아입겠지. 세월 따라 변하는 대자연의 뜻을 어찌 누가 막을까.

대자연은 그저 흐른다. 세월도 흐르고, 하늘도 흐르고, 이처럼 강물도 흐른다. 막으면 넘쳐흐르고, 끊을라 치면 이어져 흐른다. 산도, 대지도, 미처 느끼지를 못할 뿐이지 세월 따라 변하며 흐른다. 대자연은 끊임없이 흐르고 흘러 모든 것을 변화시킨다. 인간은 무엇인가. 나는 어떠한가. 나는 흐르지 않는가? 나도 흐른다. 흐르지 않음은 소멸, 죽음뿐이다. 대자연에 비하면 먼지와도 같은 세월, 나 역시 대자연의 일부, 그 짧은 세월, 고통에 허덕이다 행복에 겨워하고, 괴로움에 허덕이다, 즐거움에 흐느끼며, 자신도 모르는 사이 세월 따라 흘러간다.

무엇일까? 그 무엇이 나를 그리도 흐르게 하는가. 그런가? 나 또한 그저 대자연의 일부이기에 따라 흐르는 걸까? 하지만 인간에겐 또 다른 게 있지 않은가. 가슴에 담긴 의지. 머리 속의 상념……. 그럴까? 그게 인간에게만 있을까? 아니다. 하찮은 짐승들도 삶에 대한 본능의 의지가 있고 자식을 잃으면 걱정하는 이성의 상념이 있다. 단지 정도의 차이일 뿐. 그럼 나 역시 짐승일 따름인가? 그저 미물보다 조금 나을 뿐인 짐승……. 사람들은 오만에 취해 자신들이 세상의 모든 주체인 양 착각한다. 결코 그렇지 않은데도…….

대자연의 위대한 경이에 취해 있던 진고영의 두 눈에 광활한 갈대밭이 흘러간다. 도도한 장강의 물결도 흘러간다. 하늘의 구름도, 그 사이로 내비치던 햇살도 방긋 웃으며 흘러간다. 모든 게 그의 몸을 지나 흘러간다. 대자연이 모두 그의 눈 속에 담겨져 흐른다.

진고영은 시간의 흐름도 잊고, 염원도 잊고, 자신도 잊어갔다.

아! 그렇구나. 그 모든 상념 역시 흘러가는 자연의 하나였구나. 그저 뜻이 있으면 모든 것이 나이고 뜻마저 버려도…….

덜컥!

"진 아우! 여기 있었구먼. 우가 꼬마 놈 때문에 어찌나 열받는지……."

위경리가 선실에서 나와 진고영에게 다가오며 손을 들고 소리쳐 부르다 말고 멈칫했다.

뭔가 이상하다. 아직 해가 떨어지려면 한참의 시간이 남았는데 진고영의 주위에 아지랑이 같은 황혼이 은은히 물들어 있었던 것이다. 한데 그가 부르면서 그 황혼이 스르르 흩어지는 게 아닌가.

‘뭐지? 뭔데…….’

쾅!

머리에 도끼가 내려쳐지는 듯한 충격에 위경리는 전신을 부르르 떨며 주저앉았다.

‘설… 마? 맙소사! 내가 무슨 짓을 한 거야.’

위경리는 절정을 맛본 고수다. 그런 그가 지금의 상황을 전혀 모를 수는 없었다. 정도의 차이 때문에 미처 생각지는 못했지만.

바라보던 하늘에서 고개를 내리고 뒤돌아서는 진고영의 입가에는 잔잔하면서도 편안한 웃음이 걸려 있었다.

“답답하셨던 모양이지요. 아니면 우 형이 약을 올렸거나. 하하…….”

“아… 우! 우형이, 이 못난 우형이 아우에게 큰 죄를 저질렀구면. 이를 어쩐다냐. 응?”

어쩔 줄 모르는 위경리의 표정에는 진짜 큰 죄를 저지른 자의 표정이 떠올라 있었다.

“원… 노형님도. 너무 그러실 거 없습니다. 사실 너무 커서 담기도 힘들었는데 오히려 형님 덕분에 편안해졌습니다.”

“…….”

“정말입니다, 노형님. 그리고 노형님이 자꾸 그러시면 제가 남들 앞에서 어떻게 얼굴을 듭니까.”

“크윽… 진 아우.”

곧 두 눈에서 눈물이라도 떨어질 것 같은 위경리의 표정에 진고영이 난감한 표정을 지을 때였다.

염이상이 선실에서 고개를 삐죽 내밀며 소리쳤다.

“위 노선배님! 그러지 마시고 들어오세요. 오리 구이 선배님 것 따로 준비해 놨습니다. 아! 진 대형도 어서 들어오셔서 술 한잔 하십시오.”

"이… 이놈의 우가 놈 때문에……."

벌떡 일어선 위경리가 한달음에 선실로 달려갔다.

"후우… 아깝긴 하지만 인연이 여기까지인 것을……. 그래도 덕분에 팔단공의 벽을 넘어 구단공을 이루었구나. 하긴 더 있었으면 십단공을 이루거나 아니면 몸이 산산이 부서졌겠지. 오히려 잘되었는지도."

진고영은 고소를 배어 물었다.

문득 다가온 깨달음이 칠단의 끝에 머물러 있던 그의 수천제마력을 팔단, 구단까지 순식간에 끌어올렸다. 너무 급격히 채워지는 바람에 깨달음의 그릇이 포화 상태에 이르렀을 때, 위경리의 부르는 소리가 절묘한 순간에 진고영의 망아를 깨운 것이다.

진고영이 보일 듯 말 듯 고개를 끄덕이며 선실로 들어가자, 선실 안에서는 위경리가 불쌍한 우형욱을 때려잡고 있었다. 강력한 구언공으로.

"이놈아! 그래, 오리 한 마리 때문에 네놈이 나한테 이럴 수 있는 거냐! 엉? 네놈 때문에 나는 진 아우에게 얼굴을 못 들게 됐는데 어떡할래?"

"아! 글쎄, 왜 노선배가 진 대형께 잘못을 한 게 나 때문이냔 말입니까요."

"네놈이 그걸 알면 대신해 줄 수나 있는 일인 줄 아냐? 그렇다면 내가 너에게 이렇게 말도 않는다! 이놈아!"

그 좋아하는 오리 구이도 거들떠보지 않고 우형욱을 몰아붙이자, 연유를 알 수 없는 우형욱은 죽을 맛이었다.

왜 그런지도 모르고 위경리의 쏟아내는 말의 폭포에 그저 쥐 죽은 듯이 가만히 있을 뿐이었다.

'대체 왜 그런지나 알려주고 저러면 안 되나? 어휴…….'

그때 진고영이 들어왔다. 그러자 폭포수 같던 위경리의 말이 뚝 그쳤다. 좌우지간 뭔지 모르지만 잘못을 하긴 한 모양이었다.

우형욱은 재빨리 술병과 잔을 들고 진고영 곁으로 앉았다.

"진 대형! 한잔 드십시오! 장강 위에서 먹는 술 맛이 끝내주네요."

'큭큭……'

'과연 대단한 기회 포착술이군. 흐흐.'

우형욱을 보며 이런 저런 생각에 사람들의 입가에 웃음이 걸렸다.

위경리만 빼고.

그 바람에 그간 심각하던 선내의 분위기가 훈훈하게 풀려 버렸다.

위경리가 아무 말 없이 오리 고기만 뜯고 있자 보다 못한 육정기가 술잔을 건넸다.

"위 형, 술도 하면서 드시구려. 목에 걸리겠소."

"끄응… 그러지."

힐끗 쳐다본 진고영의 입가에 잔잔한 미소가 지어져 있는 게 보이자 위경리는 가슴을 쓸어내렸다.

'휴우… 과연 진 아우일세. 나 같으면 길길이……. 험험……'

조금 기분이 가라앉은 위경리가 술잔을 육정기에게 건넸다.

"자네도 한잔하게나."

2

구강에서 손님을 더 태운 객선이 황석에 도착한 것은 삼 일이 더 지나서였다.

위경리의 얼굴에도 전과 다름없는 장난기 어린 미소가 떠 있었고, 우형욱도 아무렇지도 않은 듯 위경리에게 가끔 농담을 걸다 한 소리 얻어 먹는 게 일상이었다.

단지 진고영만이 사람들이 가끔씩 던지는 무리에 대한 논의를 하느라 곤욕을 당하고 있을 뿐이었다.

더구나 위경리나 육정기가 넌지시 물어오는 질문에는 진땀이 날 지경이었다. 그런데 언제부터인지 무론을 논하는 중에도 그의 입가에는 가느다란 미소가 떠나지 않고 있었다.

오직 위경리만이 그것이 뜻하는 바를 알 수 있을 뿐이었다.

황석에서 남서쪽으로 가는 길은 관도와 수많은 수로가 엮어져 있어 말로 가기 어려운 지형이었다. 일행은 이미 배를 타기 전에 말을 모두 처분했기에 홀가분한 행장으로 구문산이 있는 남서쪽으로 행로를 잡고 빠른 걸음으로 황석을 떠나갔다.

"저들인가?"

식은 차 한 잔을 앞에 놓고, 황석의 포구 옆에 있는 주루의 이층에서 창문 밖을 내다보던 날카로운 눈매를 가진 청삼인이 나직이 중얼거렸다.

그러자 맞은편에 앉아 있던 갈의인이 고개를 끄덕였다.

"정보대로라면 저들이 맞습니다만, 의외로군요."

"흠… 그렇군. 백리웅천에 위경리까지, 새로운 정보를 받지 못했다면 모를 뻔했어."

"한데 백리웅천이라니… 무슨 일로 저자가 끼어들었을까요?"

"글쎄. 그거야 머리 쓰는 놈들이 알아서 할 일이고, 우리는 우리 할 일만 하면 되겠지."

식은 차를 훌쩍 단숨에 마서 버린 청삼인이 눈을 빛내며 이를 갈았다.

"형님이 저놈들에게 당해 주군께 버림받고 자결을 해버렸다. 마음 같아선 한꺼번에 몰아쳐 정인 형님의 원수를 갚고 싶지만 그럴 수 없다는 것이 한이구나."

"단주……."

"안다. 하지만 그냥 보고만 있지는 않을 것이야. 적어도 육정기만큼은 꼭 죽인다."

"그건… 주군께서 바라지 않는 일입니다. 일단은……."

"형도, 너까지 끌어들이지는 않는다. 너는 너의 할 일을 해라. 단, 나를 막지는 마라. 그러면 내가 어찌할지 나도 알 수 없으니까."

"후우……."

한숨을 내쉰 단형도는 나도 모르겠다는 듯 고개를 저었다.

'하긴 모 단주와 단주의 친위대들이라면 가능할지도…….'

강호에는 일반적으로 삼백 추령검위단이 천은산장의 주력 무사라 알려져 있다.

절정고수들로 이루어진 십 인의 빈객, 십은은 워낙 유명해서 역시 모르는 자가 거의 없다.

하지만 조금 더 깊이 아는 자들은 그 정도의 힘은 빙산의 일각이라 말한다. 도제 장무담의 출현이 그 좋은 예였다.

또한 천은산장의 삼 단 중 강호에 알려진 건 오직 추령검위단뿐, 나머지 이 단은 인원에 대해서도, 무력이 어느 정도인지 아무것도 알려지지 않았다. 그러기에 이 단이 강호에 나서면 강호에 한바탕 폭풍이 일 거라 말하는 것이다.

이 단 중 하나가 철혈무단. 지옥의 관문을 통과한 동문 형제들 사십사 명으로 이루어진 철혈무단의 단주가 바로 청삼인, 철혈전검 모정관이었다. 그리고 그의 형이 바로 염왕수 모정인이었던 것이다.

“가자! 제단에 올릴 재물을 구하러.”

3

광대한 갈대밭은 장강 가에만 있는 건 아니었다.

대자호의 호숫가에 펼쳐진 갈대밭을 지나는 진고영 일행은 한들한들 불어오는 가을 정취를 만끽하며 우마차 두 대가 비껴갈 그다지 좁지 않은 길을 기분 좋게 걸어갔다.

가다가 물을 만나면 그곳에는 길손을 건네주며 먹고사는 사공이 반드시 있었다. 호남만큼은 아니지만 워낙 수로가 많아 중간중간 배를 타야 했다.

그렇게 갈대를 벗 삼아 물길을 만나면 쉬었다, 인적이 없는 곳에선 빠르게 이동한 지 이틀. 방가촌에서 멀지 않은 호숫가 길을 지나고 있을 때였다.

이제 하루만 더 가면 강규산이 살았던 구문산이 나올 거라는 위경리의 말에 우형욱이 중얼거리듯 하루 더 잡아야 할 거라는 말을 흘려 사람들을 어리둥절하게 했다.

“원래 위 노선배가 길눈이… 좀 그렇거든요. 더구나 삼 년 전에 와봤다는데 제대로 찾기나 할는지.”

“훗!”

그 뜻을 아는 진고영에게서 웃음소리가 나오자 위경리가 심통난 표정으로 혀를 찼다.

“아니, 그래, 진 아우도 나를 못 믿는단 말이지?”

197

"아닙니다. 노형님을 제가 왜 안 믿겠습니까."

"흥! 거봐라, 우가 놈아! 진 아우도 나를 믿는다잖냐."

"알겠습니다요. 그렇다고 하죠 뭐."

'삐치기는… 하여간…….'

우형욱은 힘센 노인네하고 싸워봐야 남을 게 없다는 생각에 훌쩍 오장 앞으로 먼저 나아갔다.

"날짜 맞추려면 빨리 갑시다요!"

"저놈이!"

위경리가 우형욱을 쫓아 마악 앞으로 나아가려 할 때였다.

"우 형, 조용히 당황하지 말고 제자리에 선 다음에 더 나아가지 마시오."

진고영의 전음이 느닷없이 귓전을 울리자 우형욱은 신형을 가만히 멈춰 세우더니 좌수로 바람에 날리는 머리를 쓸어 올리고 우수를 태연하게 창대에 가져다 댔다.

"모두 조심하십시오."

전음이 일행 모두의 귓가에 전달되자 위경리는 나아가려던 발에 힘을 주어 걸음 폭을 줄이며 태연한 가운데 두 손에 진력을 모으고, 다른 사람들은 의아한 표정 가운데서도 천천히 내력을 끌어올렸다.

다른 사람도 아닌 진고영의 말인 것이다.

그 와중에 육정기가 의아한 눈으로 진고영을 바라보았다.

"진 아우, 무슨 일이기에……."

"앞에 적인지는 알 수 없으나 사람들이 기척을 숨기고 은신해 있습니다."

"사람들이?"

흠칫, 육정기가 앞쪽을 쏘아보았다.

“고수들입니다. 하나하나에서 능히 일류라 할 수 있는 기운이 피어나고 있습니다.”

‘으음…….’

육정기는 자신은 느낄 수 없는 기운을 진고영이 느꼈다는 것에 새삼 그와의 격차가 실감났다.

뒤에 있던 일행이 서너 걸음 더 앞으로 걸어갔다.

우형욱과의 간격이 이 장이 남았다.

그때였다.

피웃!

스스스스슥…….

길이가 한 자에 불과한 작은 화살이 보이지 않는 속도로 빠르게 일행을 향해 날아들고, 은밀한 움직임 속에 세 개의 검은 그림자가 우형욱을 향해 날아들었다.

“우가야! 조심해!”

위경리가 쌍장을 날아드는 화살을 향해 휘둘러 대며 우형욱에게 급하게 소리쳤다.

파악!

양 옆에서 십여 개의 검은 인영이 솟구치며 또다시 화살비가 쏟아졌다.

작지만 빠르다. 게다가 강력한 기운이 내포되어 있다.

화살을 쳐내던 위경리는 단순한 육장만으로는 화살을 완전히 튕기지 못하고 비켜 나가게 할 뿐이란 걸 알고 급히 내력을 두 손에 끌어올렸다.

“모두 조심해라! 화살에 강한 내력이 실려 있다. 경시하지 말고 대응해!”

수십 년간 강호의 칼밥을 먹고 지내온 노고수답게 위경리는 모두에게 재빨리 경고를 보냈다.

이미 화살을 도로 쳐내며 적지 않은 힘이 실려 있음을 아는 염이상은 신중한 표정으로 빠르게 쏘아져 오는 화살 앞에 도막을 만들며 앞으로 나가려 했다. 하지만 그는 더 이상 나아갈 수 없었다.

화살을 날린 자들이 각자의 무기를 빼어 들고 득달같이 달려들고 있는 것이다.

따라랑!

검과 도가 부딪치고 주르륵 물러나는 흑영의 뒤에서 또 다른 자가 몸을 날려 찔러온다.

기가 막힌 합격이다. 조금의 틈도 보이지 않고 두 사람이 번갈아 덮쳐오자 염이상은 진혼도에 혼신의 힘을 쏟아 진혼팔세를 쏟아냈다.

육정기도 검을 빼어 들었다. 이제는 가죽으로 싸가지고 다니지 않기에 상황이 심상치 않게 변하자 곧바로 검을 빼어 들었다. 그런데 기이하다. 화살은 날아와도 흑영들은 다른 사람만 공격할 뿐이다.

무시당하는가 하는 생각에 눈을 부라리며 흑영들을 덮쳐 가려 할 때였다.

"천하의 육정기가 하수들을 상대로 검을 뽑는다는 건 어울리지 않는 일이겠지."

하도 냉랭해서 금방이라도 대지가 얼어붙을 것 같은 음성과 함께 갈대 숲 쪽에서 한 청삼인이 육정기를 향해 걸어오고 있는 게 보였다.

"네놈은 누구냐?"

"말이 필요할까?"

청삼인이 허리의 검을 빼어 들었다. 길이가 겨우 두 자, 하지만 넓이는 한 뼘이나 되었다.

"죽어 형님께 무릎 꿇고 사죄하라!"

일갈과 함께 청삼인의 몸이 안개처럼 흩어지는 듯하더니 육정기를 향해 검 한 자루만이 찔러 들어왔다.

"헛!"

가공할 경력과 함께 넓은 검영이 덮어오자 육정기는 대경하며 청망검을 마주쳐 갔다.

쾌쾅!

검 대 검이 부딪친 소리라 믿을 수 없는 굉음과 함께 두 사람이 주르륵 삼 보씩 물러났다.

"죽이리라!"

청삼인의 외침과 함께 검영이 육정기를 향해 다시 날아들었다. 이번에는 세 개의 검영이었다.

"좋아! 해보자구!"

육정기 역시 지지 않고 웅패사자검의 검기를 일으키며 달려들었다.

정면으로 달려들던 검영이 나선을 그리며 허리에서 가슴으로 휘어들었다.

찔러가던 청망검이 급격히 꺾이며 사자후번을 펼쳐 막아가고,

츠르르릉!

비껴 스치는 검을 따라 회전하던 육정기가 검을 거두는 청삼인을 향해 사자비격을 펼치며 빛살처럼 휘두르듯 찔러 들어갔다.

쩌저정!

굉음만이 두 사람의 힘이 실린 검이 부딪치고 있다는 것을 알리고, 두 사람의 검격은 갈수록 신랄하고 강력하게 마주쳐 갔다. 점입가경이었다.

주위에 있던 사마정과 사마정을 공격하던 흑의인들도 검세의 날카롭고 강한 기운을 피해 한쪽으로 밀려날 지경이었다.

백리웅천도 다섯의 적을 막고 있지만 그다지 편안한 표정은 아니었다.

아니, 그의 표정은 심각하게 굳어져 있었다.

다섯, 많다면 많고 스스로의 무위를 생각한다면 일반 무사 다섯은 그리 많은 숫자가 아니다. 하나 쉽지 않다. 하나하나가 고수다. 아차 하는 순간 당한다.

"내가 왜 백리웅천인지 보여주마!"

오기가 솟은 백리웅천이 빼어 든 장검으로 크게 원을 그리며 앞서 찔러 들어오는 자를 막고, 뒤따라 하체를 베어오는 자의 가슴을 쪼개려 들었다.

그러자 다른 자가 허공으로 창을 찔러 들어왔다.

검, 도, 창을 절묘하게 배합하는 합격술이었다.

"타앗!"

한 소리 기합과 함께 백리웅천의 신형이 팽이 돌 듯 돌자 거세 무비한 검력이 그의 몸을 따라 돌았다.

허공에서 찔러오던 창이 검력에 휘말리자 창신이 부러져 버리고, 허리와 하체를 베어오던 검세, 도세가 힘없이 튕겨져 버렸다.

주르륵!

창백한 안색으로 흑의인들이 밀려 나갔다. 백리웅천의 돌던 신형이 그대로 도는 힘을 이용해 뒤쪽에서 기회를 노리던 두 흑의인을 부술 듯이 쳐 나갔다.

과과과!!

쩌러렁! 따당!

두 사람도 주르륵 물러났다.

입가에서는 선혈이 비치지만 두 눈만은 아직도 기세가 꺾이지 않았다.

가공할 공격으로 다섯 사람을 한꺼번에 뒤로 물린 백리웅천은 내심 놀라움을 금할 수 없었다.

진고영의 말대로 하나하나가 일류고수다. 대체 이들이 누구길래.

문득 한 가지 생각이 머리를 스쳤다. 이들은 적절하게 인원을 배치했다.

'그것은 이쪽의 능력을 미리 알고 있었다는 말, 그렇다면……'

미처 생각을 가다듬기도 전에 또다시 흑의인들이 몸을 날려오고 있었다. 검을 쥔 손에 힘이 들어갔다.

'나는 냉혈무광 백리웅천이다. 질 수 없다.'

"마다할 내가 아니다! 타앗!"

사방에서 잘리고 가루로 변한 갈대들이 휘날린다.

검, 도, 창, 궁, 겸 온갖 병기들이 난무하고 선혈이 튀어 오른다.

진고영은 폭풍의 가운데에서 상황을 주시했다.

우형욱이 앞서 가다가 적들의 공격을 제일 처음 받았다. 그리고 위경리, 염이상, 사마정이 연달아 공격을 받고 백리웅천 역시 격전을 치르고 있었다.

육정기는 오직 한 사람, 저들의 수장으로 보이는 자와 일 대 일 격전을 벌이고 있지만 그리 쉽게 끝날 것 같지 않다.

격전이 오래 갈 것 같자, 진고영은 끼어들지 않고 곤을 빼어 든 채 다가오는 자만 내쳤다.

저들에게도 그동안 머리 속으로 생각하거나 홀로 나름대로 수련했던 무공을 익힐 수 있는 실전 기회가 되는 것이다. 더구나 비슷한 전력, 적들은 자신들이 강할 거라 생각했겠지만 이쪽도 그동안 놀러 다닌 것만은 아니라는 것까지는 모르고 왔을 것이다.

진고영이 곤을 빼어 들고 가만히 서 있자 멋모르고 달려들던 자들은 사지를 뻗고 피를 토하며 누워버렸다. 대연일기공이 가득 실린 곤의 패력에 전신 혈맥을 진탕시켜 버린 것이다.

다섯이 달려들었다가 셋이 무너지자 나머지 둘은 함부로 달려들지 못하고 진고영의 곁만 뱅뱅 돌았다.

그들의 이마에서 땀이 뚝뚝 떨어지고, 얼굴에는 그 어떤 격전을 치른 것보다 피곤이 감돌았다.

진고영이 대연일기공을 끌어올리고 강력한 기운을 흘리자, 그 강력한 기세에 전신이 눌리고 있는 것이다.

'참으로 천은산장의 저력이 어디까지인지를 모르겠구나. 그들이 강하면 강할수록 그만큼 흐르는 피는 많아지겠지.'

침중한 얼굴로 격전장을 지켜보던 진고영이 한 발을 내디뎠다. 그러자 이때를 놓칠 수 없다는 듯 두 흑의인이 달려들었다.

번쩍!

검이 그대로 심장으로 쏘아오고,

휘이익!

도가 사선으로 베어온다.

한 걸음 내딛던 진고영의 곤이 묵광에 휩싸이더니 두 줄기 묵광이 흑의인을 그대로 내려쳐 버렸다.

찔러오는 검도, 베어오는 도도 아랑곳하지 않고.

쾅!

"끄억!"

외마디 굉음과 함께 검과 도의 파편이 땅으로 파고들고, 두 사람의 신형이 그대로 무너졌다.

내딛던 걸음 그대로 진고영은 우형욱이 있는 곳으로 다가갔다.

우형욱은 세 명의 흑의인과 어울려 한바탕 창무를 추고 있었다.

진고영과 같이 다니며 틈이 날 때마다 무리에 대한 해석을 듣고 시간이 날 때마다 혼신을 다해 수련했다. 길을 걸을 때나 말을 타고 달릴 때에도. 때로는 잠도 잊고 자신을 혹사하다시피 했었다.

그 결과가 지금의 우형욱을 만든 것이다.

과거에 한 명도 힘들었던 고수 세 명을 맞이해 조금 밀리기는 하지만 거의 비등하다 할 정도로 잘 싸우고 있었다.

취리리릭! 차라라락!

신형을 솟구치며 내리꽂는 창에서는 수많은 창영이 꽃비처럼 쏟아져 내렸고, 찔러오는 검을 휘돌리는 창에서는 폭풍 속의 회오리바람이 일었다.

시간이 가고 초수가 늘어가자 조금씩 밀리던 우형욱의 창이 더욱더 정교하게 변화를 일으키고, 그런 우형욱의 두 눈에서 열기가 피어올랐다.

그간 실전없이 수련해 왔던 창법이 이제 슬슬 몸에 익어오는 것이다. 자신이 붙은 우형욱은 머리 속에서 떠돌기만 하던 창을 밖으로 꺼내기 시작했다.

상대하던 적들의 눈에 당혹감이 떠올랐다. 곧 무너질 것 같던 자가 오히려 시간이 갈수록 강해지더니 이제는 오히려 자신들이 밀릴 지경이다.

고수들의 싸움은 한순간의 머뭇거림이 결과를 좌우할 때가 많았다.

멈칫하는 흑의인들의 눈에 뒤로 물러나는 듯했던 창두가 커다랗게 다가오며 대기를 찢어발길 것 같은 회오리가 몰려왔다.

검기가 스민 검을 회오리 가운데로 찔러 막아보려 하지만, 되려 검이 회오리에 말려들어 버렸다.

후우웅!! 차라랑! 퍽!

눈 깜짝일 시간도 없이 창두가 흑의인의 이마에 닿았다 떨어지고, 흑의인의 몸이 훌훌, 일 장을 날아가 떨어졌다.

창에서 뻗친 기운에 머리 속이 곤죽이 되었을 것이다.

한 명이 줄자 흑의인들의 기세가 많이 줄어들었다. 그리고 우형욱의 신형은 날개를 단 듯 더욱 활발히 움직였다.

우형욱에게 다가가다 우뚝 제자리에 서버린 진고영의 입가에 가는 미소가 걸렸다.

'이제 하나의 관문이 뚫렸군.'

벽에 막혀 있던 우형욱의 무공이 한 단계 더 나아간 것이다.

진고영은 여유를 갖고 다른 사람들을 바라보았다.

격전은 막바지를 향해 치닫고 있었다.

이미 위경리는 세 명의 흑의인을 쓰러뜨리고는 나머지 셋을 데리고 무공을 시험하는 듯하였고, 사마정이나 염이상도 여기저기 옷이 찢기고 군데군데 선혈이 보이지만 그리 큰 상처는 없는 듯 보였다.

사방에 흑의인들의 시신이 널려 있었다.

사정을 봐줄 수 없는 상황이 그들을 죽음으로 내몬 것이다.

따다당! 콰쾅!

"크윽!"

백리웅천 쪽에서 두 흑의인이 쥐어짜는 신음과 함께 날려간다. 가슴과 목에 난 상처로 보아 다시는 일어나기 힘들 것같이 보였다.

오직 한쪽에서 격렬한 격전을 벌이고 있는 육정기만이 모정관과의 싸움에서 우위를 점하지 못하고 접전을 벌이고 있었다.

그렇게 육정기 쪽을 바라보고 있던 진고영의 눈이 이채를 띠고, 땅으로 뻗은 좌수가 흩어져 있던 화살을 향하자 두 개의 화살이 좌수로 빨려 들어갔다.

화살을 쥔 진고영의 신형이 주욱 앞으로 나가며 흩날리는 갈대를 밟고 삼 장 허공으로 솟구쳤다.

번쩍!

좌수가 흔들리고 화살이 사라졌다.

"크윽!"

순간, 십여 장 밖에서 외마디 신음과 함께 갈의인이 몸을 날려 도주하는 게 보였다.

죽이고자 했다면 머리나 심장을 맞췄을 것이다. 하지만 죽일 생각은 없었다. 살아서 가야 한다. 그래야 또 다른 자들이 기어나올 것이다. 그렇다고 온전하지도 않을 것이다. 두 어깨가 박살났으니…….

자신의 충실한 수하들이 더 버티지 못하고 쓰러지자 모정관의 검도 흔들리기 시작했다.

그것은 싸움의 종말을 뜻하는 것이었다.

육정기의 검에는 더욱 힘이 붙고 모정관의 검에선 힘이 빠진다.

전력을 다한 육정기의 검에서 검강이 일고, 푸르른 검강이 세 줄기 빛으로 화해 모정관의 머리와 가슴, 허리로 날아들었다.

넓은 검신에서 뭉클 솟아오른 검강을 이용해 검막을 펼치며 막아가던 모정관의 이가 악물리고, 얼굴이 붉게 달아오른다.

쾅! 콰쾅! 콰콰쾅!

"크으음!"

신음을 토하며 일 장을 물러난 모정관의 입에서 선혈이 뿜어졌다.

막기는 막았지만 제대로 기세를 못 살린 바람에 내력이 진탕되어 버린 것이다.

다시 굳은 표정으로 육정기의 검이 바람과 함께 날아들었다.

온 힘을 쥐어짜 검을 들어 막아본다.

쾅!

콰직!

검이 부딪치고 팔이 부러져 버렸다. 극렬한 통증과 함께 두 눈에 거대한 검영이 푸른 검강을 머금고 머리로 떨어져 내리는 게 보인다.

‘원수를 눈앞에 두고······. 크윽! 형님······.’

하얀 빛이 뇌리를 가득 채우고 모든 감각이 사라져 버렸다.

검은 다섯 치 앞을 그어버렸지만 검에 서린 기운은 모정관의 머리 속을 반으로 갈라 버린 것이다.

모정관이 쓰러지자 모든 싸움이 끝났다.

위경리나 육정기마저도 온몸에 크고 작은 상처를 입고, 백리웅천을 비롯한 다른 사람도 적지 않은 상처를 입었다. 하지만 그들의 얼굴에는 무언가 얻은 자만이 지을 수 있는 잔잔한 미소가 떠올라 있었다.

위경리가 진고영을 돌아보았다.

“이놈들 천은산장 놈들이겠지?”

“그런 거 같습니다.”

“대체 천은산장에 고수들이 얼마나 되는 거야? 이런 일반 무사들마저 일류고수라니.”

모두의 표정에 어두운 그늘이 졌다.

“그런데… 진 아우, 아까 갈대밭에 숨어 있던 놈, 진 아우라면 충분히 잡을 수 있을 거 같던데.”

위경리가 궁금하다는 표정으로 진고영에게 묻자 사람들의 시선이 모두 진고영에게 쏠렸다.

“호랑이는 산을 내려오면 힘을 못 쓴다 했습니다. 아직은 저들이 더 유리한 상황, 살아간 자는 또 다른 자들을 끌고 올 것입니다.”

“호! 조호이산지계라 이 말인가?”

몇몇 신음을 흘리는 흑의인들을 쳐다보던 우형욱이 놀랍다는 듯 눈을 크게 뜨고 위경리를 바라보았다.

“우와! 위 노선배님, 대단하시네요.”

‘저게 지금 약 올리는 소리 아녀?’

위경리는 왠지 찜찜한 마음이 들었지만 뭐라 할 수도 없었기에 눈살만 찌푸리고는 모두를 둘러봤다.

"일단 이곳을 벗어나서 상처를 치료하고 떠나자구."

위경리를 따라 발걸음을 옮기는 진고영의 두 손이 굳게 쥐어졌다.

'결코 물러서지 않을 것이다. 너희들은 어머니의 눈에서 흐른 피눈물의 대가를 치러야 할 것이다.'

4

수백 년 된 은행나무에서 떨어진 노오란 은행잎이 가득한 정원 한가운데 한 마리 하얀 나비가 허공에서 너울대고 있었다.

질끈 동여맨 머리는 어깨를 흘러 허리 어름에 이르고, 새하얀 궁장에 수놓아진 붉은 동백꽃 한 송이는 그녀가 허공에서 너울댈 때마다 피었다 지었다를 반복하고 있었다.

두 손에 들린 하얗고, 푸른 한 자 여덟 치의 두 자루 소검에서 일어나는 검기는 마치 그녀를 떠나기 싫은 듯 주위를 따라 춤추며 돌고, 밝게 미소 지으며 떨어지는 은행잎을 희롱하는 그녀의 얼굴은 활짝 피어난 배꽃을 보는 것 같아, 보는 이의 넋을 빼앗아갔다.

정원에서 십오 장 떨어진 곳의 전각 이층.

단아한 백의에 탐스런 백염, 기분 좋은 너털웃음을 터뜨리는 노인의 한 손에 들린 투박한 찻잔에서는 은은한 용정향이 흘러 온 방 안으로 퍼져 나갔다.

"허허허… 저 녀석 제법이구먼. 어떤가, 자네가 보기엔?"

노인은 푸근한 웃음을 지으며 다탁 건너편, 바닥에 무릎을 꿇고 고개를 숙이고 있는 중년 서생을 향해 시선도 돌리지 않고 물음을 던졌다.

"소공녀의 신녀산화무는 그 끝이 이미 경지에 이르렀사온데 속하가 어찌 평할 수 있겠사옵니까."

"허허… 그대는 너무 겸손한 게 문제야. 그대가 몰라준다면 누가 알아주겠는가."

"과찬이십니다… 어르신."

창밖을 바라보던 백의노인의 시선이 천천히 중년 서생을 향하고, 웃음 띤 얼굴이 좌우로 저어졌다.

"한데 자네는 보지도 않고 어찌 유화의 실력이 경지에 이르렀다 말하는가?"

"소공녀의 솜씨에 대해선 전부터 보고 들어 알고 있었사온데 지금 다시 본다고 그 솜씨가 어디로 가겠습니까."

"자네는 그게 문제야, 중안."

중년 서생은 고개를 들어 노인의 얼굴을 의아심을 가득 담고 올려다보았다.

백의노인의 입가에는 푸근한 웃음이 걸려 있었다. 마치 어린 자식을 다독거리는 아버지처럼.

하지만… 노인의 두 눈에선 결코, 단 한 조각의 웃음기도 찾아볼 수 없었다.

입가에는 아버지의 푸근한 웃음이, 두 눈엔 만년빙의 차가운 냉기만이 존재할 뿐이었다.

중년 서생, 사마중안의 고개가 바닥을 찧었다.

"어리석은 저에게 가르침을 내려주십시오, 어르신!"

두어 번 숨 쉴 동안 말이 없던 백의노인, 혁련유천이 여전히 입가에 웃음을 띠우고 냉막한 눈으로 사마중안을 쳐다보다 느릿느릿 입을 열었다.

"모든 것은 변하지. 어제 본 것과 오늘 본 것이 같은 것처럼 보여도, 너도 변했고, 나도 변했다. 한데 너는 마치 어제 본 것이 모든 진실인 양 말하는구나. 설사 조금 전에 봤어도 고개를 돌리면 이미 변해 있는 것이거늘. 네가 그것만 알았더라도 그 아이들은 죽지 않았을 것이다."

"죽여주시옵소서."

이제야 혁련유천의 말뜻을 알았다. 상대는 변하고 있거늘 자신은 자신이 구한 정보를 최고의 가치로 알았다. 그로 인해 충분하리라 생각했던 계획들이 깨지고 어렵게 키운 아이들이 죽어갔다.

쿵! 쿵!

사마중안의 이마가 계속 바닥을 찧자 그의 이마에서 피가 흘러 하얀 유생건을 붉은 피로 물들였다.

"네가 죽어 그들이 살아난다면 나는 너를 죽일 것이다."

묵묵히 사마중안을 쳐다보던 혁련유천의 두 눈에선 만년빙동의 한기가 흘러나오고,

"하나 한두 번의 실수로 너에게 죄를 묻기에는 나에게 진정으로 네가 필요하구나."

푸근한 웃음이 걸려 있는 입에서는 아버지의 따뜻함이 묻어 나왔다.

사마중안은 온몸이 얼어붙었다 풀리는 기분이었다.

'진정 무서운 분이다. 나 정도는 그저 이분의 기분에 따라 지옥과 천국을 오가는 하찮은 사람일 뿐이란 말인가? 이분은 이미 하늘이 되어버렸는가? 혼신을 다해 노력하면 따라잡을 수 있으리라 생각했건만……. 영원히 넘을 수 없는 벽이었던가?

부르르르.

진정시키려 해도 깊숙한 곳에서의 거센 떨림이 멈추지 않는다.

'그랬던가! 나는 하늘을 넘으려 했던가? 우습구나, 사마중안아. 참으로 어리석은 게 나였구나……'

마음을 버리자 떨림이 서서히 멈춰졌다. 사마중안은 일어서서 오체투지로 예를 표했다.

진심으로 자신의 하늘이 된 혁련유천을 향하여.

영무각 내전.

사마중안은 누군가가 내전으로 들어오자 지그시 감고 있던 눈을 반개했다.

"각주. 속하, 부름을 받고……."

"앉게나."

들어올 때만 해도 마치 지옥으로 들어오는 기분이었다. 자신이 모시는 영무각주 사마중안이 주군을 뵙고 왔을 터, 자신에게도 어떤 식으로든 벌이 떨어질 것이기 때문이었다. 한데 의외로 담담한 얼굴이자 조이경의 표정이 기이하게 변했다.

"어떤 죄든… 달게 받겠습니다, 각주."

"후우… 그대가 무슨 죄가 있겠는가. 모든 게 내 잘못이지……."

조이경의 머리가 터질 것처럼 지끈거렸다.

'대체 무슨 일이 있었기에……'

"지금 놈들을 따라붙고 있는 영무가 몇인가?"

"현재… 셋이 따라붙고 있습니다."

사마중안이 조용히 생각에 잠기더니, 한 식경 정도 지나자 다시 입을 열었다.

"세 명을 한 조로, 삼 개 조를 그 일에 투입하게."

뜻밖의 말에 눈을 크게 뜨고 사마중안을 올려다보던 조이경이 급히 고개를 숙였다.

"아… 알겠습니다, 각주."

"앞으론 하루에 한 번이 아니라 세 번의 보고를 올리도록."

"명… 대로……."

지금은 무조건 따르는 게 사는 길이다.

의문 같은 것은 삶에 아무런 도움이 안 되는 것이다.

조이경이 조심스럽게 내전을 나가자 사마중안의 두 눈이 파르르 떨렸다.

'놈들… 감히 본좌를 좌절케 하다니……. 모든 일에 앞서 네놈들을 처리하리라. 처참함이 무엇인지 내 보여주리라!'

두 손을 파고든 손가락 사이로 피가 떨어지자, 화선지에 그려진 한 폭의 난화가 혈난이 되어버렸다.

孤影　第八章

1

구문산은 멀리서 보면 그다지 특색이 없는 평범한 산처럼 보인다. 하지만 가까이 다가갈수록 사람들은 왜 산 이름을 구문산이라 지었는지 실감을 할 수 있었다.

구절양장. 계곡이 갈래갈래 뻗은 구문산은 잘못 빚은 진흙 반죽에 수십 개의 칼집을 내어논 듯, 도대체 어디로 들어가야 목적지를 갈 수 있는지 난감하게 하는 산이었던 것이다.

그나마 다행인 것은, 바위와 어우러진 송림이 나름대로의 절묘한 절경을 만들어 눈을 즐겁게 해준다는 것이었다.

진고영 일행이 구문산 황령곡 입구에 도착한 것은 철혈무단과의 격전을 치르고 사 일이 지나서였다.

하루야 상처를 치료하느라 소비했다지만, 이틀 거리를 삼 일 걸린 것은 출발해서 하루가 지난 다음날, 길을 잘못 들었기 때문이다.

그로 인해 위경리는 우형욱에게 내리 이틀을 시달려야 했다.

하도 시달리다 못해, 결국은 눈두덩에 시퍼런 도장을 선물하고 말았지만.

"씩! 씩! 잘못은 선배님이 했으면서 이럴 수 있는 겁니까?"

위경리는 아무런 대꾸도 하지 않고 먼 산을 쳐다보았다. 대꾸해 봐야 속만 더 끓을 뿐이니 차라리 입을 다물고 있는 게 나을 거라 생각한 것이다.

게다가 다른 사람들 표정을 보라구, 늙은이를 너무 몰아세웠으니 맞을 만하다는 표정들이 아니냐구.

"허! 벌써 완연한 가을이구먼……. 험험."

한쪽에서 능글맞은 위경리의 너스레를 지켜보던 육정기가 고개를 갸웃거리며 진고영에게 다가갔다.

"그런데 말이지… 진 아우. 어차피 강 대협도 죽은 마당에 그가 살았던 곳은 왜 가는 건가?"

"빨리도 물어본다. 여태 궁금해서 어떻게 지냈누. 쯧쯧쯧……."

위경리가 고개를 모로 꼬고 안됐다는 듯 혀를 찼다.

"그야… 진 아우가 하는 일이니 그러려니 했던 거 아닙니까? 더구나 내가 머리 쓰기 싫어한다는 거 위 형이 잘 알잖우."

"자랑이다, 자랑이여. 에휴……. 잘 들어봐. 나중에 다시 묻지 말고."

위경리는 마침 잘됐다는 듯 눈을 문지르고 있는 심통난 우형욱을 힐끗 쳐다보곤 육정기의 옆으로 쪼르르 자리를 옮겼다.

"그게 말이지. 강규산 그 친구 가진 재주가 뭔가? 기관진학이나 건축술 아닌가? 그거 웬만한 머리론 공부하기 힘든 거거든. 전에 왔을 때는 분노한 심정이 앞서는 바람에 그다지 신경을 쓰지 못했지만, 그 친구가 나에게 전서를 보내려 마음먹었다면 무언가 내게 남기고자 했던 것이 있을 수 있다는 거지. 그렇지 않은가? 얼굴은 못생겼어도 머리 굴리는 건 대단한 친구였거든. 그런 사람이 누구에게 남길 물건을 아무렇게나 놔두었을 리가 없다는 게 우리 생각이야. 무언가가 있다면 앞으로의 일이 조금은 더 쉬워질 거 아닌가. 분명 그 친구가 여우굴을 더 파놓았을 거 같단 말이지. 험험… 이제 이해가 가나?"

"쳇! 우리 생각은 무슨… 진 대형이 말하니까 그때야 생각해 놓고."

우형욱이 웃기지도 않는다는 듯 코웃음을 치자 위경리의 얼굴이 일그러졌다.

"홍! 아직도 한쪽 눈탱이가 성성하다 이거냐, 지금?"

사람들의 표정에 '둘 다 참 질기기도 하다'는 고소가 떠올랐다.

"놈들이 누군지는 몰라도 그냥 놔두었겠소? 더구나 아들인 강창선이 있는데."

육정기의 의문에 위경리가 고개를 끄덕였다.

"물론 그럴 수도 있지. 하지만 그냥 지나치기에는 좀… 뭐 하고 안 닦은 거 같거든."

"좌우간 노인네가 비유한다는 말이 기껏……."

"이놈이!"

위경리의 얼굴이 붉어지자 우형욱은 슬금슬금 진고영 옆으로 물러났다. 좀 전에도 저렇게 얼굴이 붉어지고 손이 날아왔던 것이다.

진고영은 빙그레 웃으며 육정기를 바라보았다.

"설령 아무것도 없어도 우리가 움직이면 암중에 숨어 있던 자들이 움직이지 않을 수 없으니 그걸로 족하지 않겠습니까?"

"흠! 화살 하나로 두 마리 토끼를 잡겠다는 게구먼."

황령곡은 그 길이가 사십여 리에 이르는, 구문산에서도 깊기로 따지면 둘째가라면 서러운 계곡이었다.

집채만한 바위와 아름드리 소나무가 어우러진 계곡에는, 소롯길 하나만이 겨우 나 있었다. 그나마 풀에 덮여 있어 길눈이 어두운 자는 찾기도 힘들 지경이었다.

오랜 기간 방치돼서인지 가시덩굴로 덮인 곳도 간간이 눈에 띄었지만, 일행의 발걸음을 막을 수는 없었다.

이십여 리를 들어가자 백 장 높이의 깎아지른 절벽을 등지고, 넓은 평지를 정원처럼 거느린 목옥이 보였다. 주위의 경치와 어울려 참으로 운치가 있는 목옥이었다.

강규산이 직접 만든 걸로 보이는 목옥은 두 채로 이루어져 있었고, 구석구석에 지은 이의 솜씨가 느껴지는 동물의 조각들이 목옥을 장식하고 있었다.

"음하하하하! 어떠냐? 제대로 찾아왔지?"

위경리의 만족감 깃든 웃음에도 우형욱은 아무 말도 없이 입을 벌린 채 목옥을 쳐다보고 있었다. 의외라는 표정으로 위경리가 어리둥절해 있을 때였다.

"멋진 목옥이군요. 위 노선배님 친구 분 중에도 저렇게 운치를 아는 멋진 분이 있었다니……."

"에라이!"

휙!

"이크!"

목옥의 내부 벽은 온통 거미들의 천국이었다. 한쪽 다리가 부러져 뒹굴고 있는 탁자에는 먼지가 한 치는 됨 직하게 쌓여 있었고, 한쪽의 침상 아래에는 새들이 살림을 차렸는지 온통 새들의 배설물로 하얗게 뒤덮여 있었다. 을씨년스러운 목옥 내부를 살피던 위경리가 한숨을 내쉬었다.

"후우……. 세월이 무상하구먼."

내부를 둘러보던 진고영이 위경리에게 침상을 가리키며 물었다.

"노형님, 전에 왔을 때하고 달라진 점이 있습니까?"

"응? 침상? 아니, 그대로인 거 같은데? 탁자는 다리가 부러졌지만……."

"일반적으로 누구든 방 안에서 무언가를 찾으려 한다면 침상을 살펴보는 건 상식이라 할 수 있겠지요. 그런데도 침상이 그대로라는 건 온 사람은 있지만 자세히는 살펴보지 않은 듯합니다."

"다른 곳을 찾아볼 수도 있지 않겠소?"

별다른 말 없이 조용히 있던 백리웅천이 입을 열었다.

"물론 그렇겠지요. 하나 놈들은 위 노선배가 먼저 무언가를 찾아갔으리라 생각했을지도 모릅니다. 전서를 받고 이런 외진 곳까지 와서 빈손으로 갔으리라 생각하지는 않았을 테니까요."

"흠… 그것도 그렇군요."

백리웅천은 별다른 반론을 제기하지 못하고 고개를 끄덕였다.

"그러니까……."

문가에서 서성이던 우형욱이 곁눈으로 위경리를 보며 조심스럽게 입을 열었다.

"위 노선배께서 아무 생각도 없이 그냥 놔둔 것이 오히려 놈들의 이목을 흐리게 했다는 말이지요, 진 대형?"

'저거 칭찬이야… 나를 놀리는 거야? 아무래도 놀리는 거 같은데…….'

위경리는 확신을 할 수가 없었다. 저놈 성질로 봐서는 분명 수상한 의도가 있는 것 같은데…….

"일단 각자 흩어져서 찾아보기로 합시다. 무엇이든 수상한 게 보이면 바로 연락을 하십시오."

진고영의 말에 모두 사방으로 흩어져 이곳저곳 뒤지기 시작했다.

두 채의 목옥 일대를 세밀하게 조사하기 시작한 지 두 시진. 어느덧 석양이 산 너머를 붉게 물들이기 시작했다.

"하! 이거 참. 뭐가 있기나 한지 알아야 덜 답답하지. 에라……."

아무것도 찾지 못하고 시간이 흐르자, 답답한지 육정기가 투덜대더니 계곡 입구 쪽으로 나갔다.

그렇게 별다른 소득 없이 해가 저물고, 어둠이 계곡을 감싸자 일행이 다시 목옥 앞으로 모였다.

어디서 잡아왔는지 육정기가 노루 한 마리를 가져와 목옥 앞에 불을 피우고, 통째로 구워대고 있었던 것이다.

불가로 둘러앉은 일행이 노릇노릇 익어가는 노루를 쳐다보며 군침을 흘리고 있을 때였다.

고개를 수그리고 무언가를 생각하던 위경리가 번쩍 고개를 들더니 소리쳤다.

"그거! 맞아! 왜 그 생각을 못했지?"

모두의 시선이 노루에서 위경리에게로 옮아갔다. 별다른 기대감도 없이.

"전에 강규산 그 친구가 한 말이 있었어. 혹시라도 자기에게 무슨 일이 생기면 자기가 가장 좋아했던 동물이 뭔지 생각해 보라고. 왜? 왜들 그런 눈으로 쳐다보는 거지? 내 얼굴에 뭐 묻었남?"

"이제사! 그걸 이야기하면 어떡합니까! 어휴… 내가 못살아요. 정말!"

가슴을 두드리며 미치겠다는 듯 소리치던 우형욱은 위경리의 눈에 묘한 빛이 어리자 입을 닫고 슬그머니 창 끝으로 노루를 콕콕 찔러댔다.

"아직 안 익었나?"

"제일 좋아했던 동물이라……."

사마정이 미간을 찌푸리며 되새겨 중얼거리다 고개를 쳐들고,

"혹… 저것?"

목옥을 빙 둘러 조각되어 있는 동물들을 가리키자 모두가 눈빛을 빛내며 동물 조각들을 쳐다보았다.

"강 대협이 좋아했던 동물이 뭡니까?"

백리웅천의 물음에 목옥을 빙두른 기둥을 바라보던 위경리가 고개를 저었다.

"이상하네… 저기에는 그가 좋아했던 동물은 없는데……."

"혹시… 그분이 좋아했던 동물이 개 아니었습니까?"

어딘가를 바라보며 진고영이 묻자, 위경리가 손뼉을 치며 고개를 끄덕였다.

짝!

"맞아! 그 친구는 개를 유난히 좋아했지. 그 어떤 보약보다 훌륭한… 자꾸 왜들 그러는 거야? 정말 내 얼굴에 뭐 묻었어? 말해 봐!"

"……!"

'어쩌면 저럴 수 있을까' 하는 의문을 담은 눈들이 위경리의 눈과 부딪치자 슬며시 진고영이 바라보고 있던 쪽으로 돌아갔다.

목옥에서 삼 장 정도 떨어진 곳에 실제 크기만한 석상이 하나 서 있었다. 아니, 앉아 있었다. 마치 집을 지키려는 듯 커다란 개 한 마리가.

"그가 제일 좋아하는 백구군."

위경리의 한마디에 썰렁한 바람이 황령곡의 밤을 쓸어갔다.

진고영은 몸을 일으켜 석상으로 다가가 백구를 살펴보았다.

석상의 어디에도 틈은 보이지 않았다.

문득 생각났다는 듯 위경리가 말했다.

“그 친구는 뱃속에다 오만 가지 약초를 집어넣고 삶아 먹기를 즐겼지.”

입속으로 손을 넣어보았다. 쑥 들어간다. 속이 비었다는 소리다. 팔이 거의 다 들어가서야 무언가가 만져진다.

한 손에 쏘옥 들어가는 대롱 같은 통이었다.

대롱은 대나무에 기름을 입힌 통이었다. 마개는 밀납으로 봉해져 있었다. 아마 오랜 기간이 흘러도 습기에 영향을 받지 않게 처리한 것 같았다.

마개를 따자 두껍고 누런, 뭔지 모를 짐승의 가죽으로 만든 듯한 서신이 있었다.

위가 친구, 자네가 이걸 발견했다면 나는 이미 이 세상 사람이 아닐 것이네. 남길까 말까 고민도 했지만 내 원수를 갚겠다고 동분서주 난리를 피울 철없는 자네를 생각하면 남기지 않을 수 없었네.

자네에게 서신을 보내고 놈들에 대해 많은 생각을 해봤네. 그리고 내가 무너진 유적에서 빼낸 것이 천음신교라는 악마의 무리 것이라는 걸 깨달았네.

나로 인해 강호에 많은 피가 흐르겠지. 본의 아니게 죄를 지었지만 조금이라도 갚아야 할 거 같아 아들놈을 꼬드겨 놈들에 대한 걸 조금이나마 알아냈네. 아들놈이 신처럼 떠받드는 사부라는 자를 그놈은 피의 주재자라 부르더군. 앞으로 천하무림에 군림할 절대자이니 나 역시 자신의 사부를 섬기라 하더군. 망할 놈 같으니…… 이미 마도십문 중 대부분이 지 사부에게 무릎을 꿇었다나 어쨌다나. 좌우간 마도십문의 움직임을 자세히 살펴보면 그놈 사부라는 자도 알 수 있을 거야. 조금 더 알아보고 싶었지만 불효막심한 놈이 눈치를 챘는지 입을 닫더군.

제 놈의 사부를 만나러 사천에 가기 위해서 열흘 후에 다시 온다 했네. 그
때까지 결정하라 하더군. 그 안에 나는 떠나야겠지. 이 한 많은 세상을. 계
곡 밖에는 아들놈 일행이 지키고 있네. 썩을 놈……. 아들놈을 내 손으로는
어쩔 수가 없기에 피를 토하는 심정으로 글을 남기네. 염치없지만 혹여 아들
놈에게 후손이 있다면 그 아이를 자네에게 부탁하네. 내가 세상에 믿을 게
자네밖에 더 있나?

추: 그리고 이제 그만 철 좀 들게. 잘 있게.

서신을 읽어가는 진고영을 바라보던 사람들은 입을 꾹 닫고 웃음을 참
기 위해 안간힘을 써야 했다.
위경리의 얼굴색이 팔색조처럼 계속 변화를 일으키고 있었던 것이다.
저럴 때는 조용히, 절대적으로 가만히 모른 척해야 한다는 걸 우형욱의
눈두덩을 볼 때마다 깨달아왔기에… 모든 힘을 얼굴 근육을 진정시키기
위해 쏟아야 했다.
"그럼 그렇지. 진작 알았어야 했는데……."
우형욱이 고개를 끄덕이며 중얼거리자 위경리의 눈에서 불길이 쏟아
졌다.
뜨끔!
가슴으로 한 자루 비수가 파고드는 거 같다.
"저렇게 철저한 믿음을 가지고 있는 친구란 참 드문데……."
흘깃 쳐다본 위경리의 눈에서 불길이 잦아들고,
"게다가 후손까지 맡긴다니. 위 노선배를 다시 봐야겠군. 음……."
붉게 물들었던 얼굴색도 제 색을 찾아갔다.
'휴우… 하마터면…….'

모두가 참으로 놀라운 우형욱의 구언공에 벌린 입을 다물 줄 몰랐다.

세상에 천하의 장절 위경리의 얼굴색을 말 한마디로 바꾸다니…….

놀라울 뿐이었다.

"험, 험… 어쨌든 강가 친구가 남긴 걸 찾은 덕분에 놈들에 대한 조사가 훨씬 빨라질 수 있겠군. 어험."

"이 정도나마 정보를 얻은 게 천만다행이군요."

진고영이 고개를 끄덕였다. 작은 정보 하나도 아쉬운 판에 생각보다 커다란 정보를 얻었다. 이제는 칼자루까지는 아니지만 적어도 보이지 않던 비수의 끝은 본 것이다.

"피의 주재자라……. 섬뜩하군요. 누굴 가리키는 걸까요?"

백리웅천이 미간을 잔뜩 찌푸리며 주위를 돌아보았다.

"게다가 마도십문의 세력 대부분이 그자에게 무릎을 꿇었다는 건……."

사람들의 몸이 부르르 떨렸다.

마도일통이 진행되고 있다는 말이 아닌가?

천하의 누구도 모르게.

경천동지할 일이었다. 반만 믿는다 해도 강호에 피바람이 밀려오고 있다는 뜻이었다.

"과거에 그렇게 불리웠던 이름이 있었습니다."

진고영의 나지막하면서도 묵직한 말에 사람들은 무거워지는 마음으로 진고영의 입을 주시했다.

"혈왕궁. 삼백 년 전, 의문 속에 멸망했던 마도 사상 가장 강했던 문파 중 하나, 그곳의 주인 혈왕을 혈왕궁도들은 피의 주재자라 불렀다 들었습니다."

"그럼……?"

사마정이 눈을 빛냈다. 그도 부친에게서 들었다. 자신의 조부와 진고영 사이에 얽힌 이야기를. 그 이야기 와중에 혈왕궁이란 이름도 있었다.

"설마 천은산장의 장주 혁련유천이?"

사람들이 놀란 눈으로 사마정을 바라보았다.

하지만 진고영은 고개를 저었다.

"사천이라 했으니… 혁련유천이 아닐 가능성이 큽니다. 그리고 전에 동방설리 소저는 천은산장 외에도 또 다른 암류가 있다 했습니다. 어쩌면 이 일은 동방 소저를 만나면 더 확실하게 알 수 있을 듯합니다."

달은 밝게 떠올라 있었지만 모닥불을 둘러싸고 앉아 있는 사람들의 마음은 무거운 납추를 달아논 듯 무겁기 그지없었다.

"그런데……."

육정기가 머뭇거리며 입을 열었다.

"고기가 다 타겠는데. 먹고들 고민하더라고."

아침이 밝아왔다. 안개가 스멀스멀 바위 능선을 타고 넘어가고, 바위 위에 굳건히 버티고 선 천년송을 어루만지듯 스쳐 가는 햇살에는 세상 그 어떤 것보다 따뜻한 포근함이 담겨 있었다.

안개가 조금 걷히자 여기저기 자리를 잡고 나름대로 그간 깨달은 무공을 가다듬고 있는 사람들이 보였다.

신중하게 창을 휘두르는 우형욱, 도를 들고 바위 하나를 적 삼아 뚫어져라 쳐다보고 있는 염이상, 무릎 위에 검을 놓고 명상에 잠겨 있는 사마정, 모두가 주위에 신경 쓰지 않고 나름대로의 정진에 전념하고 있었다.

목옥 안에서는 육정기와 위경리가 아침 늦게까지 늦잠을 자다가 밖에서 들려오는 기합 소리에 깨어나 투덜대고 있었다.

"저놈들은 대체 잠도 없나. 새벽부터 저 지랄들이니……."

위경리의 말을 육정기가 받아쳤다.

“그러게 말입니다. 그런데 저기… 위 형… 저러다 몇 년 안에 한 판 하자고 안 할지 모르겠습니다.”

“끄응… 그때 되면 죽어야지. 저놈들한테 험한 꼴 당하느니.”

“…설… 마… 요.”

“보고도 모르나? 저놈들한테 가르침 주는 게 누군가? 응? 진 아우일세, 진 아우. 앞날은 아무도 모른단 말이지.”

육정기가 비척비척 몸을 일으켰다.

“그건… 그렇구먼요. 그럼… 나도……”

그리고 검을 들고 위경리의 눈치를 보며 문을 열고 밖으로 나갔다.

햇살에 안개가 스러질 때쯤, 아침을 어제 잡은 노루 고기로 때운 일행이 목옥 안에 모였다.

“우리를 감시하던 자들은 계곡 밖에서 우리가 나오기를 기다리고 있는 듯합니다. 지금까지는 그들을 그냥 뇌두었습니다만 아무래도 저들을 한 번은 흔들어야 할 거 같습니다.”

진고영의 차분한 말에 위경리는 고개를 끄덕이며 몸을 일으켰다.

“그건 내가 맡지. 몸도 찌뿌둥한데 잘됐군.”

“저도 가죠.”

육정기도 몸을 일으켰다.

아무 말 없이 한쪽에 앉아 있던 백리웅천이 진고영을 보며 ‘앞으로 어찌할 거냐’ 묻는 눈짓을 보내자, 진고영은 차디찬 미소를 배어 물고 눈을 빛냈다.

“그간 너무 조용히 움직였지요. 일단 저들의 눈이 가려지면 저들에게 혼란이 올 겁니다. 아마 앞뒤 안 가리고 덤벼들지도 모르지요. 피를 봐야 한다면 굳이 마다하지 않을 겁니다. 그러다 보면 천은산장과 혈왕에 대해서도 무언가 실마리가 잡히지 않을까 생각합니다. 백리 형께서는 어찌 하실 겁니까?"

"저 역시 진 형과 같은 생각입니다. 놈들의 몸통을 끌어내기 위해선 머리를 두들겨야 하지 않겠습니까?"

백리웅천은 굳은 믿음이 서린 눈으로 진고영의 눈을 마주 보았다.

이제 시작이다!

가야 할 길이 아무리 어렵더라도, 이런 사람과 함께라면 그 어떤 난관이 있어도 감당할 수 있으리라. 사나이로 태어나 이런 사람과 함께 무언가를 할 수 있다는 것도 인생의 크나큰 기쁨이 아니겠는가.

사나이 인생이라…….

백리웅천은 가슴속 깊숙한 곳에서 일어나는 희열에 온몸이 떨려왔다.

2

습기를 머금은 소슬한 바람이 황령곡 능선을 넘어 구문산을 음울하게 덮어갈 때, 갈녹색 위장의를 입은 세 인영이 송림의 그림자를 타고 곡의 입구 커다란 바위 뒤편으로 날아 내렸다.

"세 명 모두 당했습니다. 반항도 제대로 못하고 즉사한 걸로 보입니다."

"감시를 알고 있었다고 봐야겠지. 검에 두 사람, 장력에 한 사람… 절정의 고수에게 당했다."

"사흔으로 봐선… 위경리와 육정기에게 당한 것으로 보입니다, 조장."

갈색과 녹색이 어우러진 위장의를 입고 있던 자 중 이마에 기다란 자상을 가진 자가 이를 갈며 으르렁거렸다.

"으음… 이조는?"

"흔적을 쫓아 안으로 들어갔습니다."

영무각 이령주 휘하 삼조 조장 소규정은 서서히 구름으로 덮여가는 황령곡의 안쪽을 응시하다 결심을 굳힌 듯 미미하게 고개를 끄덕였다.

"어쩔 수 없군. 삼십삼호는 령주께 급전을 띄우고, 삼십이호와 나는 삼조의 뒤를 따른다. 시체들은 흔적을 지우도록."

"복명!"

감시 대상이 사라졌다.

일조와의 연락이 일각 정도 늦어지자 이조 조장 안상은 급히 삼조에게 일조에 대한 수색 조사를 맡기고 감시 대상을 찾아 황령곡으로 진입했다. 한데… 아무도 없는 것이다.

한 시진에 걸친 조사 끝에 마침내 절벽 쪽에서 발로 차는 힘에 의해 무너진 자그마한 흔적을 찾아냈다. 비표를 남기고 절벽을 타고 올랐다.

능선 위쪽에 부러진 소나무가 눈에 띈다. 얼마 되지 않았는지 송진이 맺히고 있었다. 놈들이다.

다시 반 시진을 전력을 다해 쫓아갔지만 조금도 간격이 줄지 않는 것만 같다. 다급한 마음으로 인해 더욱 그렇게 느껴지는지도 모른다. 이러다 놓치면 죽음이 아니면… 그놈의 지긋지긋한 지옥 수련을 다시 받아야 한다. 조원들도 그걸 잘 알고 있기에 이를 악물고 눈에 불을 켜고 있었다.

비라도 오려는지 서서히 능선을 덮어오는 구름에서 진한 습기가 느껴진다. 비가 오면 큰일이다. 생각하기도 싫은 일이다. 흔적이 지워지기 전에 놈들을 찾아야 한다.

바위 계곡을 지나 두 번째 능선으로 올라갔다.

저 멀리 비탈길 너머로 무언가 희끄무레한 것이 눈을 스친다. 옷자락

같이 보인다. 확인을 해봐야겠지만… 마침내 찾은 거 같다.

뒤를 향해 손짓을 남긴 안상은 몸을 낮추어 전력을 다해 몸을 날렸다.

두 조원이 양편으로 갈라져 뒤를 쫓아왔다.

바위에 몸을 바짝 붙이고 그림자가 흐르듯 바위를 타고 올랐다. 멀리서 물 떨어지는 소리가 계곡을 울리고 온몸으로 전해졌다. 그 바람에 귀는 무용지물이 되어버렸다.

그런데… 지금쯤 보이리라 생각했던 놈들이 보이지 않는다. 이런. 급한 마음에 안상은 몸을 날려 두 번째 바위를 넘었다.

그때였다!

"헉!"

안상의 눈이 부릅떠졌다. 느닷없이 산적 같은 얼굴이 석 자 앞에서 숏아오른 것이다.

삐죽삐죽한 수염을 텁수룩하니 기른, 그리 잘생기지도 못한 얼굴에는 실같은 웃음이 하얗게 떠오르고 있었다.

번쩍! 스각!

신형을 비틀며 몸을 뒤로 튕겼다. 하지만… 온 세상이 하얗게 변하고, 뒤로 튕겨져 나가는 자신의 몸뚱이가 흐릿해지는 눈에 들어온다.

'물소리 때문에……'

가물거리는 생각을 끝으로 목이 반쯤 잘려진 안상은 삶의 끈을 놓았다.

"그놈. 억울해하기는."

육정기가 느물거리며 검에 묻은 피를 떨구어냈다.

"크윽!"

"어억!"

두 마디 비명이 좌우 양쪽에서 거의 동시에 터졌다. 아마 함께 움직이던 다른 두 놈을 처리한 것일 터였다.

“육 선배님, 가시죠?”

우측에서 염이상의 목소리가 들려오고, 좌측에선 사마정이 아무런 말 없이 검을 집어넣고 몸을 돌리고 있는 게 보였다.

‘잘생긴 놈들은 꼭 하는 행동도 티가 난다니깐…….’

구문산 남서쪽 능선을 따라 오 리 정도를 더 내려가면 수백 평 넓이의 암반 한가운데로 차디찬 물이 굽이굽이 흐르는 무릉도원 같은 계곡을 만날 수 있다.

암반의 끝에는 십 장 높이의 폭포수가, 그 아래 장대한 물줄기가 누만 년에 걸쳐 깎은 바위 솥단지 속으로 떨어지고 있었다. 사방 절벽을 타고 울리는 폭포 소리는 마치 용이 승천하기 위해 울부짖는 것만 같았다.

바로 구문산의 절경 구룡폭, 구룡정이었다.

진고영과 위경리가 아래쪽에서 피어오르는 물안개를 바라보며 상념에 젖어 있을 때 사람들이 돌아왔다.

“수고하셨습니다, 육 노형님.”

“어… 뭘… 거참, 위 형은 열심히 뛰어다닌 사람한테 수고했다는 말하면 어디 부르튼답니까?”

그저 폭포만 바라보고 있던 위경리에게 투덜대던 육정기는 위경리가 신형을 획 틀자 흠칫 먼 산을 쳐다보았다.

“누가 자네더러 앞장서라고 등 떠민 사람 있나? 쫓겨 다니는 건 체질에 안 맞는다며?”

“아, 누가 뭐라 했습니까? 그렇다는… 거죠…….”

“진정하세요, 육 선배님. 그러려니 해야 만수무강에 지장이 없… 허! 거참! 날씨 지랄맞네요? 비가 오려나?”

위경리의 비수 같은 안광에 육정기를 다독거리던 우형욱은 고개를 들어 산을 뒤덮고 있는 구름을 인상 쓰고 올려다봤다. 말리는 시누이가 더 밉다 했는데……

그때 다행히 백리응천이 나서 우형욱의 눈두덩 하나는 보전할 수 있었다.

"뒤따라오던 두 놈도 해결했습니다. 당분간 놈들의 감시에서 벗어났다고 봐도 무방할 듯합니다."

백리응천과 우형욱이 뒤따르던 영무 삼조를 잠재운 것이다.

"앞으로 어찌하실 겁니까, 진 형?"

앞으로의 일에 대한 기대가 잔뜩 담긴 백리응천의 말에 진고영은 구룡폭에서 굉음과 함께 솟아오르는 물안개를 쳐다보았다.

"당분간 안개가 될까 합니다. 놈들은 손에 잡힐 듯 말 듯, 보인다 싶으면 사라지니 분노는 커지겠지만 함부로 움직이지는 못할 겁니다. 물론… 먼저 해야 할 일이 있습니다만."

진고영의 깊게 가라앉은 눈에 하늘 높은 곳에서 도도히 날고 있는 거대한 독수리 한 마리가 들어앉았다.

"도제 장무담 노선배의 행로를 찾아주십시오. 하남에서 남하하고 있다 했으니 그리 멀리 떨어져 있지 않을 듯싶습니다. 광혼도제 장무담 노선배의 도와 부딪쳐 볼까 합니다."

쿠쿵!

사람들의 눈이 더할 수 없이 크게 떠졌다.

특히 위경리는 더욱더.

"진… 아우……"

"벽처럼 느껴졌었습니다. 하나 벽을 만날 때마다 돌아갈 수는 없지 않겠습니까? 다행히 저에게도 최근 자그마한 얻음이 있으니 한번 해볼 만할 거 같습니다."

조용히 웃음 짓는 진고영의 전신에서 알 수 없는 기운이 뻗어 나와 모두의 놀란 가슴을 가라앉혔다.

백리웅천은 감탄이 서린 눈을 진고영에게서 뗄 수 없었다.

"장무담 노선배가 꺾이면 천은산장은 결코, 진 형을 놔두고는 움직이기가 쉽지 않을 겁니다."

"그리고 대풍운보에 대한 공격도 잠시 유보해야 하겠지."

위경리가 고개를 돌려 백리웅천을 보고 말하자 백리웅천은 당연하다는 듯 고개를 끄덕였다.

"도제라는 이름은 최근 천은산장의 대외적인 표상과도 같은 이름입니다. 그 이름이 꺾인다면… 아니, 비등하기만 해도 그 파문은 일파만파로 번질 것입니다. 물론 놈들은 감추기 위해 별 짓을 다 하겠지만, 잘하면 일거에 놈들의 기세를 꺾을 수 있습니다."

묵묵히 있다가 자신의 생각을 털어놓는 사마정의 음성에선 잔잔한 흥분의 떨림이 전해져 모든 사람을 전염시키고 있었다.

어찌 그러지 않을 건가! 도제 장무담이 누구던가! 수십 년 전부터 하늘이라 불리웠던 이가 장무담이다! 그런 장무담을 상대하겠다고 한다. 아니, 저 사람의 속마음은 꺾겠다는 것일 게다.

진한 감동이 뭉클하게 가슴을 적셔온다. 무인만이 느낄 수 있는 진한 감동이…….

"좋아! 가자구! 한번 붙어보자구! 과연 이 위경리의 아우답네! 음하하하!!"

위경리가 구문산에 들어온 이후 처음으로 호탕한 웃음을 터뜨렸다.

孤影　第九章

1

상곡, 호남과 호북의 접경 산악에 위치한 상곡은 본래 군사 요새로서 세워졌던 곳이다. 지금도 물론 천호소가 있어 산줄기를 타고 넘는 사람들을 검문하기도 하고 산적들이 출몰하면 토벌군이 되기도 했다. 하지만 알 만한 사람들은 다 알고 있었다. 천호소의 위장들이 산적들에게 거꾸로 보호비를 내고, 산을 넘는 상인들로부터는 일정량의 상납을 받는다는 것을. 그나마 다행인 것은 과하게 받지 않는다는 것이었다.

그러던 상곡에 언제부터인지 약초상들이 모이기 시작했다. 원래가 약초로 유명한 산지가 많기도 했지만, 진정한 이유는 우습지 않게도 상곡에서는 일정한 상납만 하면 산적도 안 건드리고, 지방 관리로부터도 수탈을 당하지 않는다는 소문이 나면서였다. 하나둘 모이기 시작한 약초상들이 수십을 넘어가자 상곡에도 저잣거리가 생기고 객점들도 들어서기 시작했다.

진삼객점의 주인 곽씨는 십수 년 전 약초 상인으로 상곡에 왔다가 저자가 생기자 재빨리 객점을 차려 성공한 인물이었다.

느긋하니 곰방대를 입에 물고 들락날락하는 손님들을 쳐다보던 곽씨는 주렴을 젖히고 들어오는 초로의 노인과 젊은이가 섞인 일행을 바라보며 눈을 빛냈다.

그들이 비어 있는 탁자에 자리를 잡는 것을 바라보던 곽씨가 몸을 일으켜 일행이 앉은 탁자로 다가갔다.

"어이구… 이거 저희 진삼객점을 찾아주셔서 감사합니다."

깊이 고개 숙이는 곽씨를 바라보던 사마정이 고개를 끄덕였다.

"흠… 약초를 태워 구운 노루 고기하고 오리 구이. 양념을 듬뿍 넣어서 해주게."

"아… 예. 뭐, 다른 거 필요한 것은 없으신지……."

"소채 볶은 것하고 포자도 좀 주고… 그리고 노루 고기는 칼집을 세 번씩은 넣어주어야 하네. 그래야 부드럽거든."

"허허허… 노루 고기를 드실 줄 아는 분이시군요. 알겠습니다."

곽씨는 헤벌쭉 사마정의 주문을 듣더니 한쪽에서 능글능글 탁자를 닦고 있던 점소이 아구를 불렀다.

"아구야! 이놈아, 뭐 하냐! 빨리빨리 좀 치우지 않고!"

"어휴… 지금 하고 있잖아요."

아구에게 한 소리 친 곽씨가 뒤돌아가려 하자 사마정이 다시 불러 세웠다.

"깜박했군. 오늘 여기서 자고 갈 것이니 방 세 개도 준비해 주게."

"어이구… 알았습니다요. 깨끗한 방으로 준비합죠."

간단하게 식사를 마치고 방으로 들어가자, 얼마 있지 않아 객점 주인 곽씨가 들어와 다른 사람들은 거들떠도 안 보고 사마정에게 깊이 고개를 숙였다.

"곽삼귀라 합니다. 삼가 이공자를 뵙습니다."

"수고하고 있소."

"별말씀을. 귀인들께서 방문할 거라 연락받았습니다."

"혹시 나에게 온 전서는 없소?"

"잠시만."

곽삼귀가 객방의 구석으로 가 작은 틈바구니에서 줄 하나를 끄집어내어 잡아당기자 한쪽 벽이 다섯 자 크기로 밀려 나가고 아래로 내려가는 통로가 드러났다.

"따라오시지요."

어물쩡 서 있던 사람들이 통로로 모두 사라지자 벽은 자동으로 닫혀버렸다.

통로의 계단은 오십 개 정도, 아마 지하로 내려온 듯하다. 은밀한 만남에 은밀한 시설. 철검산장의 첩검단 운영의 면모를 엿볼 수 있는 상황이었다.

사방이 석벽으로 둘러싸인 지하 석실은 의외로 밝고 쾌적했다. 곽삼귀가 한쪽의 석벽에 걸려 있는 고리를 잡아당기자 자그마한 석함이 밀려 나왔다.

"공자께 전할 전서들입니다. 본장에서 온 것부터 무창지부에서 전해 온 것까지 전부 있으니 천천히 살펴보십시오. 속하는 밖을 오래 비워둘 수 없으니 이만……. 혹여 부르실 일이 있거든 저쪽에 있는 은색 끈을 당겨주십시오. 그럼."

조용히 고개 숙이고 나가는 곽삼귀를 바라보는 사람들의 눈에는 감탄이 서렸다.

"과연, 철검산장이 섬서제일이라는 말이 실감나는구면."

위경리가 감탄하며 말하자 모두가 동감한다는 듯 일제히 고개를 끄덕였다.

함께 들어온 사람에 대해서 궁금할 만도 하거늘 아무것도 묻지 않는다. 오직 자기가 할 일만 할 뿐이다. 상관인 사마정에 대한 철저한 믿음이 있는 것이다.

사마정은 천천히 전서를 읽어갔다. 그리고 그중 별다를 것이 없는 것은 제치고 중요하다 생각되는 전서만 추려냈다. 우형욱이 어깨 너머로 힐끗 쳐다보자 염이상이 고개를 저으며 우형욱의 어깨를 두드렸다.

"이봐, 우 형. 그거 봐봐야 머리만 아프다니까. 본다 해도 알아볼 수도 없고. 다 암어로 되어 있거든."

잠시 후, 사마정이 한 다발의 서신을 탁자 위에 올려놨다.

"일단 간단한 것은 그냥 말씀드리지요."

한 장의 서신을 집어 들었다.

"천은산장의 감시 체제가 바뀐 것 같다는 것이군요. 뭐, 이미 경험했으니 아시겠지만… 에, 또… 천은산장의 영향력 하에 있던 문파들에서 작게는 수명, 많게는 수십 명의 무사들이 은밀하게 움직이고 있다는…… 이건 아무래도 백리 형이 신경 써야 할 부분 같은데요? 대풍운보에서도 벌써 알고 있을지는 모르지만. 음… 다른 것은… 응?"

사마정이 미간을 찌푸렸다.

"뭔데 그러냐?"

위경리가 궁금한 듯 고개를 쑥 빼 들고 사마정을 쳐다봤다.

"혈정곡의 주인이 바뀐 거 같습니다. 아직 확실하진 않지만 혈심마혼 마조등이 죽었다 하는군요. 후임으로 마조등의 의제이자 부곡주로 있는 귀혈마령 전초강이 곡주로 추대된다는군요."

"뭐야? 마조등이 죽었다고? 아직 팔팔할 텐데?"

육정기가 펄쩍 뛰었다.

누가 뭐래도 십팔마 중 일인이다. 그렇게 소리 소문 없이 맥없이 죽을 사람이 아니었다.

"그게 이상하다는 겁니다. 얼마 전까지만 해도 부강산을 시켜 동방 소저를 죽이려 했는데… 십여 일 만에 죽다니요."

"자기 힘으로는 부리기 힘든 부강산을 시켜 동방 소저를 공격하고, 실패하고 나서 마조등이 죽었다? 마도십문 중 반수 이상이 혈왕의 수족이 되었다? 뭔가 이어지지 않습니까?"

조용히 중얼거리는 우형욱의 두서없이 나열된 말을 듣던 위경리가 무릎을 쳤다.

"그렇군! 순서대로 하면 혈왕의 수족이 된 마조등이 부강산을 시켜 동방 계집애를 공격하고 실패하니 혈왕이 마조등을 죽였다. 어때? 말 되지?"

위경리가 정리한 말을 듣던 사마정이 고개를 주억거렸다.

"말 되는군요. 일단 그 일에 대해 철저한 조사를 하겠습니다."

"무섭군. 그러니까 그게 확실하다면 결국 마도십문 중 상당수가 혈왕의 수족이 되었다는 말이 사실로 드러났다는 거잖아?"

육정기가 질린다는 듯 한숨을 쉬며 말하자 실내에 침묵이 흘렀다.

그렇다. 천하인들이 미처 느끼지 못하는 사이에 강호제일의 마도 세력이 자라고 있는 것이다.

"후우… 다음 것은……. 흠! 도제 장무담 노선배가 장강을 탔습니다!"

"드디어 찾았군!"

침울하던 실내에 열기가 전해졌다. 모두가 진고영을 쳐다봤다.

지금까지 아무 말 하지 않고 듣고만 있던 진고영이었다. 장무담의 출현에 뭔가 말을 하길 기대했지만 진고영은 보기 좋게 모두의 기대를 저

버렸다.

"…다음!"

위경리가 빽 고함을 지르자 사마정이 서신 한 장을 집어 들고 진고영을 쳐다보았다.

"이건 진 대형에 대한 것인데요?"

진고영이 무언가 숙고하던 생각에서 깨어나 고개를 들었다.

"동방 소저에게서 무창지부로 비선을 통해 전달된 서신입니다."

잠깐 모두의 시선이 진고영을 보고는 사마정의 손에 들린 서신으로 향했다. 모종의 기대감을 잔뜩 품고.

"천하에 강씨는 너무 많음, 나이가 맞는 강씨도 제법 많음, 성공한 강씨도 조금 많음, 무공을 익힌 강씨는 얼마 안 됨, 가족 관계가 확인 안 된 강씨는 별로 없음, 그중 수상한 강씨는 거의 없음."

"……?"

"무슨 서신이 그따위입니까? 연서 한번 안 써봤나?"

어이없다는 듯 염이상이 궁시렁댔지만 사마정은 대꾸도 않고 큰 소리로 마지막을 읽었다.

"가까운 시일에 만나 이야기하고 싶군요. 동.방.설.리."

"컥!"

"와!"

"오! 진작 그래야."

환호가 터지자 그렇게 무뚝뚝하던 진고영의 표정도 살짝 붉어졌다.

"음. 흠… 그건… 강규산 대협의 아들인 강창선에 대해 이야기하자는 거요. 대단하군요. 얼마나 지났다고 그새……. 그리고 내용이 이상한 건… 아무래도 동방 소저가 힘들게 알아냈다는 것을 말하고 싶은가 보군요."

"잘해보라고, 진 아우. 흐흐흐……."

위경리의 느물거리는 웃음에 진고영은 한숨을 내쉬었다.

'후우… 동방 소저도 참. 웬 장난을…….'

그리곤 표정을 가다듬고 벌떡 일어섰다.

"내일부터 바쁠 것 같군요. 사마 형! 장무담 노선배가 향하는 곳이 어 딥니까?"

2

상곡은 마을의 규모와 다르게 첩보를 수집하기에 의외로 좋은 곳이었 다. 약재란 천하를 상대로 팔리는 물건이다. 그러다 보니 천하 곳곳의 이 야기가 다 몰려든다. 단지 시간이 좀 걸릴 뿐이었다. 하지만 가까운 곳의 소식은 그 어느 곳보다 빨리 들을 수 있었다.

오죽하면 백리웅천조차 이곳에 풍이의 지부를 만들 생각을 했을까.

장무담에 대한 소식도 다음날 객점에서 밥을 먹으며 들을 수 있었다. 무창에서 장강을 타고 악양 쪽으로 간다는 소식이 시간별로 들려오고 있 었다.

한 대의 마차가 상곡의 남쪽 길을 달려 내려갔다. 고갯길을 내려가 오 십여 리를 달리다 보니 서쪽으로 휘어진 관도가 나왔다. 악양과 군산 쪽 으로 가는 관도였다. 이대로 이틀이면 악양에 도착할 거리였다.

서쪽으로 뻗은 관도가 악양을 백여 리 남겨놓고 남쪽에서 올라오는 널 따란 주 관도와 합쳐지고 오가는 사람이 점점 많아지자 마부석의 염이상 이 잔뜩 이마를 찌푸렸다. 천은산장의 세력권이랄 수 있는 호남이었기에

243

신경이 잔뜩 쓰이는 거였다.

보다 못한 육정기가 그놈 별걱정 다 한다는 듯 염이상의 어깨를 탁 쳤다.

"이놈아! 그래서 마차를 타고 가는 거 아니냐. 그놈 참. 간뎅이가 조막만해서는……."

동정호에서 물기가 촉촉하니 묻어 있는 서풍이 불어온다. 육지 속의 바다라는 동정호가 백 리 길인 것이다. 어둑하니 흐려진 하늘에선 곧 비라도 쏟을 것만 같았다.

갈림길에 들어선 마차가 악양을 향해 이십여 리를 올라갔을 때였다. 저 앞쪽에 한 무리의 사람들이 마차 한 대를 호위하고 앞서 가고 있었다. 호화롭지는 않지만 상당히 고급스러워 보이는 마차였다. 마차 주위를 호위하는 십여 명의 말 탄 무인들의 표정에 당당한 자신감이 묻어 나오는 걸로 봐서는 마차에 탄 자가 제법 위세를 지닌 자라는 걸 짐작케 했다.

"추령검위들이오."

육정기의 전음이 마차 안의 사람들에게 전해졌다. 꺼림칙한 마음에 위경리가 마차 문을 슬며시 열고 앞쪽을 쳐다봤다. 그다지 두려울 것은 없었지만 귀찮은 것은 피하고 싶은 심정인 것이다.

'저놈들이 무슨 일로… 혹시?'

위경리는 흠칫했다.

장무담은 천은산장의 삼대봉공 중 한 명이다. 추령검위의 마중을 받을 만한 충분한 위치인 것이다. 한데 저 마차에는 누가 타고 있을까? 정말로 장무담을 마중 가는 걸까?

관도는 마차 서너 대가 한꺼번에 지나다닐 수 있을 정도로 넓었다. 장사에서 악양으로 가는 길은 호남의 제일 중요한 육로였던 것이다.

진고영 등이 탄 마차가 앞서 가는 마차를 추월하려 할 때였다. 사람이 사는 곳에는 어디에고 잘난 체하기를 좋아하는 자가 있기 마련이다. 그리고 여기에도 그런 자가 있었다.

"이봐! 뒤나 따라올 것이지 감히 본 장의 마차를 추월하려 한단 말인가?"

어이없다는 듯 육정기가 눈을 크게 뜨고 말을 한 자를 쳐다보았다.

"아니… 이곳은 관도인데 누가 먼저 가면 어떻다는 것이오? 당신들이 세라도 냈소?"

"뭐야?"

추령검위단 제칠향의 향주 소상면은 오늘 기분이 무척 좋았다. 산장의 천금, 산장의 신녀, 천은신녀라 불리는 소공녀님을 모시는 호위대로 선발된 것이다.

다른 향주들의 부러운 눈초리에 득의에 찬 미소를 보내고 산장을 떠나온 지 삼 일, 수로에선 함께 배를 타고, 육로에선 당당히 어깨를 펴고, 근거리에서 소공녀를 모신 것은 두고두고 자랑할 일인 것이다. 한데… 저 산적같이 생긴 자가 감히…….

"그대가 감히 본 산장에 시비를……."

"소 향주님."

마차 안에서 나직하면서도 청량한 옥음이 소상면을 부르자 소상면은 신의 부름이라도 받은 양 말에서 뛰어내려 마차 앞으로 달려갔다.

"부르셨습니까, 소공녀?"

"그냥 먼저 가게 놔두세요. 천천히 주위 경치나 감상하며 가고 싶으니까요. 아마 외조부님도 도착하려면 멀었을 거예요."

"명에 따르겠습니다, 소공녀."

다시 말에 올라탄 소상면이 육정기를 보았다.

"흥! 이번은 소공녀님의 배려로 봐주겠다. 앞서 가라!"

‘저런 버르장머리없는 놈.’

“고맙소. 이랴!”

속으로는 소상면을 씹으며 육정기는 말에 채찍을 휘둘렀다.

앞서 가는 마차를 쳐다보던 마차 속의 여인이 옆에 조용히 앉아 있는 사십대 후반 정도로 보이는 중년 여인을 바라보았다.

“선자께서 아는 자인가요?”

“아는 자는 아니나 속에 갈무리한 기가 대단한 자입니다. 결코 저에 못지않은……”

“아! 놀랍군요. 옥소선자 갈 이모에 못지않다면 적어도 강호에 대단한 이름을 날리고 있을 텐데 마부를 하고 있다니……”

“소공녀는 저를 놀리시는군요.”

“호호호! 아니에요. 아무에게나 물어보세요. 천하에 옥소선자 갈미령을 무시할 사람이 얼마나 있는지.”

“하… 소공녀도.”

두 여인이 장난 비슷하게 육정기에 대해 논할 때였다.

“그는 자네보다 강하다.”

고요한 호수와 같이 묵묵히 앉아 있던 초로의 노인이 무심히 입을 열었다.

“상관 선배님? 그 말뜻은……?”

“상관 숙부, 자세히 좀 말해 보세요.”

“음… 잘못 보지 않았다면 그는 이미 절정에 발을 디딘 자다. 아직 완전하진 않지만. 단순 무위만 논하면 자네나 그자나 비슷해 보인다. 하나… 그자는 싸움을 많이 해본 자다. 눈빛이 그걸 말해 주고 있어. 실전 감각에서 그가 자네보다 강하다는 거다.”

“그럼 숙부님에 비하면요?”

아름답기 그지없는 맑은 눈망울이 초롱초롱하니 빛나며 상관욱을 바라보았다.

"유화야……. 그보다 나는 마차 안의 인물이 더욱 궁금하구나. 음."

"맙소사… 천하의 상관 숙부가 지금 신음 흘린 거 맞아요? 맞죠?"

장난스런 혁련유화의 말에 상관욱은 쓴웃음을 지었다. 이 어리고 아름답기 그지없는 조카에게는 도저히 이길 방법이 없다. 무슨 말을 해도 쳐다보고 있다 보면 화를 낼 수도 없고 화가 나지도 않는다.

"마차 안에는 몇 사람이 있다. 모두가 고수라 하기에 부족함이 없다. 절정의 경지에 발을 디딘 자도 둘이 있다. 그리고 그중 하나는 나에 비해 그다지 떨어지지 않는 기운을 지니고 있다. 하나, 후… 다른 하나는 나도 판단을 할 수가 없다. 처음에는 있는 줄도 몰랐으니까."

"……!"

놀라움으로 마차 안이 조용해졌다.

천양신마 상관욱이 누군데… 허투루 말을 하겠는가.

마차 한 대에 그리 많은 고수들이라니. 게다가… 상관욱도 판단할 수 없다는 건 또 뭔가.

진고영 등이 탄 마차 안에선 위경리가 연신 고개를 갸웃거리며 뭔가 생각에 잠겨 있었다.

"위 노선배님, 대체 왜 그러신 겁니까? 왜 그들을 치지 말라 했는지 말이라도 해야 안 답답하죠!"

우형욱이 참다못해 버럭 소리를 질렀다.

"그게… 이상하단 말이야. 어디서 본 것 같은데. 육가야, 너 혹시 못 느꼈냐?"

마차 밖을 향해 위경리가 소리치자 육정기의 퉁명한 목소리가 들려왔다.

"아까 그 버르장머리없는 놈 때문에 기분 나빠 죽겠는데 무슨 뚱딴지 같은 소리요?"

"아까 말이야. 저쪽 마차 문이 조금 열렸을 때 살짝 봤거든? 근데 어디서 본 거 같은 얼굴이 살짝 비추더란 말이지. 워낙 순간이어서 자세히는 못 봤는데, 왠지 마음이 싸하더라고."

"강해 보이더군요. 그들을 치지 않은 건 잘한 거 같습니다. 목표물은 그들이 아니니까요. 공연한 싸움으로 저들에게 빌미를 제공할 필요는 없습니다. 게다가 마차 안에 누가 있는지도 모르고요."

지그시 눈을 감고 있던 진고영이 한 소리 던졌다.

"그렇지? 나도 그리 생각해 가만히 있으라 했네만. 그런데 진 아우도 뭔가 느꼈지? 육가 놈은 워낙 둔해서 못 느꼈을 테지만."

"저도… 서늘한 느낌을 받았습니다. 마치 누군가가 저의 내부를 훑는 듯한 그런 기분 말입니다."

딱딱하게 굳은 백리웅천이 위경리의 말에 동조를 보냈다.

위경리는 더욱 깊은 생각에 잠기고, 마차는 여전히 달리고 있었지만 진고영의 깊게 침잠된 표정에는 변함이 없었다.

진고영은 조금 전의 일을 돌이켜 보고 있었던 것이다.

마차의 문이 조금 열리고 살짝 비추던 여인의 얼굴, 비스듬히 보였던 얼굴도 아름답기는 했지만, 그녀의 두 눈이 쉽게 머리 속에서 떠나지를 않는다. 오랫동안 잊어버렸던 어머니의 두 눈이 떠오른 것이다. 아버지가 돌아가시기 전의 그 깨끗했던 눈이……

'훗! 요즘 왜 이런지 모르겠군. 더구나 대적을 눈앞에 두고…….'

악양을 삼십여 리 남겨놓고 비가 내리기 시작했다. 방울방울 떨어지는 비가 제법 굵은 것이 본격적으로 쏟아지면 여름철 소나기처럼 쏟아질 것 같았다.

"비가 한 방울씩 떨어지는데… 잠시 쉬어갈 겸 어디 비 피할 곳을 찾아봐야겠는걸?"

육정기가 방향을 트는지 마차가 한쪽으로 쏠렸다.

"악양이 얼마 남지 않았는데……."

"그럼 이 비를 다 맞으란 말이냐? 안에 있는 사람들이야 괜찮겠지만 우린 뭐냐? 난 싫다."

염이상과 티격태격하던 육정기가 악양 못미처 마을이 보이자 그곳으로 마차를 모는 것이었다. 그렇게 마차가 지나간 마을 입구에는 황등진이라는 입석이 비스듬히 기울어져 있었다.

가을비는 천은산장의 마차가 가고 있는 곳에도 내리고 있었다.

혁련유화는 창문의 주렴을 젖히고 밖을 쳐다보았다. 비 때문에 흐릿하긴 했지만 멀리 드넓은 동정호의 수평선이 보였다.

"상관 숙부, 외할아버지도 곧 도착하시겠지요?"

"악양으로 가지 않고 더 내려와야 하니 시간이 조금 더 걸릴 게다."

"소향주, 황등까지는 얼마나 남았나요?"

운명이란 참으로 인간의 뜻대로 되는 것이 아닌가 보다. 그렇게 또 하나의 운명이 엇갈리고 있었다.

3

방향을 꺾어 급히 황등진으로 들어선 마차가 자그마한 주점 앞에 도착

249

했을 때, 하늘에선 억수 같은 소나기가 내리기 시작했다. 여름도 아니고 가을철에 소나기라니.

"후… 거봐라! 내 말 안 들었으면 저 비를 다 맞았을 거 아니냐?"

육정기가 염이상을 바라보며 이보란 듯이 말하자 마차에서 나오던 위경리가 콧방귀를 뀌었다.

"홍! 너 때문에 잘못하면 장무담을 못 만나게 될지 모르잖아!"

"아따! 그 양반이라고 이 빗속에 나돌아다니겠소?"

"언제 무인들이 등 따숩고 배부른 거 가리고 다녔남?"

두 사람의 언쟁이 길어지자 마차에서 나오다 말고 어정쩡하게 서 있던 우형욱이 눈꼬리를 치켜들었다.

"거참! 두 분! 싸우려거든 들어가서나 싸워요, 좀! 진 대형하고 저 좀 나가게!"

"어? 아직 안 나왔남? 난 또 다 나온 줄 알았지……."

주점의 탁자에 앉아 간단한 음식을 주문한 일행은 창밖으로 쏟아지는 빗줄기를 하염없이 바라보았다. 가을 소나기가 뭐 저리 많이 내리는지, 길가에 파인 골을 따라 물줄기가 내를 이루어 동정호로 흘러들어 가고 있었다.

한쪽에서 술 한 잔 입에 털어 넣은 육정기가 연신 구시렁거리며 음식을 콕콕 찍어대자, 위경리가 쌍심지를 켜며 술병을 휙 잡아채 버렸다.

"안 먹을 거면 그냥 놔두지, 죄없는 음식은 왜 찍어대는 거야?"

"비가 오니까 왠지 싱숭생숭도 하고……."

"자네가 무슨 시인묵객이야? 빗줄기 보고 마음이 동하게? 아니면 어디 숨겨논 마누라라도 있는 거야?"

"…술이나 주슈."

창문을 마주한 또 다른 탁자에서 술잔을 건네던 우형욱이 소곤소곤 염이상에게 주절댔다.

"우리는 늙어도 저렇게… 살면 안……."

"그러게 말입니다……. 응?"

"왜 그러는 겁니까, 염 형?"

"이곳에도 배가 들어오는군요."

"그거야 당연히… 비록 작긴 하지만 이곳도 동정호의 포구 아닙니까?"

그 말에 두 사람 앞에서 조용히 찻잔에 차를 따르던 사마정이 멈칫하고는 창문 밖을 쳐다보았다.

세차게 내리던 비가 조금은 가늘어지자, 빗속에 한 척의 배가 포구로 들어오고 있는 게 보였다. 이런 작은 포구로 들어오기에는 제법 큰 배였다. 정확하지는 않지만 선수의 깃대 쪽에 깃발도 걸려 있는 것이 제법 큰 상단의 배로 보였다. 그러려니 하고 찻잔을 입으로 가져가던 사마정의 눈이 점점 크게 떠지고, 종내에는 손에 들린 찻잔이 기울어져 찻물이 앞섶을 적셨다.

"사마 형, 앞섶에 찻물이……."

백리웅천이 뜻밖의 행동을 하는 사마정을 바라보고 말할 때였다.

"저 표식은……?"

"예?"

반문을 하며 백리웅천도 창밖으로 보이는 포구의 배를 바라보았다.

"헛! 천은산장에서 운영하는 운룡상단의 표식이! 하면 저 배가 천은산장의 배?"

백리웅천과 사마정이 가볍게 놀라는 말에 주거니 받거니 말싸움을 벌이던 위경리와 육정기의 입이 닫히고, 상념에 잠겨 있던 진고영도 찻잔을 놓고 창밖으로 시선을 돌렸다.

벌떡!

우형욱이 의자가 뒤로 넘어지는 줄도 모르고 벌떡 일어서고,

"헉! 저… 저 사람은!"

"유광이 왜 저 배에 타고 있는 거지?"

위경리는 술잔이 넘치는 줄도 모르고 술병을 계속 수그리고 있었다.

운룡상단의 배에서 전홍도 유광이 내리고 있는 게 보였던 것이다. 그리고 그 뒤로 청평오검 중 네 명이 내려오고 있었다.

"설… 마?"

위경리의 설마에 진고영이 고개를 끄덕였다.

"참으로 알 수 없군요. 장무담 노선배가 이렇게 외진 곳에서 하선을 하다니."

"쿨럭! 컥!"

아직도 영문을 모르고 어리둥절해 있던 육정기가 넘기던 술이 목에 걸렸는지 마른기침을 해댔다.

배에서는 마침내 종리율이 하선하고 바로 뒤를 이어 장무담이, 한목군이 받쳐 주는 유지우산을 받고 선교 아래로 내려오고 있었다.

어이가 없는 일이다. 악양 쪽으로 온다는 정보에 정신없이 악양으로만 달렸는데, 장무담은 예상을 뒤집고 자그마한 포구 황등진에서 하선을 하는 것이다.

하지만 그들이 어찌 알았으랴. 사랑스런 외손녀를 위험에 노출시키지 않기 위해 진로를 바꾸었다는 것을.

일행이 멍하니 하선하는 장무담 일행을 쳐다보고만 있자 진고영은 천천히 몸을 일으켰다.

"하늘이 비를 뿌린 것도, 육 노형님이 마차를 이리 몬 것도 모두가 운

명이라는 생각이 드는군요. 운명이란 말을 그리 좋아하지는 않았는데……."

장무담 일행이 곧바로 관도 쪽으로 움직이고 있는 게 보였다.

위경리와 육정기 등도 진고영을 따라 몸을 일으키고, 사마정 등이 있던 탁자의 사람들도 하나의 은전을 탁자 위에 올려놓고 밖으로 진고영을 따라 나갔다.

비는 더욱 가늘어져 이제 세우로 변해 버렸다.

사십여 장 앞, 숲 사이로 난 관도로 장무담이 들어서고 있었다. 진고영 일행도 미끄러지듯 숲 속 관도로 걸음을 옮겼다. 한 걸음에 '쭈욱' 삼 장 여를 미끄러지는 진고영의 신형을 따라잡기 위해 다른 이들도 신법을 전개해 따라갔다.

숲이 가까워질수록 사람들의 얼굴에서 표정이 사라져 갔다.

"장무담을 여기서 보게 된 게 다 내 덕인 줄 아슈."

육정기가 긴장되는 마음을 다잡기 위해 농을 건넸지만 위경리는 콧방귀도 뀌지 않았다. 그만큼 장무담이라는 이름 앞에 긴장하고 있는 것이다.

이제 이십여 장 앞, 앞서 걷고 있던 장무담이 무엇을 느꼈는지 걸음을 멈추었다. 그러자 앞서 가던 자들도 걸음을 멈추고, 뒤돌아 장무담을 바라보다 뒤쪽의 진고영 일행을 발견했는지 재빨리 장무담의 앞으로 나섰다.

"호! 이게 누구신가? 위 선배가 이곳 호남에는 어쩐 일이시지?"

유광이 십 장 앞으로 다가온 진고영과 위경리를 쳐다보다 상대하기 쉬울 것 같은 위경리에게 말을 걸었다.

"그러는 그대야말로 이런 외진 곳에는 뭔 일? 더구나 장 선배까지 모시고. 본래 호남은 천은산장의 터전이 아니었나? 왜 숨어 다니는 거지?"

은근히 비꼬는 듯한 위경리의 말에 유광의 얼굴이 붉게 달아올랐다.

그렇지 않아도 이런 외진 곳에 하선한 것이 맘에 안 들었다. 그런데 저 늙지도 않는 늙은이가 비꼬고 있는 게 아닌가.

"흥! 보아하니 오늘 작정하고 온 거 같은데! 한번 해보자는 건가?"

유광이 분노가 섞인 일갈과 함께 도병을 잡아갔다.

"남자는 말이지… 주둥이로 사는 게 아니라는 것이 내 생각이거든!"

냉소를 흘리며 위경리의 발이 크게 한 걸음 걷는다 싶더니, 순식간에 유광의 다섯 자 앞에까지 다가갔다.

쉬이익!

유광의 도가 붉은 번갯불을 토해내며 도집에서 빠져나왔다. 전홍도라는 별호답게 빠른 발도였다.

그 사이를 위경리의 신형이 바람에 흔들리는 갈대처럼 휘청거리며 파고들었다.

두 주먹에 가득 실린 현고진기를 휘돌리며 도의 진로를 흔든 위경리가 유광을 향해 두 손을 쫙 펴고는 뻗어냈다.

"야핫!"

유광의 일성 기합과 함께 십여 개의 도광이 위경리의 쌍장과 격돌하고,

쩌저정! 쾅!

대기가 찢어지는 소리와 함께 두 사람이 뒤로 주르륵 물러났다.

유광의 얼굴이 창백하게 굳어졌다. 위경리의 쌍장이 생각보다 강력했던 것이다.

"크크크… 어떠냐? 이 늙은이의 맛이!"

위경리의 화를 돋우는 조소에 유광은 부글부글 화가 끓어올랐다. 하지만 자신이 밀리는 건 분명한 사실이었다.

"이… 이 늙은이가."

"아아… 자네 상대는 따로 있다구. 어이! 육가야! 네가 이놈 좀 맡아라!"

"흐흐흐, 그럽시다. 이봐, 전홍도라 했던가? 나 육정기야. 한 판 해보자고."

육정기가 능글능글 웃으며 청망검을 빼어 들자 유광은 흠칫 긴장하지 않을 수 없었다. 육정기, 우내십팔마 중 하나인 마개 육정기가 왜 이 자리에 있는 건가. 게다가 자신을 상대로 지목하지 않는가.

"어때? 종리율! 우리도 한 판 해보자고."

위경리가 종리율에게 다가가자 이제 진고영의 앞에는 뒤쪽에 청평오검을 남긴 장무담만이 남았다.

쾅!

오른쪽에서 울리는 굉음이 귀를 울린다. 위경리가 다가가자 종리율이 한 자루 비도를 날린 것이다. 푸른 강기에 휩싸인 비도를 막기 위해 위경리는 삼 장을 연달아 갈겨 장막을 형성해야 했다. 한줄기 비도가 하늘도 뚫는다는 일기천관의 비기가 막힌 것이다.

"오랜만이군."

마치 옆집 할아버지 같은 음성이었다.

"예. 노선배께서도."

"그래. 이제 자신이 생긴 건가?"

"자신이랄 것도 없지요. 그저 벽을 넘고 싶은 욕심이지요."

"흠… 그간 뭔가 좋은 일이 있었던 것 같구먼."

"차앗!"

차라랑! 콰아아!

좌측에선 육정기의 청망검이 사자의 갈기 같은 검광을 뿌려내며 유광의 붉은 도기와 얽히고 있었다.

"우하하하! 정말 화끈한 친구구먼!"

호탕한 웃음소리와 함께 육정기가 검강이 서린 검을 두 손으로 잡고 신형을 날렸다.

무식한 신검합일이다. 시작한 지 얼마나 됐다고 벌써 검강을 일으킨단 말인가. 유광의 얼굴이 창백하게 변했다. 모든 공력을 끌어올려 도막을 형성시키며 무식한 사자를 막아갔다.

쩌정! 쾅!

"크읍!"

유광의 신형이 일 장 뒤로 튕겨 나갔다. 실전의 부족함이었다. 설마 저렇게 무식하게 싸우는 자라니……. 너무 안이하게 대처하는 바람에 큰 손해를 보았다.

"어수선하군. 자리를 옮길까?"

"편하실 대로."

많은 말이 필요없다. 이미 마음을 먹은 터였다. 장무담 역시도 전에 처음 만났을 때부터 마음이 동해 손이 근질근질했었다. 그런데 이렇게 다시 만났으니… 자신이 나서서라도 그냥 보낼 수는 없었다.

두 사람의 신형이 가볍게 흔들리는 듯 느껴지고 잠시 후, 전장에 잔영만을 남긴 두 사람의 신형이 팔십여 장 떨어진 호숫가에 나타났다.

'후우… 가공할 신법이군. 하마터면 쳐다보고도 놓칠 뻔했어…….'

두 사람의 움직임을 주시하고 있던 백리웅천만이 둘이 호숫가로 가는 모습을 겨우 볼 수 있었다.

비가 거의 멎어 있는 호숫가는 잔잔한 동정호의 수면과 접한 곳에 오십여 장 넓이의 공터가 생성돼 있었다.

삼 장을 격하고 마주 선 두 사람의 입가에는 은은한 미소가 떠오르고 있었다.

진고영이 관천곤을 빼 들고 중단을 가리켰다.

스르르릉…….

옥이 굴러가는 듯한 맑은 음향과 함께 장무담도 도를 빼 들었다. 그와 함께 칠십 년을 벗했다는 광양도였다.

눈을 반개한 채, 고요히 곤의 끝을 응시하고 있는 진고영을 바라보던 장무담이 광양도를 머리 위로 올려 절혼십삼세의 기수식 단혼척의 자세를 취했다. 손자와 같은 어린 나이지만 진정한 적수에 대한 예의를 갖추어준 것이다.

"많이는 필요없겠지. 시간도 없고."

장무담의 나직한 말에 진고영은 의아했지만 전력을 다한다는 뜻으로 받아들였다.

"저 역시… 최선을 다하겠습니다."

먼저 진고영의 곤이 작은 원을 그렸다. 일곱 개의 원을. 전과는 다르게 묵색 곤강이 처음부터 맑은 고리를 만든다. 그리곤 아지랑이처럼 하늘거리며 장무담을 향해 날아갔다. 결코 빠르지 않은 묵환이었지만 그걸 쳐다보는 장무담의 눈에는 적지 않은 감탄과 함께 긴장이 어렸다.

"멋지군……."

한마디 감탄에 이어 머리 위의 도를 빠르게 내려쳤다. 도는 한 번을 내려치는 것 같은데 다가가던 강환들이 차례차례 깨져 간다.

쩡! 쩡! 쩡!

일곱 개의 고리가 모두 깨졌다.

"인사는 이 정도면 된 거 같군."

장무담의 눈에선 갈망의 불길이 쏟아졌다. 그리고 그런 눈에 진고영의 곤이 허공으로 들리고 신형이 주욱 늘어지듯 허공으로 솟구치는 게 보였다. 하늘에서 벼락이 쏟아졌다. 시커먼 벼락이.

장무담은 희미한 미소와 함께 도에 내력을 쏟아내며 벼락을 걷어내 갔다.

쩍!!

쾅!

진고영의 신형이 허공에서 팅기며 일 장을 더 올라간다. 그리고 빙글 돌더니 곤을 아래로 뻗고 휘둘렀다. 하늘이 시커메졌다. 곤을 중심으로 반경 일 장 주위의 모든 것이 빨려 올라간다.

찌푸려진 장무담의 신형이 제자리에서 빙글 한 바퀴 돌고, 손에 들린 광양도에서는 무지막지한 푸른 도강이 쏟아져 그와 함께 돌며 곤의 회전력 안으로 파고들었다.

쿠르르릉!

쿠앙!

두 가닥 강기의 회오리가 부딪치며 사방으로 그 힘이 뻗어나갔다. 따로이 공터로 옮겨 싸웠기에 망정이지, 그렇지 않았다면 주위에 있다 횡액을 당하는 자가 부지기수였을 것이다.

진고영이 다시 곤에 대연일기공을 가득 담고 장무담을 향해 공격해 갔다. 관천뇌곤 십팔식을 적절히 사용하며 공격해 가는 모습은 번개의 폭풍이 이는 것만 같았다. 순식간에 오 초의 격돌이 이루어졌다.

잔뜩 내력을 머금어 강기가 서려 있는 곤과 도가 점점 근접해서 부딪쳤다. 한순간 삐끗하면 누구도 어찌 될지 모른다.

곤이 빙글 원을 그리다 말고 파란 도강에 휩싸인 도가 가운데를 찔러오자 같이 마주 찔러갔다.

쾅!

도가 곤을 타고 미끄러지며 양 어깨를 밑에서 위로 쳐올려 공격해 왔다. 일 장 가까이 떨어져 있지만 실제 도로 쳐오는 것보다 더 위험했다. 도보다 더 무서운 도강이 실려 있는 것이다.

따다당!

곤을 군마벽파의 초식으로 좌우로 휘둘러 도강을 흩뜨리고, 그 틈바구니로 쭉 밀어 장무담의 두 손을 노렸다. 묵색 번개가 곤의 끝에서 번쩍였다. 그러자 참혼척천의 도세가 번개를 잘라왔다.

"타하!"

진고영의 입에서 맑은 기합성이 터지고, 뻗어가던 번개가 느닷없이 회오리쳤다.

휘리리… 콰르릉 쩌정!

"헛!"

급박하게 휘두른 도세로 막아내기는 했다. 하지만 뜻밖의 상황에 장무담의 입에서 놀람이 새어 나오고, 몸이 절로 두 걸음 밀려났다. 저렇게 강하게 뻗어오던 곤강이 별다른 동작도 없이 급격한 변화를 일으키다니……. 강기를 저리 자유자재로 다룬다는 건 자신도 쉽지 않은 일이다. 한데 진고영의 초식 변화는 너무 자연스러웠다. 이미 초식 자체를 떠났다는 건가?

한 수 득을 본 진고영의 신형이 환영처럼 이 장여를 물러났다. 그리고 손에 가볍게 말아 쥔 관천곤으로 무심히 장무담을 가리켰다. 한데… 그 곤에서 눈에 보이지 않는 힘이 회오리쳤다.

묵색 곤강도, 시커먼 곤의 기운도 보이지 않는다.

웅웅거리던 소리도 들리지 않는다. 주위의 바람 소리도, 나뭇잎에서 떨어지던 물방울 소리도 들리지 않는다.

하지만 장무담의 눈은 어느 때보다 긴장으로 침중히 가라앉았다.

느껴지는 것이다. 움직임없이 고요히 서 있는 진고영의 곤 주위로 대기가 비명을 지르고 있는 것이다.

그리고 아무런 동작이 없는데도 거대한 힘이 담긴 곤이 눈앞으로 밀려온다. 아니, 곤의 기세가 밀려온다. 이건 도강으로 쳐서 막을 수도, 신형을 물려서 피할 수도 없다. 오직 같은 기세로만 막을 수 있다.

장무담이 이를 악물고 도를 들어 올리더니 혼신을 다해 내려쳤다.

초식이 아닌 자신의 혼을 담아서.

쩌어억!

대기가 비틀리는 비명 소리와 함께 창백한 안색의 장무담이 뒤로 밀려갔다.

한 걸음, 한 걸음… 다섯 걸음 만에 겨우 멈췄다. 그런 그의 앞에 또다시 무언가가 밀려왔다.

맙소사! 곤이다. 분명 진고영의 손이 곤의 끝을 잡고 있건만 또 다른 끝이 눈앞에 다가왔다.

손을 들어 도를 내밀었다. 도의 끝에서 밝은 청색 도강이 무리를 이룬다. 장무담은 한순간 자신의 모든 것을 거기에 담았다.

우우우웅!

퍽!

가벼운 진동이 두 사람 주위를 감쌌다. 장무담의 광양도 끝이 스러져갔다. 그리고 장무담의 신형이 부르르 떨리더니 뒤로 이 장을 튕겨져 버렸다.

진고영 역시 얼굴이 창백하게 변한 채, 세 걸음을 물러서야만 했다.

튕겨졌던 몸을 일으키는 장무담의 입가에서는 선홍빛 맑은 핏물이 스며 나오고 있었다. 선천진기마저 깨어져 버린 것이다.

손에 들린 광양도의 도신은 이미 한 자 정도가 먼지로 화해 버려서 한

자 정도의 도신만이 남아 있었고, 그걸 바라보는 장무담의 시선에는 마치 자식을 잃은 듯한 아쉬움이 담겨 있었다.

평생 쌓아온 내력도 흩어지고 친구였던 광양도도 먼지로 스러졌다.

진고영 역시 창백하게 변한 얼굴에 입가로 약간의 피를 흘리고 있지만 자신과 비교할 바는 아니었다.

"무엇인가? 그건?"

"무음관천에 이은 부동관천이었습니다."

"허허… 정말 굉장했어……."

장무담은 창백하게 변해 있는 진고영의 얼굴을 바라보았다.

'어쩌면… 어쩌면 이 어린 친구라면 그와 해볼 수도…….'

이미 자신은 선천진기마저 깨져 버렸다. 삶의 근원이 깨져 버린 것이다. 마지막 바람이라면 자신이 천은산장에 머물러 있어야만 했던 이유, 그 아이를 지키는 것인데…….

"나를 죽이는 건 좋네만… 한 가지 부탁을 들어주겠나?"

거세게 흐르는 내기를 가라앉히던 진고영은 문득 장무담이 자신에게 부탁이라는 말을 하자 의아해졌다.

"말씀하시지요."

"들어주는 걸로 알겠네. 나에게는 손녀아이가 하나 있다네. 귀여운 아이지. 지금껏 그 아이를 위해 죽지 못해 살아왔네. 그 아이를 죽이지 않겠다는 약조를 해주겠나?"

진고영은 장무담의 내심을 파악하기 위해 그의 눈을 쳐다보았다. 웃고 있었다. 선천지기가 깨어져 폐인이 되다시피 했는데도 자기에게 부탁을 하는 일세의 거인 장무담의 두 눈은 웃고 있는 것이다.

조부와는 동시대를 살아온 거인, 굳이 못 들어줄 것도 없다. 더구나 그런 부탁이라면.

“마땅히! 죽을 짓만 하지 않는다면 내 어찌 함부로 사람을 죽이겠습니까. 더구나 여인을.”

“쿨룩쿨룩! 고맙네. 승낙한 걸로 알지. 그 약속 잊지 말기를…….”

그렇게, 장무담의 몸이 더 이상 견디지를 못하고 서서히 무릎을 꿇어 갈 때였다.

두두두두!!

말발굽 소리와 함께 한 대의 마차가 급하게 공터로 달려왔다.

그리고 그 마차에서 나온 백의를 입은 여인이 장무담에게 몸을 날리며 소리쳤다.

“아악! 외할아버지!!”

백의를 입은 여인, 그녀는 천은산장의 소공녀, 천은신녀 혁련유화였다.

이십여 장을 단 세 번의 도약으로 좁힌 혁련유화의 눈에는 오직 앞에서 쓰러지고 있는 외조부만이 보일 뿐이었다. 삼 장 밖의 진고영은 아예 눈에 들어오지도 않는다. 외조부가 고개를 돌리며 처연히 웃고 있는 게 보였다. 믿을 수가 없다. 살아오는 동안 이런 일이 있을 거라 단 한 번도 생각해 보지 않았다. 외조부가 어떤 분이신데…….

다가가 끌어안으려 하자 외조부가 손을 젓는다. 피 젖은 입가에 걸려 있는 안도의 웃음이 마음에 걸린다.

무엇이 그리 좋아 자꾸 웃는단 말인가요. 소녀는 마음이 찢어질 거 같은데. 혁련유화의 눈에 그렁그렁 맺혀 있던 눈물이 하얀 볼을 타고 흘러 백의궁장을 적셨다.

“외… 할아버지……. 대체.”

장무담의 눈이 천천히 진고영에게로 돌려지고,

“이 아이가 내 손녀라네. 자네에게 말한…….”

입가에는 어쩌냐는 자부심이 가득 웃음으로 떠오른다.

진고영은 온통 곤혹스런 마음뿐이었다.

마차에 타고 있던 여인이다. 어머니의 눈을 닮아 그의 마음에 상념을 던져 줬던 그 여인.

한데, 이 여인이 장무담의 손녀라니……. 한편으로는 다행이라는 생각도 든다. 살려주기로 약조한 사람이 이 여인이라면 그로서도 마음의 부담이 없다. 누가 뭐라 해도.

"나와의 약조, 잊지 않기를……."

장무담은 한마디 말과 함께 눈을 감았다. 이제는 마음대로 하라는 듯 표정이 편안하다.

"안 돼요!"

혁련유화가 장무담의 앞을 가로막았다. 그녀도 뭔가 심상치 않은 기미를 느낀 것이다.

그녀의 손이 허리를 스치고, 어느새 빼어 들었는지 양손에 두 자루 소검이 들려 있다. 왼손에는 백색으로, 오른손에는 청색으로 빛나는 그녀만큼 아름다운 검이었다.

"누구도! 그 누구도 내게서 할아버지를 뺏어갈 수는 없어요! 절대 안 돼요!"

입을 앙다문 혁련유화가 눈에는 절대불가의 굳은 의지를 담고 진고영을 뚫어져라 쳐다보았다.

"유화야, 비키거라. 저 사람은 이 할아비를 이긴 사람이다. 네가 막는다 하여 막을 수 있는 사람이 아니란다."

"안… 돼요……. 싫어요! 흑흑."

장무담의 말에 혁련유화의 눈에서 맺혔던 눈물이 쏟아졌다.

곤혹한 표정으로 두 조부녀를 바라보던 진고영의 눈에서 아련한 추억

이 떠올랐다. 죽기 전 그의 손을 잡고 안도의 미소를 짓던 조부의 모습이, 아버지의 죽음을 전해 듣고 며칠을 하염없이 눈물을 흘리던 어머니의 모습이…….

"후우……. 모시고 가시오. 무공은 사용하실 수 없지만, 생명에 지장은 없으실 것이오."

저 여인의 눈을 계속 보고 있자니 미지의 수렁으로 빠지는 것만 같다. 진고영은 머리를 흔들며 신형을 돌리다 조용히 서 있는 청수한 초로의 노인이 눈에 들어왔다. 마차에서 여인의 뒤를 따라 내린 두 사람 중 한 사람, 천양신마 상관욱이었다.

조카를 뒤따라온 상관욱은 마음의 갈등으로 잠시 흔들렸지만, 곧 평정을 찾을 수 있었다.

도제 장무담, 자신의 사부와 동배로 까마득한 선배이자 어릴 적 우상이었다.

그런 장무담이… 손자뻘밖에 안 되는 젊은이에게 무릎을 꿇었다. 공연한 분노가 끓어올랐다. 아무리 노쇠했다지만 천하의 도제인 것이다. 자신의 우상이 쓰러지다니…….

젊은 청년을 쳐다보았다. 자신에겐 눈길도 주지 않는다.

'흠칫!'

그자다. 자신이 느낄 수 없었던 기도를 품은 자.

들끓었던 마음이 서서히 가라앉는다. 손이 근질근질하지만 유화가 저 앞에 있다. 자신이 이 자리에 서 있는 최대 목적은 유화를 지키는 것이 아니던가.

상관욱은 조용히 내기를 가라앉히며 상황을 주시했다.

뜻밖에도 저자는 장무담을 데려가라 한다. 그렇다면 더 이상 유화에게 위험은 없을 듯하다. 그렇다면…….

상관욱이 무언가 결심을 하고 막 한 걸음을 내디디려 할 때였다. 젊은 청년이 고개를 돌리고 쳐다보았다.

상관욱은 엉겁결에 입을 열었다.

"음… 상관욱이라 하네."

"상관욱? 천양신마(天陽神魔)……."

진고영의 입에서 놀람이 묻은 음성이 낮게 깔려 나왔다.

"강호의 친구들이 과분하게 그리 불러주고 있네."

과분하지 않다. 절대로.

우내십팔마 중에서도 따로 환우사마라 불리우는 절정고수들이 있다. 그들의 무위는 능히 삼성, 삼제와 자웅을 결할 수 있다 한다.

상관욱은 바로 그 환우사마 중 한 명이었다.

"우선 장무담 선배를 이긴 것에 경의를 보내는 바이네. 그리고……."

말을 잇는 상관욱의 두 손에서 뜨거운 열기가 퍼져 주위가 달아오르고,

"후… 도저히 참을 수가 없군. 자네 같은 사람을 보고도 그냥 지나친다면 틀림없이 후회할 것 같네."

강렬한 눈빛이 바위라도 꿰뚫을 듯 쏟아져 나왔다.

진고영은 상관욱이 다시 보였다. 청수한, 그래서 그다지 무인 같지도 않은 모습이었다. 한데 눈빛을 바꾸고 쏘아보는 시선은 도약을 앞둔 호랑이와도 같다. 한순간의 변화는 그가 왜 천양신마라 불리는지를 대변해 주고 있었다.

"자네의 내상이 그리 가볍지만은 않다는 것을 알지만 나는 전력을 다할 것이네. 그게 자네를 모욕하지 않는 것이겠지."

점입가경이다. 도대체 혁련유천은 어떻게, 저리도 뛰어난 자들을 이리도 많이 끌어들였단 말인가.

"저 역시 최선을 다하지요."

상관욱은 결코 장무담에 비해 크게 뒤지는 자가 아니다. 한순간도 방심할 수 없는 고수인 것이다.

내상 때문에라도 승부를 최대한 빨리 내야 한다.

진고영의 말을 들은 상관욱의 입가에 만족이 깃든 희미한 웃음이 걸렸다. 그리고 더욱 강해진 열기로 인해 붉게 변한 쌍장을 들어 올릴 때, 진고영의 신형이 바닥에 아무런 흔적도 남기지 않고 스르륵, 옆으로 미끄러지듯 오 장을 이동하는 게 보였다.

상관욱의 눈에 감탄의 빛이 어렸다. 혁련유화와 장무담이 아직 모래바닥에 있었다. 저자는 둘에게 피해를 주지 않기 위해 자리를 이동한 것이다.

상관욱이 신형을 움직여 마주 서자, 진고영은 대연일기공을 끌어올리고 눈을 곤의 끝으로 가져갔다.

눈에 비친 관천곤의 끝은 세 치 정도가 짧아져 있었다. 조부에게 물려받고 십여 년을 함께해 왔거늘……. 장무담의 광양도가 한 자 줄어들 정도였으니 타격이 컸으리라.

'그 세 치로 도제 장무담을 꺾었으니 조부님께서도 용서해 주시겠지.'

상관욱의 들려진 쌍장이 한 손은 위로, 한 손은 아래로 향했다. 건과 곤의 기를 양손에 모아 상대를 일순간에 지옥의 불길로 덮어버린다는 천화칠양장(天火七陽掌)의 절초 지옥양화(地獄陽火)다.

"시작하지!"

화아악!

강렬한 열양장력을 동반한 상관욱의 신형이 화조와 같이 날아 진고영을 덮어갔다. 쌍장이 일 장 앞에서 휘둘러지고 진한 열기가 밀려왔다.

그러자 크게 원을 그린 관천곤에서 첫 번째 초식 일원첩수가 겹치고 겹쳐 열기를 끌어 모으고, 전 구식 중 세 번째, 낙일망휴가 떨어지는 태양을 그물에 가두어 버렸다.

후우웅!

그리곤 관천조양! 떠오르려는 태양을 꿰뚫어 버리려는 듯 번개가 쏘아 간다.

찌지직! 쩌적!

일순간에 벌어진 세 번의 변화는 상관욱의 얼굴을 일그러뜨려 버렸다.

시커먼 곤영이 그물처럼 덮치더니 한가운데에서 번개가 친다. 급히 쌍장을 연속으로 밀어내 번개를 흩뜨렸다.

천화칠양 중 삼원삼양, 세 개의 태양을 쏘아낸 것이다. 한데 첫 번째 태양이 부서진다. 두 번째 태양이 일그러진다. 세 번째에서야 겨우 막혔다.

하지만 그 여력으로 허공에 떠 있던 신형이 이 장여 튕겨졌다.

"굉장하군!"

탄성이 절로 나온다. 신이 절로 난다. 이렇게 온몸을 흥분에 몰아넣는 긴장이 얼마 만인가.

"타핫!"

발에 힘을 주어 신형을 세우고 이를 악물곤 다시 달려들어 간다.

양손에 천양마공을 모으고 비천화를 튕겨냈다.

천양의 내력이 밀물처럼 진고영을 향해 밀려갔다. 상관욱의 신형도 따라 달려들었다.

화르르륵! 콰아아!

천양신마라는 별호가 왜 생겼는지를 보여주는 상관욱이었다.

시뻘건 기운이 무쇠도 녹일 듯한 기세로 밀려오자 진고영의 곤이 파르르 떨며 좌우 상하로 흔들렸다. 류동수혼에 이은 전유동참, 번개가 수십

가닥으로 갈라져 흐르고 회오리쳐 밀려오는 강렬한 기운을 흩뜨렸다.

그러자 뒤따라오던 상관욱의 시뻘겋게 달아오른 쌍장이 가슴과 머리를 동시에 쳐왔다. 순간, 진고영의 신형이 언뜻 흔들리는 듯하더니 잔영만 남기고 사라졌다.

허공이다! 상관욱은 쳐 나가던 우수를 회수해 허공을 향해 무의식적으로 손가락을 튕겼다. 천양마지. 그의 또 다른 성명절기였다.

이 장 허공에 떠 있던 진고영은 쏟아져 올라오는 붉은 빛살을 향해 곤을 내려쳤다. 낙뢰절지, 번개가 줄기줄기 떨어져 내리며 빛살을 부숴 버리고,

쩌저적! 콰르릉! 번쩍!

천조낙성, 태양이 세상을 밝히니 하늘의 별들이 쏟아진다.

곤의 그림자가 하늘을 가득 메웠다.

우수로 천양마지를 펼치고, 좌수를 들어 천수화를 펼쳐 허공의 진고영에게 타격을 주려던 상관욱의 두 눈에 망연한 빛이 가득했다.

'맙소사… 엄청나군.'

천양마지가 부서져 조각나는 틈바구니로 보이는 하늘이 온통 곤영으로 가득 찼다. 그리고는 강기로 이루어진 곤영이 쏟아져 내리고 있었다.

뒤로 신형을 날리며 미친 듯이 쌍장을 휘둘러 댔다.

초식도 필요없다.

생각도 필요없다.

오직 천양마공을 잔뜩 끌어올리는 데만 주력할 뿐이었다.

콰콰과과과쾅!

곤의 강기가 휩쓸고 간 대지가 뒤집어졌다.

흐트러진 머리의 상관욱이 다시 신형을 바로 하고 다시 달려들려 할 때였다.

고오오오…….

엄청난 기운이 눈앞에 있는 진고영을 가려 버리고, 자신을 집어삼킬 듯이 몰려왔다. 소리없이 밀려오는 기운에 대지가 부풀어 오르고, 하늘이 돈다.

무음관천에 회선결이 극한으로 펼쳐진 것이다.

더 이상은 자신에게도 무리가 따르기에 진고영이 작심을 하고 끝내려 한 것이다.

상관욱은 전신공력을 모두 끌어올려 우수에 모으고, 좌수로 우수의 손목을 붙잡았다. 마지막이다. 다음은 없다. 부서져라 이를 악물고 천양마화를 떨쳐 냈다.

콰아아아… 르르릉!!

"크윽……."

굉음과 함께 한 자 깊이의 골이 패이며, 상관욱의 신형이 일 장여를 밀려났다.

"쿨룩!"

그리고 한 사발의 검붉은 피가 입에서 뿜어졌다.

세 걸음 물러난 진고영의 창백한 입가에도 핏줄기가 새어 나왔다. 그리고 그의 관천곤은 또다시 두 치가 줄어들었다.

"……."

십수 장 밖에 모여, 두 사람의 일대 격전을 지켜본 사람들의 두 눈이 화등잔만하게 커지고… 모두가 입을 벌린 채 말을 잊었다.

"정말… 후련하군. 큭큭. 쿨룩."

상관욱이 무엇이 그리 후련한지 마른기침과 함께 피를 뱉어냈다.

"참으로 오랜만에 제대로 졌어……."

"오늘 일은 이걸로 끝냈으면 합니다."

창백한 안색의 진고영이 결론을 내리듯 말하자 누구도 불만을 표할 수 없었다.

"크큭… 나도 살려주겠다는 건가?"

"죽여야 할 때와 아닐 때를 분간 못하면 그저 살인귀일 뿐, 무인이라 할 수 없다 생각합니다. 바로 백운보가 절강에서 행한 일이 그러하지요."

"우하하하!! 통쾌하군! 대공께서 자네의 말을 들으면 어찌 생각할지 정말 궁금해 미치겠어! 으음."

진고영의 은근히 천은산장의 행사를 질타하는 말에 상관욱이 대소를 터뜨리다 말고 신음을 흘렸다.

"그 대답을 듣기 위해서라도 살아가야겠네. 후후후… 쿨룩쿨룩."

상관욱이 비틀거리며 일어서자, 그때 한쪽에서 장무담을 돌보고 있던 혁련유화가 다가왔다.

"우선… 혁련유화가 대협께 감사를 드리겠습니다. 비록 외할아버지와 숙부께서 큰 부상을 입었지만 그것은 무인의 비무로 인한 것, 대협의 너그러움으로 두 분이 생명을 보전하게 되었으니 저에겐 무엇보다 고마울 따름입니다. 훗날 기회가 된다면 이 은혜 잊지 않겠습니다."

깊이 허리를 숙여 고마움을 표하는 혁련유화를 바라보는 진고영의 눈이 그 어느 때보다 크게 흔들렸다.

여인의 표정에서, 행동에서 진심이 느껴진다. 여린 듯하면서도 조금의 흔들림도 없이 묵묵히 자신의 할 바를 행하는 여인. 볼수록 대단하게 느껴지는 여인이다. 어머니의 눈을 닮았나 했더니 어머니의 행동마저 닮았구나.

하지만… 천은산장의 여인이다.

"너무 마음 쓰지 않아도 되오. 이미 끝난 일이니. 그리고… 나는 대협이라 불릴 만큼 대단한 사람이 아니오."

억지로 마음을 다잡은 진고영이 고개를 돌려 위경리를 바라보았다. 여기저기 상처를 입고 한쪽 어깨가 핏물로 범벅이 되어 있지만, 얼굴에는 해냈다는 만족감이 서려 있다.

일기천관 종리율이 보이지 않는 걸로 보아 대충 짐작할 만했다.

육정기는 그리 큰 부상이 없었고, 오히려 백리웅천의 행색이 크게 흐트러져 있었다.

조금 전, 언뜻 본 걸로는 마차 안에서 내린 중년 여인과 대치하고 있었다. 그 여인 역시 한바탕 홍역을 치른 듯 차림이 말이 아니었다. 찢어진 옷자락을 억지로 잡아매고 옷자락을 찢어 머리를 묶은 게 보였다.

다른 이들도 상처는 제법 있었지만 그리 염려할 정도는 아니었다. 생각보다 피해가 적다 할 수 있었으나 진고영은 위경리의 어깨가 걱정이 되었다. 자기의 뜻을 행하기 위해 의형이 큰 상처를 입은 듯했으니…….

진고영의 옆모습을 바라보던 혁련유화의 눈에 이채가 떠올랐다. 그렇게 강하게 보였던, 너무도 강해서 외조부와 숙부를 차례로 쓰러뜨린 사람의 눈이 연민과 자책의 빛을 띠고 있다. 좀 전에 그저 강하게만 느꼈던 사람과는 또 다른 사람이 눈앞에 있는 것이다.

그 사람이 고개를 돌린다. 흠칫, 고개를 숙이는 혁련유화의 볼이 자신도 모르게 달아올라 있었다.

"저희는… 이만 물러갈까 합니다. 그럼."

당황한 혁련유화가 쏟아내듯 말을 마치고 뒤돌아서 갈미령을 쳐다보았다.

"갈 이모, 할아버지와 숙부를 비롯해 부상자들을 마차에 태우세요. 저는 말을 타고 가겠어요."

"유화 아가씨……."

“제 말대로 해주세요.”

단호히 말을 맺는 그녀를 바라보는 갈미령의 눈에 대견한 빛이 떠올랐다 지워졌다.

‘어느새 저리 크셨구나……’

장무담과 상관욱을 비롯해 종리율과 부상자들이 마차에 탔다.

유광은 가슴을 관통당한 채 제일 먼저 죽어버렸고, 종리율 역시 죽은 거와 다름없었다. 청평오검이나 추령검위 역시 대부분이 죽거나 중상을 입어 말을 타고 온 자들이 말에 실려가는 신세가 되어버렸다.

떠나가는 천은산장의 일행을 쳐다보던 진고영이 위경리를 쳐다보았다.

“노형님, 괜찮으십니까?”

“응? 음하하하! 으음… 조금 아프긴 하지만 이 정도야 뭐.”

“나도 다쳤는데…….”

육정기가 서운하다는 듯 말꼬리를 늘이자, 위경리가 눈꼬리를 치켜세우고 같잖다는 듯 혀를 찼다.

“그것도 상처냐?”

그러자 지켜보던 우형욱이 어쩔 수 없다는 듯 고개를 흔들었다.

“에휴. 다친 게 자랑입니까? 지금! 갑시다! 여기에 더 있어봐야 다친 데 낫는 것도 아니고.”

하긴 틀린 말도 아니다. 위경리는 한 대 쥐어 패고 싶은 마음이 굴뚝 같았지만 오늘은 기분이 좋은 날이다. 이 위경리의 의제가 천하의 도제와 천양신마 상관욱을 눕힌 날인 것이다. 그래서 꾹… 참기로 했다.

孤影　第十章

1

비가 오고 나서인지 바람에 찬기운이 섞여 불어오고, 찬바람에 흩날리는 낙엽들이 관도 위를 뒹굴어 새삼 가을이 가고 있음을 느끼게 해주고 있었다.

그렇게 낙엽이 뒹구는 관도를 한 대의 마차가 빠르지 않은 속도로 달리고 있었다.

진고영 등은 부상도 치료할 겸 악양까지 마차를 타고 가기로 한 것이다.

위경리의 어깨 부상은 생각보다 컸다. 하나의 비수가 어깨를 관통하며 신경을 건드리고 뼈를 부숴 버렸다. 자신은 '일기천관을 때려눕히면서 이 정도의 상처도 안 당하냐' 며 큰소리를 쳤지만, 한두 달은 족히 정양을 해야만 할 정도의 큰 상처였다.

게다가 진고영 역시 작지 않은 내상을 입었다. 말은 안 해도, 일행은 이미 눈치를 채고 있었던 것이다.

진고영이야말로 도제와 천양신마를 상대하지 않았던가. 그를 보는 일행의 눈에 경의의 빛이 어려 있었다. 그리고… 공연히 그들의 어깨에도 힘이 들어갔다.

석양이 질 무렵, 악양에 도착하자 약방을 찾아갔다. 진고영이 직접 치료를 하려 해도 일단 약재가 필요했던 것이다. 금창약과 비상시에 필요한 약재를 산 일행이 객점에 방을 얻고 짐을 풀었을 때, 사마정은 양해를 구한 후 악양의 첩검단 비밀 지부를 찾아갔다.

대풍운보의 풍이와 달리 철검산장은 그리 견제를 받지 않았기에 호남에까지 지부를 둘 수 있었던 것이다.

미안하긴 했지만 이번엔 모두가 같이 갈 수 없었다. 상곡지부가 천은산장을 상대하기 위해 설치된 단순한 연락 거점이었다면, 악양지부는 호남의 삼대지부 중 하나로 매우 중요한 곳이었던 것이다.

한 시진 후, 사마정이 몇 개의 서신을 가지고 돌아왔다.

"동방 소저에게서 또 서신이 왔습니다."

사마정의 음성이 자그마한 방 안을 울리자 모두가 호기심이 어린 눈으로 서신을 쳐다보았다.

"흠. 흠… 집 나간 강씨는 두 명으로 줄었음."

"크으… 그거참. 연서 쓰는 연습이라도 좀 하라니까."

우형욱이 머리를 내저었다. 그만큼 썰렁한 서신이었다.

하지만 사마정은 굴하지 않고 다음을 읽었다. 전에처럼 큰 소리로.

"빨리 만났으면 싶군요. 동.방.설.리!"

"캬! 좋군. 갈수록 뭔가 느낌이 찡하게 오는 거 같은데요?"

"역시… 그렇죠?"

"원… 실없는 말씀을……."

염이상의 탄성에 진고영은 한숨이 나왔다.

'아무래도 먼저 해결을 해야겠군. 이러다 어떤 서신을 보낼지······. 후우······.'

오랜만에 웃음을 터뜨리는 사람들의 표정 한쪽에는 은근히 다음 서신을 기대하는 마음이 떠올라 있었다.

사마정이 철검산장으로 보내는 서신을 작성하고, 백리웅천 역시 첩검단을 통해 풍이에 서신을 띄웠다.

사마정은 상곡지부를 보이며 자신에게 무언의 압박을 가했다. 같이 길을 가려면 무엇이든 내보이라는 건가? 그렇다면 자신도 그에 답해야 한다. 그래서 풍이의 지부 한곳을 아예 연락처로 내놓은 것이다.

이번의 타격으로 천은산장은 쉽게 움직이지 못할 것이다. 그렇다면 한쪽을 정리해야 한다.

'천은산장은 동풍에 신경 쓸 겨를이 없을 것임. 흰 구름에 대한 조치 바람. 그리고 장강에 바람을 실어주시길······.'

이런 저런 일이 어느 정도 끝나자 각자 방으로 흩어졌다. 여느 때와 마찬가지로 진고영은 위경리와 한 방을 썼다. 몸이 불편해서인지, 아니면 진고영을 워낙 믿어서인지 위경리는 오랜만에 깊은 잠에 빠졌다.

창문 너머, 구름 사이로 수줍은 듯 구부러진 달이 살짝 얼굴을 내밀자 진고영의 깊은 눈에도 달이 어른거리고, 구름 사이로 달이 얼굴을 감추자 그 자리에 하나의 하얀 얼굴이 떠오른다. 깊은 산 맑은 샘물처럼 깨끗한 두 눈을 가진 얼굴이.

"흐음… 대체 내가 왜 이런지. 후후후… 우습기만 하구나."

스스로를 자책해 봐도 마음이 가라앉질 않는다.

창가에 서 있는 그의 얼굴로 동정호에서 불어오는 습기 가득한 바람이 스쳐 가자 머리카락이 흐트러져 날렸다. 그리고 그의 신형이 어느 순간,

창가에서 사라져 버렸다.

달빛이 어른거리는 악양의 밤하늘을 하나의 인영이 바람이 흐르듯 날아간다. 지나가던 야조들이 자신의 옆을 스치는 커다란 그림자에 깜짝 놀라 급히 방향을 틀고, 심술 부리던 구름 사이로 얼굴 내민 상현달이 반갑다 빙그레 웃는다.

악양의 고루거각 위를 스치듯 지나간 인영이 동정호의 잔잔한 물 위를 소금쟁이 미끄러지듯 날아, 더욱 속도를 더해갔다. 때로는 물 위를 날아가던 물새의 등을 차 놀래키고, 때로는 물속에 몸 담그고 졸던 오리의 머리를 차 잠을 깨우며.

그렇게 끝없이 갈 것만 같던 인영이 일순간, 거세게 물을 차고 솟아오르더니 급격히 떨어져 내렸다.

풍덩!

동정호의 잔잔한 수면에 거센 파랑이 일더니, 잠시 후에는 아무것도 아니라는 듯 다시 잠잠해졌다.

한없이 내려간다. 진고영은 차디찬 동정호에 온몸을 맡기고 끈 떨어진 납추처럼 한없이 내려갔다.

지나가던 큰 물고기들이 덤벼들다 너무 큰 먹이에 오히려 놀라 도망가고, 작은 물고기들은 뭐가 그리 궁금한지 끝까지 따라 내려오다 흥미를 잃고 다시 올라가 버렸다. 그렇게 이십여 장을 내려가서야 바닥에 닿았다.

차디찬 수온, 거센 수압이 온몸을 짓누르자 가슴에 쌓였던 답답함이 조금은 가신 듯하다.

한 시진이나 지났을까, 아늑한 기분마저 든다. 동정호의 깊은 물속이 이제는 잊혀져 버린 어머니의 품 같다고 하면 지나친 걸까?

문득, 진고영은 천천히 손을 뻗어 자세를 취하고 대연일기공을 끌어올려 봤다. 그리고는 손 안에 느껴지는 물을 곤을 쥐듯이 살며시 움켜쥐고 일원첩수를 펼쳐 본다. 물이 원을 그리며 휘말린다. 칠성귀혼에 낙일망휴를 연달아 펼치자 뒤틀리며 뻗어나가는 물줄기가 느껴진다.

제법 흥이 돋는다. 동정호를 상대로 관풍망일, 전운단월…… 관천조양까지 전 구식을 연달아 펼쳤다.

쿠르르르…….

동정호가 용틀임을 한다.

수압으로 인해 힘은 들지만 생각보다 재미가 있다. 손끝에서 뻗은 기운이 곧 곤이며, 도며, 검이다.

뇌일제마로 시작해 천조낙성으로 끝나는 중 육식도 펼쳐 본다. 뒤틀리며 몸부림치는 동정호가 비명을 지른다.

콰아아!!

일각여가 지나서야 소용돌이치던 물줄기가 고요히 제자리를 찾았다.

가슴이 시원해졌다. 잊어지지 않는 것을 억지로 잊는다 해서 무엇이 달라지랴. 제아무리 강한 폭풍도, 사납던 소용돌이도 가만히 놔두면 저리도 고요해지는 것을.

조용히 서서 물결이 어루만지는 손길을 음미했다. 고요함 속에 은근히 스치고 지나간다.

진고영의 입가에 자신도 모르게 부드러운 미소가 떠올랐다.

양유대력을 끌어올려 본다. 부드러운 기운이 피부를 감싸 안고 보이지 않는 엷은 막이 형성됐다.

'아!'

미처 몰랐던 양유대력의 효능을 한 가지 깨달았다. 막이 형성되자 운신이 훨씬 편해졌다. 모공으로 호흡이 가능한 것이다. 그러자 물속에서도 제법 멀리까지 느껴진다.

우스운 일이다. 마음을 다스리려 몸부림쳤는데 오히려 한 가지 기연을 얻다니.

멀리서 무슨 소리가 들렸다. 사람의 소리 같다. 자신처럼 물속에 있는 건 아닌 거 같은데…….

진고영은 가만히 소리의 근원을 찾아봤다. 밖이다. 그것도 상당히 멀리서 나는 소리다.

가볍게 바닥을 박차고 위로 올라갔다. 그렇게 물 위로 나오자 하늘은 아직 어둠으로 물들어 있었다.

물 위를 미끄러지다 신형을 날렸다. 삼백여 장을 가다 보니 절벽이 보인다. 소리는 절벽 위에서 들리고 있었다.

진고영은 절벽 곳곳에 튀어나온 바위들을 발끝으로 찍으며 허공으로 솟구쳤다.

2

"헉헉! 질긴 놈들……."

임수행은 미칠 것만 같았다. 이틀간을 잠 한숨 못 자고 쫓겨왔다.

처음에 무림련 총단에서 내려온 임무를 맡을 때만 해도 그다지 어렵게 생각을 하지 않았었다. 그저 천자산에 있는 평범한 장원 하나를 탐문하는 임무였다. 그런데 내부 조사를 마치고 귀환하던 중 습격을 받았다. 그 바람에 밀영전 제삼당 팔조 조원 열 명 중 다섯이 죽었다.

특별할 것도 없어 보이는 평범한 장원의 무사들에게 어이없게도 정예

고수들이 힘 한번 제대로 못 쓰고 당한 것이다. 그때부터 쉴 새 없이 공격하는 놈들의 암습을 피해 도주하는 신세가 돼버렸다.

도주하던 도중 발이 빠른 조원 하나를 먼저 보내 도움을 요청케 하고, 나머지 네 명이 놈들의 시선을 교란하며 도주를 한 것이 이틀째, 조금만 더 가면 동정호이거늘……. 놈들은 손만 뻗으면 닿을 거리까지 쫓아왔다.

어둠을 은폐물 삼아 아름드리 소나무를 돌아가려 할 때였다. 한 자루 협봉검이 소리없이 목을 찔러왔다.

"젠장!"

임수행은 재빨리 몸을 뒤로 눕히며 검을 들어 협봉검의 검면을 치고, 빙글 돌며 상대의 허리를 베어갔다. 놈이 허공으로 숫구친다. 임수행도 같이 뛰어오르며 검을 찔러갔다. 여기서 놈들을 잡지 못하면 또다시 꼬리를 잡힌다는 생각에 모든 힘을 끌어올렸다.

허공에 떠 있던 놈의 신형이 한 바퀴 뒤집히더니 옆으로 흘렀다. 임수행도 따라서 몸을 뒤집고, 자신이 가장 자신있는 유운비월로 놈의 가슴에 세 개의 검영을 날렸다.

"끄으."

미약한 신음과 함께 놈이 떨어진다. 감촉으로 보아 배 쪽에 제대로 검을 박아 넣은 듯하다.

눈에 힘을 주고 다른 조원들을 찾아보았다. 십여 장 떨어진 곳에서 마지막 남은 적과 격전이 벌어지고 있는 게 보였다. 경 대원인 듯하다. 같은 사문의 사제로 형님이라 부르며 가장 잘 따라주는 조원이다. 한데 움직이는 게 아무래도 부상이 심한 것 같다.

"경 사제! 조심해!"

다급히 외마디 낮은 외침과 함께 지원을 하기 위해 몸을 날려갈 때였다.

스걱!

기분 나쁜 절단음과 함께 경 대원의 목이 이상한 각도로 꺾이는 게 보였다. 그리고 그 옆, 휘어진 만도를 든 놈이 임수행을 향해 고개를 돌리더니 '씨익' 웃으며 만도를 내려쳤다. 그러자…… 뒤로 꺾였던 경 대원의 목이 피를 뿜으며 허공으로 튀어 올랐다.

"으아아! 이놈!"

임수행은 분노에 찬 소리를 내지르며 몸을 날렸다.

도주를 하던 도중 조원을 둘이나 죽인 놈이다. 이제 경 대원까지 놈에게 죽었으니 세 명이 저 한 놈에게 당했다. 아마 추적하는 놈들의 수장인 듯 보였다.

이제 임무고 나발이고 필요없다. 내가 죽더라도 저놈만은 죽이리라. 임수행은 남은 내력을 모조리 검에 쏟아 넣었다. 빛살 같은 검광이 놈을 양단할 듯 뻗어갔다.

히죽 비웃음을 흘리며 놈이 뒤로 물러나자 임수행의 검은 허공만을 가르고 말았다.

"비겁하게 꽁무니 빼지 말고 덤벼!"

임수행이 미친 듯이 소리치며 검을 휘둘렀다.

"흐흐흐흐… 이미 명부에 발을 디딘 놈이 말이 많군. 그렇게도 빨리 죽고 싶다면야……."

만도를 든 흑의인의 몸이 별다른 탄력도 받지 않고 스윽 떠올랐다. 그리고 허공에 파란 초승달이 걸렸다.

"설마! 신월? 네놈들이!"

임수행의 입에서 경악이 터졌다. 제기랄! 신월문이라니…….

검을 들어 올려 만도에서 그려지는 초승달과 부딪쳐 갔다.

쩌러러렁!

"으윽!"

검을 타고 흐르는 강력한 힘에 임수행의 몸이 뒤로 주르륵 밀려 버렸다.

역시, 조원들을 셋이나 죽인 놈답게 강하다. 몸을 세우고 입에 고인 피를 뱉어낸 임수행이 다시 앞쪽을 바라보았다. 놈이 다시 떠오른다.

피나게 입술을 깨문 임수행이 검을 두 손으로 잡고 놈이 쳐오기만을 기다렸다. 지쳐 있는 지금 몸으로는 일격, 오직 일격뿐이다. 틈을 노려 일격에 놈을 치지 못한다면 더 이상의 기회는 없으리라.

놈의 만도에서 다시 초승달이 떠오른다. 파란 초승달이 두 개로 갈라지고… 정면을 향해 날아오는 초승달에 붉은 기운이 아름답게 일렁이는 게 보였다.

"……?"

긴장으로 잔뜩 부릅떠졌던 임수행의 눈이 믿을 수 없는 상황에 의문을 담고 커져 갔다.

절벽을 날아오른 진고영의 눈에 흑의인이 허공에서 한 자루 만도를 내려치는 모습이 들어왔다.

신월! 올라오며 들었던 놀람에 찬 외침은 분명 신월문을 말하는 것이었다. 마도십문 중 한곳. 근거지가 정확치 않아 조금은 신비 속에 가려진 문파가 바로 신월문이었다.

손을 들어 흑의인을 가리키자 손가락 끝에 아름다운 홍채가 피어오르고, 흑의인의 도에서 파란 초승달이 떠오르자 진고영의 손가락에서 세 줄기 붉은 아지랑이, 홍루지가 쏘아져 간다.

사라라랑! 폭!

미약한 미음과 함께 두 가닥 홍루지가 초생달을 사그라뜨리고, 다른 한 가닥은 흑의인의 이마를 뚫고 지나가 버렸다.

　입을 한껏 벌리고 있던 임수행은 앞에 내려선 키가 큰 청년을 바라보았다.

　“누… 누구……?”

　‘가만… 뒤는 절벽인데?’

　“괜찮소?”

　“나… 나는… 무림… 련의…….”

　진고영의 물음에 대답을 하던 임수행의 몸이 천천히 앞으로 거꾸러졌다. 긴장이 풀리면서 몸을 지탱하던 정신력도 무너져 버린 것이다.

3

　어렵게 뜬 눈을 희미한 불빛이 일렁이며 간지럽히고, 따뜻한 기운이 찢어진 옷 사이로 스머들었다.

　마른 나무를 주워 피워놓은 모닥불 가에 누워 있던 임수행은 잠시간 멍하니 있다가 벌떡 몸을 일으켰다.

　‘경 사제!’

　오랜만의 편안함에 그만 항상 곁에 있던 사람을 잊은 것이다. 하지만 이미 목이 떨어진 경 대원이 살아 있을 리는 없는 일.

　다 큰 어른답지 않게 큰 소리 내며 우는 임수행을 바라보는 진고영은 난감하기 그지없었다. 일단 막힌 혈을 추궁해서 몸을 추스를 만하게는 해놨는데 저렇게 기력을 손상시키는 것은 해가 될 뿐이다.

　어쩌면 자꾸 말을 걸어서 머리 속의 상황을 잊게 만드는 게 옳을지도······.

“좀 전에 무림련의 분이라 하신 것 같습니다만······.”

울다 말고 진고영의 말에 임수행은 흠칫, 그제야 옆에 있는 사람을 보았다. 쓰러지기 전에 보았던 자신을 구해준 자다. 자신보다 두어 살이나 더 먹었을까? 깊은 눈이 인상적이다. 너무 깊어 빠지면 헤어 나오지 못할 무저동 같다.

한데, 자신은 밀영각의 조장, 정체가 밝혀져서는 안 되는 신분인 것이다.

맙소사. 아무리 정신이 없고 상대가 자신을 구해줬다고 해도 그걸 말했단 말인가? 어디까지 말했을까?

“이런 외진 곳에서 대체 무슨 일이신지. 게다가 신월문의 무사라니······.”

임수행은 신경을 쓰지 않는 듯하면서도 답을 기다리는 듯한 진고영의 전신을 뜯어보았다.

“죄송합니다. 구해주신 것은 고마우나 사정상 말씀드릴 수 없으니··· 이해해 주시길······.”

“괜찮습니다. 그런데 이제 좀 안정이 되셨는지······.”

“예?”

또다시 금방이라도 눈물이 폭포수가 될 것만 같다. 하지만 이를 악물고 참는다. 보는 이가 있는 걸 알고도 부끄럽게 소리 내어 울 수는 없지 않은가.

“예··· 이제 좀······.”

“그럼 가십시다.”

“예?”

“여기 계속 있을 수는 없지 않겠소? 놈들이 쫓아오는 거야 별것은 아니지만… 그리고 사제 분 시신……."

"아! 경… 사제."

그제야 주위를 돌아보았다. 밀영각의 조장이라는 놈이 이리도 무심하다니 참 한심한 생각이 든다. 남들이 밀영각에 안 맞는다고 뭐라 하더니 정말 그런가 보다.

나름대로 열심히 수련했기에, 본산제자가 아니다는 이유로 비전을 전수받지 못하고도 련으로부터 능력을 인정받았다. 그래서 더 열심히 하려는데 성격이 걸리는 것이다.

허름한 창고다. 낡은 그물이 한쪽 벽에 걸려 있고, 다른 쪽에는 낚싯대와 망태기, 통발 같은 것도 보인다.

아마도 군산 인근에 사는 어부의 창고인 듯하다.

그리고 뒤쪽… 낡은 천으로 길쭉한 무언가가 덮여 있다.

그것을 바라보던 임수행의 눈에서 겨우겨우 매달려 있던 눈물이 뚝뚝 떨어진다. 흐느끼는 소리도 나지 않고 떨어지는 눈물이 옷자락을 흥건히 적셨다. 남자는 소리 내어 울지 않는다 했던가?

밖을 바라보던 진고영이 몸을 일으켰다.

"배를 빌렸소. 밤이 늦어 겨우 어부를 깨울 수 있었으니 투덜거리기 전에 가십시다."

"예……."

임수행은 흐르는 눈물을 소매로 닦고 힘겹게 일어섰다. 그리고 다시 한 번, 낡은 천으로 감싼 것을 쳐다보고 진고영을 따라 밖으로 나가려 할 때였다.

"말하다 말았소만, 귀하의 사제 분 시신을 어부의 집 뒤쪽에 있는 방에 안치했으니 나중에 약간의 사례를 해야 할 거요."

"…예?"

“내가 가진 것으론 겨우 배만을 빌렸을 뿐이오.”

황당한 표정을 지은 임수행이 창고 안쪽, 낡은 천으로 덮인 곳을 손으로 가리켰다.

“그럼… 저것은……?”

“글쎄요. 아마 어구가 아닐까 생각합니다만.”

돌아서 걸음을 옮기는 진고영의 입가에 슬쩍 웃음이 스쳤다. 그는 임수행이 왜 우는지를 알고 있었던 것이다.

창고에서 백여 장 떨어진 곳의 갈대밭에 도착한 두 사람은, 사공도 없는 조그마하고 낡은 한 척의 조각배를 볼 수 있었다. 그리고 그걸 본 임수행의 낯빛이 창백하게 변했다.

“저기… 저 배가 동정호를 건널 수 있겠습니까?”

“아마… 뜨긴 뜰 거요. 열두 냥이나 줬는데.”

“사공은…….”

“배만 빌렸소. 술 먹은 날은 밤에 노를 안 젓는다 하니 별수있소?”

진고영이 직접 배를 저었다. 아니, 젓는다기보다 내력으로 물을 밀어 내 앞으로 나아갔다. 아마 장강제일의 쾌속선도 이보다 빠르진 않을 것이다.

휘날리는 머리를 쓸어 올리며 밤하늘을 바라보던 임수행의 눈에 놀라움이 떠올랐다. 그는 임무를 수행하기 위해 자주 배를 탔다. 하지만 이렇게 빠른 배는 처음이었다.

자세히 보니, 노 젓는 동작은 그럴듯하지만 순전히 엉터리다. 노를 거꾸로 쥐고 있는 것이다. 그럼에도 배는 쏜살같이 동정호를 가로지른다. 이것은 무공과는 또 다른 그 어떤 것이다.

강가에서 살아온 임수행은 어릴 적, 단강구 제일의 사공이었던 아버지가 한 말을 잊지 않고 있다.

"물에도 결이 있단다. 그걸 모르면 결코 뛰어난 사공이 되지 못하지."

저자는 물의 결을 알고 있다!
배에 올라탈 때만 해도 두려움에 가슴 조이던 임수행의 얼굴에 부러움 반, 경탄 반의 표정이 떠올랐다.
물수제비를 뜨듯 쏜살같이 동정호를 가로지른 조각배는 어스름한 새벽녘에야 악양에 도착할 수 있었다.
배를 어부와 약속한 곳에 정박하고 땅으로 올라오자 임수행이 입을 열었다.
"진정 고맙다는 말밖에는 할 말이 없습니다."
"별말씀을. 그럼. 잘 가시오."
미련없이 뒤돌아 걸어가는 진고영의 등판을 향해 임수행이 소리쳤다.
"저는 종남의 임수행이라 합니다. 언제고 이 은혜 꼭! 갚겠습니다."
걸어가던 진고영은 멈추지 않고 피식 웃었다. 임수행이라는 자가 큰 소리로 우는 걸 보고 문득, 예전 슬픔에 잠겨 밤새 술에 취해 흐느끼던 우형욱이 생각났었다. 험난한 강호에서 때 묻지 않은 순수가 남아 있는 사람이다. 무림에 적을 둔 사람이니 언젠가 또 만나게 될지도.
"난 진고영이오."

이래저래 왠지 기분이 좋은 새벽이었다. 마음도 어느 정도 가라앉혔고 우연하게 얻은 것도 있었다. 거기다 깨끗한 눈을 가진 괜찮은 사람까지……. 그러다 보니 바람에 섞인 끈적끈적한 물기도 그다지 싫지 않았고, 아무도 없는 대로를 혼자 걷는 것도 상쾌하기만 했다.
그렇게 기분 좋은 얼굴로 방으로 돌아온 진고영을, 도끼눈을 부릅뜬 위경리가 반겨주었다.

"어디 갔다 이제야 오는가… 아.우?"

"예……. 잠시 바람 좀 쐬고 왔습니다."

"바람? 네 시진이 넘도록?"

"죄송합니다, 노형님. 몸은 좀 어떠십니까?"

"노형님 몸 생각한다는 사람이 그래, 네 시진이 넘도록 아픈 사람 놔두고 바람이나 쐬러 다녔단 말이지? 눈 떠보니 없어서 설마 하다가도 걱정돼 잠이 안 오는데, 아우는 안 나타나고……. 크흑!"

"죄송합니다……. 노형님, 진정하시고……."

"됐네. 뭐, 나야 그저 내가 좋아서 아우라 불렀을 뿐이니… 자네에게 뭐라 하겠는가? 에휴, 내 복이 그렇지 뭐. 못 잔 잠이나 자아겠네. 자네도 좀 쉬게."

몸을 돌려 눕고 힘없이 어깨를 늘어뜨리는 위경리의 몸이 한없이 작아 보였다. 진고영은 안쓰러운 마음으로 그런 위경리를 바라보다 한숨을 내쉬며 침상에 몸을 눕혔다.

'후우… 마음이 많이 상하신 모양이군. 자네라…….'

새삼 자네라는 호칭이 멀게 느껴졌다. 항상 아우, 아우, 하는 말을 할 때는 못 느꼈었는데, 힘없이 자네라고 하니 가슴이 아려온다.

'좀 더 노형님께 신경을 써아겠구나.'

그래도 강호에 처음 나와 마음을 주며 지낸 위경리였다.

새벽이 밝아옴을 알리려는지 희미한 빛이 창문 틈 사이로 새어 들어오고 건너편 민가에서 닭 우는 소리가 들릴 때, 등 돌리고 누운 위경리의 눈이 슬며시 떠졌다.

'우리 순진한 아우님, 이제 이 늙은 형님에게 꼭 잡혔스……. 육가야,

너는 나 따라오려면 아직 멀었다, 이놈아……. 우흐흐흐흐…….'

"크큭. 흡."

"노형님, 어디 불편하신 데라도."

"아… 아니야. 신경 쓰지 말고 쉬게."

'휴… 하마터면. 그래도 기분은 좋구면 그래. 흐…….'

위경리는 소리는 낼 수 없기에 입만 크게 벌리고 웃었다. 그런데…….

떡!

그날 아침, 각자 나름대로의 사유를 가지고 일행이 된 일곱 명이 객방으로 식사를 주문하고 모여들었다.

악양에 오래 머물면 천은산장이 따라붙을 것이고, 그렇게 되면 그들의 계획에 차질이 생기기에 아침을 먹고 떠나기 전 행로에 대한 상의를 하기 위해서였다.

강호에 처음 나올 때, 누구와 같이 움직인다는 생각은 전혀 하지도 못한 진고영이었다. 그럴 만한 사람도 없었거니와 한을 푸는 일을 누구와 같이 한다는 것도 어색했기 때문이다. 한데 이런 저런 일을 겪다 보니 어색함을 느낄 사이도 없이 일행이 일곱이나 되어버렸다.

그리고 지금은 이들이 진고영에게 마음의 힘이 되어주고 있었다. 아마도 어린 시절을 외롭게 지냈기에 사람과의 부대낌이 그리웠을지도 모른다.

식사가 들어오자, 우형욱이 재빨리 일어나서 술을 한 잔씩 돌렸다. 어제의 거사를 성공적으로 마무리했으니 건배를 하자 한다.

그러고는… 모두가 진고영을 향해 술잔을 들어 올리고 한 입에 털어 넣었다.

조금 전, 들어올 때 일찍 모여서 쑥덕거리고 있더니 이러려고 그랬나

보다.

진고영 자신도 모르게 눈자위가 붉어지려 했다. 이런! 우형욱하고 임수행이라 했던가? 나 역시 그들과 다를 바 없는 사람이었구나. 피식! 실없는 웃음이 나온다.

그렇게 웃음과 함께 식사가 끝나갈 무렵, 백리웅천이 진고영을 향해 궁금해하던 것을 물었다.

"진 형! 이제 어찌하실 겁니까?"

"아무래도… 동방 소저를 먼저 만나볼까 합니다."

"어? 그러면 서신을 볼 수 없는데? 진 대형, 그러지 말고 서신 한 번 더 받고 만나시죠."

우형욱이 염이상을 바라보고 동조를 구했지만 진고영은 이미 마음을 정한 상태였다.

누구 때문에 서두르는데 미루란 말인가.

"지금 강창선은 강호를 둘러싸고 있는 암운에서 중요한 열쇠와 같은 역할을 하고 있습니다. 여러분이 하고자 하는 일이나 제가 하려는 일이나. 동방 소저는 이미 그 사람에 대한 소재를 거의 확보한 듯하니, 오히려 우리가 서둘러야 할 일입니다."

"그들이 대가도 없이 순순히 정보를 넘겨줄까요?"

누구나 의문을 가져야 할 생각이었거늘, 당연할 거라 생각했다.

사마정은 개인이 아닌 단체를 움직여 봤기에, 개인의 뜻은 단체의 이익을 위해 언제든지 묻혀 버릴 수 있다는 것을 알고 있었다.

"그래도 동방 소저의 목숨을 구해줬는데 설마……."

염이상이 설마 그러겠냐는 듯 말하자 사마정이 고개를 저었다.

"언제든 그럴 수 있네. 더구나 동방 소저는 뛰어난 여인, 무림련의 군사라는 막중한 위치에 있으면서 개인적인 일로 무림련의 조직을 움직일

만큼 감상적인 여인이 아니라는 게 내 생각이네.”

“당연히…… 사마 형의 말은 충분히 일리있는 말이오. 아마 그녀 역시 우리에게 계속 서신을 보내고 있는 것은 무언가 우리에게 얻을 게 있다 판단했기 때문일 것이오.”

백리웅천이 깊은 생각에 잠겨 있다 고개를 들며 진고영의 판단에 동의를 표했다.

“맞습니다. 저 역시 진 형의 생각과 같습니다.”

“뭐 여러 가지 말이 필요있겠나? 나는 머리기 아파서 그런 복잡한 건 생각하기 싫고, 그냥 가보지 뭐. 가보면 어떻게든 되지 않을까?”

육정기다운 태평한 말이었다. 하나 어찌 생각하면 뚜렷한 답을 이 자리에서 찾는다는 건 우물가에서 숭늉 찾는 꼴이었기에 모두가 무겁게 고개를 끄덕였다.

“자! 자! 고민은 그만 하고 식사나 합시다.”

우형욱이 너스레를 떨며 한쪽에 말없이 조용히 앉아 있는 위경리를 쳐다보았다. 별일이다는 듯.

“어째 위 노선배님이 조용하시니 흥이 안 나네요. 식사도 깨작깨작하시고, 어깨가 아프면 위장도 아픈 건가? 그렇습니까, 진 대형?”

“어른 식사하시는데 시끄럽게 굴지 말고 식사나 해라, 우가 어린 놈아.”

눈을 치켜뜨고 우형욱을 바라보며 웅얼거리듯 말하던 위경리의 표정이 아무도 모르게 살짝 일그러졌다.

‘제길. 빠진 걸 잘못 끼웠나? 크게 벌리면 아파서 뭘 씹을 수가 있어야지…….’

孤影　第十一章

1

장강을 타고 내려가는 게 훨씬 빠르다는 측과 육로로 가는 게 천은산장의 감시망을 피하기 좋다는 측의 의견이 팽팽히 대립하자, 결국 결론은 진고영에 의해서 내려졌다.

장강을 타되, 거꾸로 올라가다 강북의 육로로 이동하자는 것이었다. 어차피 만나야 한다면 꼭 대별산 무림련의 총단에서 만날 필요는 없었던 것이다.

춘추 전국 시대 초나라의 도읍으로 전략적 요충지였던 형주. 호북 내륙으로 들어가는 길이 갈래갈래 뻗어 있어 한때 전장의 중심지가 되었던 곳이기도 하다.

진고영 일행이 장강을 거슬러 올라간 지 삼 일째, 가을을 떠나보내려는 듯 찬바람이 심하게 불어오던 날 마침내 형주가 저 멀리 보이기 시작했다.

선상에 서 있는 진고영의 귓가로 차가워진 바람이 스쳐 지나간다.

강가의 갈대밭도 겨울을 맞이하기 위해 누렇게 옷을 갈아입기 시작하고, 형주의 너른 들판에는 농부들이 막바지 추수에 땀을 흘리고 있었다.

한데, 추수를 하고 있음에도 시름에 젖어 있는 농부들의 모습이 눈에 들어왔다. 열심히 일해서 거두어봐야 세금으로 내고 나면 봄이 걱정되는 게 농부들이었으니, 시름은 앞날을 걱정해야 하는 사람들의 몫이었다.

상념에 젖어 있던 진고영의 옆으로 우형욱이 다가왔다.

"진 대형, 동방 소저가 무림련을 나서면 혈왕의 무리들이 가만히 있을까요?"

"가만있지는 않을 것입니다. 그들이 자신들의 행사를 하는 데 있어 무림련은 가장 커다란 방해자일 테니까요."

문득, 혜지가 깃든 눈으로 그윽하게 바라보던 동방설리의 눈길에 묘한 이채가 떠올랐던 게 생각난다. 그것은 단순한 호기심 때문이었을까? 아니면 다른 이유로? 정염이 느껴지지 않던 그녀의 눈빛이 누군가의 눈빛과 비교됐다.

"어쩌면… 그녀는 그걸 바랄지도 모릅니다. 그들이 움직이기를."

"설마……?"

고개를 들어 하늘을 보니 북상하는 철새들이 진고영의 깊게 가라앉은 눈동자 속으로 무리 지어 날아간다.

*　　　　*　　　　*

두두두두두…….

한 대의 마차가 활짝 열려진 산장의 정문을 빠른 속도로 들어서고 있었다.

정문을 지키는 위사들은 한쪽에 모여 입도 뻥끗하지 못하고 멍하니 서 있고, 정문 주위에는 추령검위들이 늘어서 삼엄하게 경계하고 있었다.

순식간에 정문을 통과한 마차는 외원을 지나더니 죽림으로 둘러싸인 내원의 한 전각에 도착하고서야 멈췄다.

"빨리!!"

급박한 외침에 튀어나온 약은당의 의원들은 마차에서 피투성이의 부상자들이 들려 나오자 대경하며 달려들었다.

"우선 저분들부터!"

마부석에서 뛰어내린 후 줄곧 다그치던 중년인이 마차에서 나오는 두 노인을 가리켰다.

백발이 되어버린 장무담과 창백한 안색의 상관욱이었다.

하지만 혁련유화와 갈미령에 의해 부축을 받으며 나오는 그들의 표정에는 그다지 다급한 기색이 없었다. 그나마도 장무담의 얼굴에는 편안해 보이는 표정이 떠올라 있어 보는 이를 어리둥절케 했다.

그들이 어찌 알까? 무거운 짐을 벗어버린 노인의 마음을.

"지금 나더러 그 말을 믿으라, 그 말인가?"

"속하도 믿을 수 없었으나 옥소선자께서 하신 말씀이라……."

영무각의 내실에서 차를 마시고 있던 사마중안은 삼령주 민한경이 급하게 찾아와 하는 말을 듣고 하마터면 찻잔을 떨어뜨릴 뻔했다.

도제 장무담이 무공이 폐해졌고, 천양신마 상관욱은 중상을 입어 기식이 엄엄하단다. 어찌 그 말을 믿으란 말인가. 천하에 누가 있어 그 두 사람을 연달아 꺾을 수 있단 말인가.

강호인 누구도 믿지 않을 사실이었다.

고개를 반쯤 숙이고 묵묵히 생각에 잠겼던 사마중안이 천천히 고개를 들었다.

"일령주에게 급전을 띄워 모든 행동을 잠시 중단하고 백리단황의 움직임만을 철저히 감시하라 전하게."

"복! 명!"

"양분지계도 잠시 쉬어갈 터이니, 모든 영무에게는 정보 취합을 최우선으로 삼고 함부로 움직이지 말라 이르고. 그리고… 혈왕에 대한 감시를 배로 늘리도록 하게. 그자는 분명 이 기회를 노릴 거야. 어떻게든. 으음……. 가보게!"

"봉행!"

아무 말 없이 바라보는 혁련유천의 눈길은 폭풍이 몰아치기 전의 고요와 같았다. 한없이 빨려들다 무저의 빙동으로 빠져들 것 같은 기분에 사마중안은 고개도 들 수 없었다.

"장 노인이 당했다? 그것도 정당한 대결에서. 게다가 상관 아우까지……. 허허허."

"아직 확실한 사실은 확인이 안 된 상황입니다, 주군!"

"상대가 이십대의 젊은이라고?"

"천하에 누가 있어 두 분을 상대할 수 있겠습니까. 아마도 정보가 전해지던 중에 오차가 있었을 수도 있습니다."

"중안……."

"예! 주군!"

"거기에 유화도 있었음을 잊어선 안 될 게야."

"속하가 미처……."

하늘 높은 줄 모르고 날아오를 것만 같았던 운세였다. 거침없이 천하를 누빌 재지와 쉽게 흔들리지 않는 신념도 지녔다. 그래서 모든 걸 맡기고 뒤에서 지켜보기만 했었다.

그런데 언제부터인지… 진고영이라는 아이가 나타나면서부터였던가?

날개에 깃털이 빠지고, 잔잔하던 호수에 파문이 일기 시작한 것이다.

'저 아이의 운세도 여기까지인가 보군. 너무 머리만 믿는 아이들의 한계인가? 하지만 아직은……'

"늙은 귀신을 내보낼 것이다. 또한 그에게 천루동의 아이들을 줄 게야. 그들이라면 진고영이라는 아이에 대해서 충분히 파악할 수 있겠지. 너는 그들이 가는 길에 등불을 밝혀라."

"노귀옹에 천루동까지……!"

쉽게 흔들리지 않는 사마중안의 두 눈이 부릅떠졌다.

"그리고 유현의 움직임에 지금보다 더 특별한 신경을 써야 할 게다. 나를 죽이지 못해 제정신이 아닌 아이니까."

"명심봉행!"

혁련유천의 느릿하면서도 나직한, 왠지 등골을 오싹하게 하는 말투에 사마중안은 온몸이 떨리는 것을 참아야 했다.

2

따가닥! 따가닥!

깎아지른 듯한 절벽을 양 옆에 끼고, 한 대의 마차가 터벅터벅 고갯길을 한가롭게 올라가고 있었다.

배를 내리자마자 형주에서 간단한 여행 준비를 하고 북쪽으로 방향을 잡은 후 길을 떠난 지 이틀, 형문으로 넘어가는 방산의 삼령곡을 지나가

299

는 중이었다.

아직 말을 타고 가기에 몸도 좋지 않고, 혹여 노숙할 때를 대비해서 마차를 끌고 가자는 위경리의 고집으로 결국, 당분간은 마차를 타고 가기로 한 것이다. 하지만 실질적인 이유는 삼십 냥이나 주고 산 마차를 팔려니 열세 냥밖에 안 준다는 상인의 말에 위경리는 손해 보는 돈이 아까웠던 것이다.

금방이라도 무너질 듯 위태위태한 바위들, 비바람에 갈라진 바위틈 사이에 뿌리를 박고 억척스레 자라고 있는 소나무들. 한 폭의 산수화가 자연 그대로 펼쳐져 있는 계곡 길이었다.

화창한 하늘에 늦가을답지 않은 따뜻한 오후 햇살은 마차를 모는 말이나 마부나 모두가 나른하게 늘어지기에 좋은 날씨였다.

마부석에 앉아 있던 우형욱은 나른해지는 몸을 가누려 고개를 들고 절벽 정상을 쳐다보다 혀를 내둘렀다.

"후와! 진 대형! 저 위에서 떨어지면 어떻게 될까요?"

옆에서 묵묵히 말고삐를 잡고 있던 진고영도 고개를 들어 쳐다봤다. 백 장은 족히 되어 보인다.

웅장하고 아름다운 계곡을 보면서 기껏 한다는 말이 떨어지면 어떻게 되겠냐니.

"나름이겠지요."

마지못해 나직한 목소리로 대답하던 진고영의 두 눈에 이채가 어리고 표정이 굳어져 갔다.

"어쩌면… 곧 알 수 있을지도 모르겠군요."

"예?"

뭔 소리냐는 듯 우형욱이 고개를 모로 꼬고 진고영을 향해 고개를 돌리자, 절벽을 올려다보고 있는 진고영이 보인다. 우형욱도 다시 절벽을 올려다보았다. 뭐가 보이기에…….

"절벽 너머에서 누군가 싸우고 있습니다. 한데……."

말끝을 흐리는 진고영을 보던 우형욱이 질렸다는 표정으로 고개를 내둘렀다. 절벽 바로 위에서 싸운다 해도 소리가 들릴까 말까 할 것이다. 한데 그 너머에서 나는 소리라니.

"절벽 쪽으로 오는군요. 상당히 격렬한데……."

진고영이 우형욱을 돌아보았다.

"우 형의 궁금증을 풀어주려나 봅니다."

"예?"

풀썩, 어이없는 웃음이 나온다. 진 대형이 저런 농담을 다 하다니. 그리고 보니 전보다 말도 많아졌다.

하루에 몇 마디 듣기도 힘들었는데 요즘은 곧잘 농담도 한다. 거기다 무겁기만 하던 표정도 조금은 나아진 듯하다.

툭. 투두둑…….

하늘에서 돌 부스러기가 떨어져 내린다. 그중 몇 조각은 마차 지붕 위에도 떨어졌다.

우형욱은 급히 고개를 들어 허공을 쳐다봤다. 까마득한 절벽 위에서 자잘한 돌 부스러기가 또 떨어져 내린다. 그리고 병장기 부딪치는 소리가 아스라하게 들렸다.

"대체 어떤 놈들이 어르신 쉬시는데 돌 부스러기를 던진당가?"

마차 문이 삐걱 열리더니 육정기가 얼굴을 내밀었다. 그때였다.

딱!

"컥! 아이고."

조그마한 돌 조각이 육정기의 이마를 정통으로 때려 버렸다. 살기가 있는 것도 아니고, 피하고 자시고 할 겨를도 없었다.

"큭큭큭!! 거봐라. 그래서 죄짓고는 못산다고 하는 거다."

위경리의 키득거리며 비웃는 소리에 이마를 쓰다듬던 육정기는 화가 머리 꼭대기까지 치솟았다.

"이놈의 자식들을!!"

팅기듯이 마차를 나온 육정기가 앞뒤 안 가리고 몸을 숫구쳤다. 절벽은 다행히도 군데군데 바위가 튀어나오고 틈이 벌어진 곳이 많았다. 위에서 들리는 소리로 보아 대여섯 명은 족히 될 듯했지만, 그런 걸 가렸으면 육정기가 아니었다.

칠 장 높이의 튀어나온 바위를 차며 오 장여를 더 숫구치던 신형이, 다시 나무를 발로 차고 튀어 올라 사오 장 높이의 바위 위에 내려섰다. 그렇게 사십여 장을 오르고 힐끗 위를 보니 아직도 오십여 장은 더 올라가야 했다.

'아! 쓰불. 겁나게 높네.'

조금만 참을걸… 공연히 후회가 밀려왔다. 그렇다고 포기할 수는 없었다. 포기하면 아마 위경리의 등쌀에 견디지 못할 것이다. 그것은 올라가는 것보다 더 끔찍한 일이었다.

'에라이……'

위쪽을 잘 살펴보니 군데군데 쉬어갈 만한 곳이 있었다. 육정기가 마악 신형을 뽑아 올리려 했을 때였다.

"으아악!"

푸른 도복을 입은 도인이 비명과 함께 절벽 위에서 떨어지고 있었다. 잘려 나간 팔꿈치 부근에선 피가 분수처럼 뿜어지고 있었고, 다른 한 손에 들린 장검은 반 토막으로 부러져 반 검이 되어 있었다.

육정기의 몸이 다시 허공으로 숫구쳤다. 미리 봐두었던 바위들을 차고 올라가는 모습은 마치 한 마리 산양이 바위 절벽을 타고 올라가는 듯했다.

'아… 쓰벌, 디게 힘드네. 이거 내일부터 발바닥에 땀나게 경신 공부 좀 하던지 해야지 원.'

어렵게 절벽의 정상 가장자리로 올라선 육정기는 재빨리 주위를 훑어 봤다.

사방에서 검광, 도광이 난무했다.

청색 도복을 입고 검을 든 도인 세 명은 전신을 핏물로 목욕이라도 한 듯 도포의 색깔조차 분간할 수 없었고, 중앙에서 세 도인이 펼치는 진세의 축을 맡고 있는 노도인은 이미 한쪽 다리를 거의 쓰지 못하고 있었다. 그렇게 다섯 명의 장한에 의해 공격을 받고 있는 도인들의 표정은 그야말로 비장하기까지 했다.

거기에 비해 다섯 장한은 그들보다 훨씬 나아 보였다.

차창! 파라랑!

허공을 맴도는 독수리처럼 지쳐 가는 도인들의 약점을 노리던 한 명의 회의인이 신형을 낮게 깔고 도를 휘둘러 갔다. 은은한 도기가 서려 있는 걸로 보아 능히 일류고수의 수준을 지닌 자였다.

그런 고수가 기습으로 휘두르는 도는 도인들에게 치명적인 위협이 되었다.

본신진력의 반만 남아 있어도 이렇게까지 되지는 않았을 것이다. 처음 추적을 당할 때, 제자들의 안전을 위해 추적자들을 이끄는 반혈삼마를 제자 둘과 함께 상대해야 했다. 그때 비록, 두 제자의 희생의 대가로 그들을 물리치긴 했지만 자신도 치명적인 상처를 입고야 말았다.

구대문파의 하나, 종남의 장로가 이런 자들에게도 위협을 받아야 할 만큼 큰 상처를.

"조심해라! 운경!"

세 명의 청의도인에게 둘러싸여 있던 중년 도인 청연자가 고함을 치며, 삼재 중 지 방향을 구원하려 검을 찔러갔다.

티링! 휘리릭…….

한데, 어렵게 튕겨냈다 싶었는데, 회의인의 도는 빙글 한 바퀴 돌더니 허리를 베어온다. 극히 빠른 도식에 청연자의 안색이 핼쑥하게 변했다. 좌측의 흑의인도 다섯 자 거대한 장검을 휘두르며 달려들고 있거늘, 회의인의 도가 저렇게 빠른 변화를 보일 줄은 미처 생각지 못한 것이다.

'한쪽을 포기해야 하나?'

운경은 사질들 중에서 진세 운용 능력이 세 손가락에 들어가는 기재다. 어떻게든 한 수는 견디리라.

일순간 판단을 내린 중년 도인 청연자의 검이 검광에 휩싸이며 좌측 흑의인의 장검을 향해 원을 그리며 찔러갔다.

쩌러렁! 휘리릭!

다섯 자 거검을 석 자 장검이 휘감아 돌린다. 검기끼리 부딪치며 파르스름한 불꽃이 폭죽처럼 퍼져 나갔다. 청연자는 절호의 기회라 생각했는지 이를 악물고 두 걸음 더 앞으로 나서며 다섯 번의 검격을 연속적으로 날렸다.

파도처럼 밀려가는 검기가 흑의인의 가슴을 난도질할 것처럼 훑어갔다. 그때였다.

"기다렸다! 말코도사!"

후우우웅!

한쪽에서 상황을 주시하며 뛰어들 기회만을 기다리고 있던 황의인이 자루만 여섯 자에 이르는 대겸을 휘둘러 청연자의 허리를 베어갔다. 한 자 반 길이 대겸의 날에서 푸른 기운이 넘실댄다.

“흡!”

대경한 청연자는 급히 신형을 옆으로 틀며 뒤로 눕히고, 검으로 허리를 막아갔다. 하지만 완전한 방어를 하지는 못했다. 그 결과, 대검이 한 치 깊이로 허리를 베며 스쳐 지나갔다. 그대로 신형을 뒤로 날리는 청연자의 악다문 입에서 신음이 흘러나왔다.

“크윽!”

그러자 거검을 지닌 흑의인이 재빨리 허공으로 몸을 띄우곤 청연자를 향해 삼검을 휘둘러 갔다.

절망이다. 놈들은 합벽술을 제대로 익힌 고수들이다. 자신이 죽으면 사질들도 저들에게 죽음을 당한다 봐야 할 것이다. 아까운 종남의 제자들이 죽는 것도 안타깝지만, 문제는 자신들이 알고 있는 것을 상부에 전하지 못한다는 것이다. 그것은 또한, 사문에 무거운 짐만 남기는 꼴이 될 것이다.

떨어지는 거검을 향해 남은 힘을 쥐어짜 막아가 본다. 하나 몸부림일 뿐이다. 흑의인의 일검을 막아도 대검이 그의 전신을 노리고 있는 것이다. 도저히 피할 수 없는 급박한 상황임에도 고개를 돌려 사질들을 돌아다봤다. 마지막으로 눈에 새기고 죽겠다는 듯.

그런 청연자의 눈에 기이한 광경이 비쳐졌다.

‘응? 저자는 누구지?’

대검을 들고 있던 황의인의 뒤로 텁석부리 중노인이 다가가는 게 보인다. 하루 종일 추적을 당하면서 한 번도 보지 못했던 자다. 그자가 검을 든다. 그리고… 어?

후웅!

그자의 검이 황의인을 향해 휘둘러지고, 그자의 입에서 이해할 수 없는 질문이 터져 나왔다.

“너냐?”

“헉!”

빡! 빠박!

황의인은 입에서 헛바람 빠지는 소리를 내며 대경실색한 표정으로 떼구르르 몸을 굴렸다. 하지만 그렇게 뇌려타곤까지 펼치고도 황의인은 검면에 이마를 두들겨 맞아야 했다. 어찌 세게 맞았는지 한동안 일어나지 못할 정도였다.

그야말로 일순간에 벌어진 일이었다.

‘어쩌면 희망이……’

청연자는 거검과 부딪치자, 그 힘을 이용해 땅과 수평으로 날아갔다. 조금 전이었다면 대겸에 허리가 잘림을 면할 수 없는 방향이었다.

검을 땅에 찌르며 신형을 튕겼다. 그리고 그 반동으로 몸을 세우고 검을 횡으로 그어 흑의인의 접근을 막았다.

하지만 그것은 전혀 할 필요가 없는 동작이었다.

쾅!

의문의 중노인이 거검을 든 흑의인의 이마마저 검집째 내려쳐, 뒤로 물리고 있었기 때문이다.

“아니면 니놈이 던졌냐?”

“크읍! 무슨……?”

“어떤 놈이 밑에다 바위를 던졌냔 말이다! 노란 놈 너야? 아니면 시커먼 놈 너야? 어떤 놈이냐니까!”

후우웅! 콰쾅!

“크읍… 이 미친……!”

“흐윽!”

난데없는 날벼락이었다.

한쪽에서 세 명의 청의도인을 몰아치던 자들의 공격이 주춤거렸다.

여유만만하게 별다른 걱정 없이 처리할 수 있으리라 생각했거늘, 저건 또 어디서 튀어나온 멧돼지 같은 작자란 말인가.

청의도인 중 류을 든 자를 상대하고 있던 운경자가 검을 가슴으로 모으고 옆의 도인들에게 소리쳤다.

"사제들! 최대한 수비 자세만 취하게!"

다른 두 도인도 상황이 이상하게 변함을 눈치채고 두 걸음씩 물러나 완벽한 수비 진세를 갖췄다.

"이런 호랑말코 같은 놈들 봐라?"

육정기의 노호성이 터져 나왔다. 젊은 도인들을 공격하던 놈들 중 한 놈이 자신의 동료들을 구하기 위해 류을 날린 것이다.

쩡!

하지만 류은 육정기에게 다가가지도 못하고 중간에서 떨어져 버렸다.

절벽 쪽에서 뒤따라 넘어온 백리웅천이 일도양단의 기세로 류을 내려쳐 반으로 갈라 버린 것이다.

"선배께선 하시던 일이나 마저 보시죠!"

"어? 어… 그려."

'경신법 하나만큼은 나보다 나은 거 같은데?

표홀하게 날아드는 백리웅천의 깔끔한 경신법이 부러웠다. 자신의 우악스런 신법과 비교가 되는 것이다.

공연히 화가 난다. 고개를 돌리자 엉거주춤 쓰러져 있는 노랗고, 시커먼 놈이 보였다.

"빨리 말 안 해? 안 한다 이거지?"

"대체 무슨… 커윽!"

“우리가 누군지 알… 헉! 켁!”

“네놈들이 누구든 두려워할 거 같으면, 이 육정기가 왜 사냐?”

그 바람에 화풀이 대상이 된 두 사람은 최소한 두 배는 더 맞아야 했다.

본래 그렇게 쉽게 당할 자들이 아니었다. 청연자 일행과의 접전으로 지치지만 않았다면 육정기도 힘을 더 써야 했을 거였다. 물론 그랬다면 확실하게 죽든가, 아니면 육정기의 화가 풀릴 때까지 뒈지게 더 맞았을 테지만.

“육정기? 마개 육정기!”

놀라움이 깃든 탄성이 노도인 청연자의 입에서 터졌다. 자신들의 목숨을 구해준 이가 마개라니, 그렇다면 아직도 위험이 다 가신 건 아니라는 말인가?

따당! 퍼퍽!

“크윽!”

“으악!”

옆쪽에서 비명이 터진다. 고개를 돌려 쳐다본 청연자의 눈에 땅바닥을 뒹굴고 있는 세 사람이 보였다.

놀라운 마음에 백의인을 쳐다봤다. 이제 잘해야 서른 정도? 면이 넓은 검을 들고 서 있는 모습에서 가히 고수의 풍모가 풍긴다. 백의인의 옆에 서로를 부축하고 서 있는 제자들의 얼굴에도 감탄의 표정이 떠올라 있었다.

아무리 저들이 지쳤다지만 자신들이 고전했던 자들을 단 몇 초식 만에 눕힌 것이 충격이었나 보다.

“괜찮으십니까?”

백의의 청년이 물어온다. 예의 바른 말투에서 명가의 품위가 풍겨

온다.

"덕분에 위험을 면했소이다. 한데 뉘신지?"

예의 바른 청년과 마개 육정기… 어울리기 힘든 조합이다.

"백리웅천이라 합니다. 혹 종남의 어른이 아니신지요?"

"백리……? 대풍운보의 냉혈무광 백리웅천?!"

들어본 적이 있는 이름이다. 음혼색살마 사건으로 백리가의 주요 인물들 이름이 강호를 흘러 다녔었다.

놀라움의 연속이다. 청연자의 가슴에 문득 제자들과 백리웅천이 비교되어 비쳤다.

'무림련이라는 거대한 틀 안에서 자만 속에 너무 안일했던가?

"종남의 청연이라 하오. 우선 도와준 데 대해 감사를 드리겠소."

"별말씀을. 이렇게 종남의 선배를 뵙게 되어 영광입니다. 하온데 저들이 누구기에……."

어째서 싸웠냐는 말일 게다. 청연자는 난감해졌다. 저들로 인해 목숨은 구했다지만 모든 걸 말해 줄 수는 없는 것이다.

"일단 내려가시지요. 선배님과 일행 분들의 부상을 치료해야 할 듯싶습니다만."

다행히 더 이상 깊이 파고들지는 않는다.

"고맙소. 백리 도우. 아마도 그래야 할 듯하오. 저들의 후속대가 곧 쫓아올 것이오."

한편, 육정기는 신이 나 있었다. 다섯 장한을 두들겨 패고, 한편으로는 윽박지르고, 그동안 쌓인 피로가 말끔히 씻기는 기분이었던 것이다.

"네놈들이 말을 않겠다면 할 수 없지. 한 놈씩 아래로 던져 버리는 수밖에."

"크으으… 무슨 원한이 졌다고 이러는 것이냐!"

"원한? 내 머리에 바위 던진 놈만 나오면 내가 왜 이러겠냐!"

육정기가 씨익, 웃으며 계속 말대꾸를 하는 황의인을 질질 끌고 절벽으로 다가가자 나머지 네 장한의 두 눈이 공포로 인하여 홉떠졌다. 본래 남을 잘 괴롭히는 자들일수록 자신이 당하는 것은 참지 못하는 법인 것이다.

"육 선배님, 진 형이 기다리실 텐데요?"

"응? 진 아우가? 에이……. 그러면 이놈들하고 더 놀 수가 없잖아?"

황의인을 휙, 네 명의 장한 쪽으로 던진 육정기가 뭐 하고 있냐는 듯 백리웅천을 바라보았다.

"뭐 해? 진 아우가 기다린다잖아?"

옆에서 잔뜩 긴장한 채 육정기의 행동을 바라보고 있던 청연자와 종남의 제자들은 어이없는 상황에 말을 잊었다. 그러다 그들의 안색이 서서히 창백하게 굳어져 갔다.

세상천지에서 천방지축 마개 육정기를 말 한마디로 꼼짝 못하게 하는 진 아우라는 사람은 대체 어떤 괴물이기에…….

바람도 차지 않거늘 온몸이 부르르 떨려왔다.

"저들은 어찌하실 겁니까, 청연자 선배님?"

청연자는 백리웅천의 질문이 있고서야 흠칫, 제정신이 돌아왔다.

곤혹스런 일이다. 도문에 몸담고 있는 자로서 비록 저들이 제자들을 죽였다곤 하지만 움직이지도 못하는 자들을 죽일 수는 없지 않은가. 그런 청연자의 고민을 뜻밖에도 육정기가 풀어주었다.

"내가 죽일까?"

"그건……."

"아따, 죽일 거 아니면 살려주든지. 아하! 그렇지! 저놈들 무림련의 동방 계집애 갖다주자고. 만남의 선물로. 어때?"

청연자의 눈이 휘둥그레 커졌다. 자신의 생각이 맞는다면 저자가 말하는 사람은 동방 군사를 말하는 것일 게다.

정말 그녀를 말하는 걸까? 하지만 망설임도 잠깐, 도저히 묻지 않고 지나갈 수 없었다.

"동방 군사를 아시오?"

"그야 당연히 알지! 지금 만나러 가는 길이거든."

"예?"

"전에 우리가 구해준 적이 있는데 술 한잔 사려나 보지 뭐."

"……?"

"가자고. 어이! 백리웅천! 자네가 이분들 좀 모시고 오더라고. 나는 이 놈들 좀 묶어서 끌고 내려갈 테니까."

백리웅천은 고소를 지으며 고개를 끄덕였다. 역시 강호에서 닳고 닳은 육정기였다. 어영부영하는 거 같아도 속에 능구렁이 한 마리쯤은 똬리를 틀고 있다.

저자들은 제법 쓸모가 있을 것이다. 청연자가 말하기를 꺼리는 것만 봐도 무언가 내력이 있는 자들이다.

재빨리 나서서 청연자가 미처 대응할 틈도 안 주고 결정을 지어버렸다. 동방설리에게 줄 선물로.

그리고 육정기라면 넘겨주기 전에 무엇이든 알아낼 수 있을 것이다.

마차 안에 있던 위경리는 궁금함을 참지 못하고 밖으로 나와서 절벽을 돌아 내려오는 사람들을 쳐다보았다. 피투성이의 젊은 도인들이 다리를 절뚝거리는 중년 도인을 부축하고 어렵게 내려오고 있었다.

비록 돌아서 내려온다 하지만 그쪽의 경사도 만만치 않아 애를 먹고 있었다.

청연자는 내려오자마자 절벽에서 떨어진 운효의 시신을 찾았다. 한데 아무리 둘러보아도 운효의 시신이 보이지 않는 게 아닌가.

"종남의 청연이라 합니다. 도와주신 것에 감사드립니다만, 혹 아래로 떨어진 시신을 보지 못하셨는지."

"시신은 보지 못했소."

"분명 이쪽으로 떨어지는 거 같았소만."

염이상의 말에 청연자는 의구심을 지우지 못하고 다시 주위를 둘러보았다.

"단지… 팔이 끊어진 부상자는 보았소."

"예?"

"마차 안에 눕혀놓았소만, 피를 많이 흘리고 심한 내상을 입어서 산다는 것을 장담은 할 수 없소."

딱!

위경리가 염이상의 뒤통수를 갈겼다.

"에라이! 그걸 지금 재밌다고 말하는 거냐?"

염이상이 인상을 쓰며 위경리를 쳐다봤다.

"좀 전에 노선배가 그랬잖습니까. 진 대형이 하늘에서 떨어지는 도인을 받았을 때, 시신을 옮기자니까 시신이 어댔냐고."

"이놈아 그거하고, 이거하고 같냐? 얼래? 저건 또 뭐다냐?"

위경리의 입이 딱 벌어졌다. 그러다 하마터면 겨우 나아가던 턱이 다시 빠질 뻔했다.

저만치에서 육정기가 칡넝쿨로 줄줄이 엮은, 장한 다섯을 끌고 오고 있었던 것이다. 입이 찢어져라 만족한 웃음을 환하게 짓고서.

청연자는 양해를 구하고 부축을 받아 급히 마차 안으로 들어갔다. 죽은 줄 알았던 운효가 살아 있다니 최소한 사형을 뵐 면목은 선 것이다.

위경리가 빤히 쳐다보고 있는 가운데, 육정기는 싱글벙글 웃으면서 위에서 벌어진 일을 차근차근 설명했다. 그리고 그걸 듣는 위경리의 얼굴에는 부러운 표정이 역력히 드러나 있었다.

'제기랄. 어떻게 해서든 내가 올라갔어야 했는데……. 괜히 약 올렸네.'

재밌는 일을 육정기에게 뺏겼단 생각에 투덜거리던 위경리의 눈에, 한쪽에 생선 꾸러미처럼 묶여 있는 장한들이 들어왔다.

'옳커니!

"험! 수고했구먼."

"음하하하하! 위 형께 칭찬을 듣다니. 이렇게 기분이 좋을 수가! 우하하하!"

"내 어찌 자네의 수고를 모를까. 그러니 이제 내가 좀 거들겠네."

위경리의 말이 이어지자 육정기의 표정이 뭐 썹은 듯 묘하게 변해갔다.

"저 아이들, 심문은 내가 맡지 뭐."

"그… 그건 조금이라도 젊은 내가……."

"아냐, 아냐. 나도 좀 거들어야지."

재빨리 생선 꾸러미 쪽으로 다가간 위경리가 칡넝쿨 끄트머리를 잡고 생선들을 쳐다봤다.

"우리 한번 재밌게 놀아보자구. 응? 우히히……."

두 사람을 쳐다보던 사람들은 대놓고 웃지도 못하고 얼굴만 붉게 물들었다.

"좌우간 두 분 다 철들기는 틀렸다니깐……. 쯧쯧."

그리고 그 와중에 우형욱의 혀 차는 소리가 위경리의 귀를 간지럽혔다. 하지만 위경리는 우형욱보다 생선들의 입을 벌리는 것이 더 재미있는 듯 히히덕거리고 있었다.

떡 본 김에 제사 지낸다 했던가, 넘어진 김에 쉬어간다 했던가. 일행은 의외의 상황에 잠시 쉬어가기로 했다. 그리고 그 시간에 위경리는 제사에 쓰기 위해 생선들을 이십여 장 떨어진 바위 뒤로 데리고 갔다.

종남 문인들의 상처는 팔이 잘린 운효자와 다리와 허리를 깊게 베인 청연자만이 외상이 클 뿐, 다른 세 명은 가벼운 내상만을 입었을 뿐이었다. 모두가 다친 두 사람의 보호 덕분이었다.

청연자는 운효가 살았다는 데 안도감과 고마움을 느꼈다. 사형의 제자인 운효가 죽었다면 사형인 청운자를 어찌 보랴. 비록 팔이 잘렸지만 험난한 강호에 나온 이상 어쩔 수 없는 일이었다.

반 시진 정도, 간단히 건포와 물만으로 식사를 마치고 휴식을 취하던 진고영 일행 쪽으로 청연자가 다가왔다.

"오늘의 고마움은 말로 다 할 수 없습니다. 언제고 종남은 오늘의 일을 잊지 않을 겁니다."

깊이 허리 숙이며 감사를 표하는 청연자의 표정에는 진정이 묻어 있었다.

"잊으면 안 되지, 그럼. 그런데 무슨 일이기에 저런 막돼먹은 놈들이 감히 종남을 건드린 것이지?"

묘한 말투였다. 육정기는 눈을 빛내며 청연자의 눈을 주시했다.

'은혜를 잊지 않으려면 말해!'

"그… 그건……."

"은혜를 모르면 그게 남자야? 그럴 거면 그걸 확 띠어버려야지. 고롬!"

고개를 숙이고 하초를 보면서 말하는 육정기의 말투에서 구언강기가 휘몰아친다.

‘이래도 말 안 할래?’

삐질삐질, 땀이 청연자의 눈 속으로 흘러들어 간다.

그때였다. 때마침 구원자가 나타났다!

‘원시천존……’

“여! 모두들 모여 있구먼. 어? 육가야, 너 왜 인상 쓰냐?”

“청연자가 말하려 했는데 위 형 때문에 틀려 버렸소.”

육정기의 전음에 위경리가 낄낄 웃어 젖혔다.

“난 또, 뭐라고.”

“……?”

“그거야 동방 기집애 만나면 자연히 알 테고… 내 저놈들 입 열었다는
거 아니냐.”

“정말이오?”

“음흐흐흐, 이 위경리가 맘먹어서 못할 게 뭐 있겠냐.”

“진 아우 이기는 거.”

위경리의 입이 꾹 다물어지고 눈에선 불이 쏟아져 육정기를 태워 버릴
듯했다.

“그거 말고!”

찔끔.

“뭐… 잘 모르겠소.”

“커흠… 잘 들어봐. 저놈들 구유마동의 아이들이다. 아무래도 뭔 짓을
하려 하는데 저놈들은 지위가 그저 그래서 확실한 건 모르는 거 같다.”

“……?”

위경리가 입을 닫고 아무 말이 없자, 우형욱이 잠시 위경리를 쳐다보
다 어이가 없는지 이마를 쳤다.

“어휴! 위 노선배님.”

"응?"

"그게 답니까?"

"응."

삼령곡의 위쪽에서 찬바람이 거세게 불어오더니 마차 주위를 먼지로 뒤덮어 버렸다. 참으로 썰렁한 바람이었다.

"출발합시다. 더 늦으면 형문에는 밤에나 도착할 듯싶습니다."

사마정의 재촉에 위경리를 흘겨본 육정기와 우형욱이 몸을 일으켰다.

"그리고… 위 노선배님, 아주 좋은 정보였습니다."

"응? 그렇지? 자네도 그리 생각하지?"

"수고하셨습니다, 노형님."

진고영이 한쪽에서 조용히 무언가를 생각하다 일어서며 위경리를 향해 빙그레 웃음을 지으며 고개를 끄덕였다.

"사마 형 말대로 중요한 정보였습니다."

"움하하하! 나는 말이지, 진 아우만 믿어준다면 된다네."

"진 대형, 그게… 무슨 말입니까?"

우형욱이 도대체 모르겠다는 표정으로 진고영을 쳐다보자, 진고영은 빙그레 웃기만 했다. 그러자 옆에 있던 사마정이 대신 입을 열었다.

"우 형은 마도십문 중 은밀하게 혈왕을 따르는 곳이 어딘지 아십니까?"

"그거야… 음… 혈정곡하고, 또… 흑곡인가?"

"방금 위 노선배께서 한곳을 더 말하셨지요."

"아! 그래서!"

'거 되게 미안스럽네.'

힐끔 위경리를 곁눈질로 쳐다봤다. 다행히 위경리의 얼굴은 진고영의 칭찬으로 싱글벙글이었다.

삼령곡의 끝에 있는 고갯길에는 홍문이라는 이름이 붙어 있다. 가을만 되면 고개 양쪽 숲이 단풍나무로 붉게 물들기 때문이었다.

마차에 청연자와 운효를 태우고, 구유마동의 무사들을 묶은 칡넝쿨을 마차 뒤에 매단 채 다른 사람들은 붉게 물든 단풍을 감상하며 홍문을 걸어 올라갔다.

"흐음……. 도대체 알 수가 없구나."

청연자의 탄식에 창백한 안색으로 누워 있던 운효가 힘겹게 머리를 돌려 자신의 사숙을 보았다.

"사숙께서는 무엇이 그리 궁금하신 것인지."

"마개 육정기만 해도 놀랍거늘, 장절 위경리라니… 그들이 같이 다닐 수 있다 생각하느냐?"

"사숙의 고민을… 이해 못하는 바는 아니나 이 사질은… 진 대형이라는 사람이 더 궁금합니다."

"허… 그렇더냐? 이 사숙은 머리 아파서 아예 포기해 버렸다. 허허허……."

홍문령의 정상이 얼마 안 남았는지 산마루 너머로 푸른 하늘이 불그스레한 석양으로 물들어가는 게 보였다. 마차를 앞세운 일행은 홍문이 끝나가는 것을 아쉬워하며 걸음을 재촉했다. 산속 밤길을 걸어 형문성에 들어서기는 싫었던 것이다.

그렇게 홍문의 정상 마지막 절경이라는 선홍평에 들어섰을 때였다.

저만치, 백여 장 앞에 죽 늘어선 이십여 명의 사람이 눈에 들어왔다.

이러쿵저러쿵 소란하던 일행의 입이 하나둘 닫히고, 종남 제자들의 눈에는 긴장의 빛이 떠올랐다.

간격이 삼십여 장으로 줄고… 마침내 십 장 정도의 거리에서 마차가 멈췄다.

저쪽에서 넉 자 장도를 옆구리에 끼워 잡은 한 사람이 냉막한 표정으로 걸어나왔다.

"본인은 만거경이라 한다. 살아 있는 자는 아무도 홍문령을 넘을 수 없다!"

"만거경? 구.유.혈.도. 만거경!"

"우와! 거 되게 살 떨리는 이름이네. 그렇지, 육가야?"

육정기와 위경리가 장난하듯 말하자 만거경은 어이가 없다 못해 귀에서 연기가 날 지경이었다.

자신이 누군가! 공포의 혈도, 지옥의 살인귀, 구유마동의 서열 삼위 구유혈도(九幽血刀) 만거경이다. 그런데…….

"육시를 할 놈들! 감히!!"

만거경이 붉은 단풍보다 더 붉어진 얼굴을 한 채 앞으로 나서자 육정기가 뒷짐을 진 채 마주 나갔다.

그리고…….

"이 어르신은 마개 육정기라 한다. 다들 무릎 꿇어!!"

『고영』 3권에서…

청 어 람 신 무 협 판 타 지 소 설

독특한 소재, 괴팍한 주인공의 활약에 절로 신이 나는 작품!

음공의 대가 / 일성 지음

**"연주 한 번으로 대량 살상이라…
멋지지 않소?"**

음공의 대가

만월교의 남무림 통일 계획에 의해 납치된 천팔십이 명의 예능(藝能)에 재능을 가진 아이들!
그런 가운데 헌원세가의 어린 음악가 또한 사라졌다!
그리고 나타난 극악한 인물, 악마금(惡魔琴)!!
극악한 행동 패턴! 예측불허의 교활함! 고난이도의 정신 세계를 자랑하는 막가파 탄생!
신비로운 음공의 무한한 위력 앞에 강호가 무릎 꿇고, 누천년을 이어온 검과 도의 역사가 막을 내리니
이제 최고의 무공은 음공(音功)이라 말하리라!

**훗날 '음공의 대가' 로 불리며 무림의 전설이 되어버린
그의 흥미진진한 강호 이야기가 펼쳐진다!**

청어람 신무협 판타지소설

「Go! 무림판타지」를 점령한
최고의 인기와 화제를 뿌리는 대작!

화산질풍검(華山疾風劍) / 한백림 지음

화산에는 질풍검이 있고 무당에는 마검이 있으니, 소림에는 신권이 있어 구파의 영명을 드높인다.
육가에는 잠룡인 파천과 오호도가 있고, 낭인들은 그들만의 왕이 있어 천지에 제각기 힘을 뽐내도다.

겁난의 시대에 장강에서 교룡이 승천하니, 법술의 환신이 하늘을 날고,
광륜의 주인이 지상을 배회하며, 천룡의 의지와 살문의 유업이 강호를 누빈다.
천하 열 명의 제천이, 도래하는 팔황에 맞서 십익의 날개를 드높이고…
구주가 좁다 한들, 대지는 끝없이 펼쳤구나.

**"잔잔한 미풍으로 시작한 한 사람이, 천하를 질주하는 질풍이 될 때까지.
그의 삶은 그의 이름처럼 한줄기 바람과 같았다."**